DERTOURIST

DER AUTOR

Massimo Carlotto, geboren in Padua 1956, ist einer der bekanntesten italienischen Krimiautoren.
Neben zahlreichen Büchern mit der beliebten Figur des „Alligators" hat er eine Vielzahl weiterer geschrieben.
Seine Romane sind in viele Sprachen übersetzt und erfolgreich verfilmt worden.

MASSIMO CARLOTTO

DER TOURIST

THRILLER

Aus dem Italienischen von
Monika Lustig und Cathrine Hornung

FOLIO VERLAG
WIEN • BOZEN

Der Zufall ist der einzige legitime Herrscher des Universums.

Honoré de Balzac

Prolog

Venedig. Bahnhof Santa Lucia.

Es war das lässig-arrogante Geräusch der Absätze, das seine Aufmerksamkeit auf die Frau lenkte. Abrupt drehte er sich um und sah, wie sie sich einen Weg durch die dichte Schar von Reisenden bahnte, die gerade aus dem Schnellzug aus Neapel gestiegen waren. Dem Mann blieb genug Zeit, um den Blick auf die Knopfleiste ihres Frühjahrsmantels zu heften, der sich bei jedem Schritt öffnete, und flüchtig die geraden, wohlgeformten Beine in Augenschein zu nehmen, die dank des kurzen Kleides bestens zur Geltung kamen.

Als die Unbekannte auf seiner Höhe war, schaute er ihr direkt ins Gesicht, das er als nicht besonders attraktiv, doch zumindest als interessant beurteilte. Dann senkten sich seine Augen auf die Handtasche. Es war eine edle, hinreißende Legend aus gehämmertem Kalbsleder, ein teures Stück von Alexander McQueen, und sie gab den Ausschlag, ihr zu folgen. In der Menschenmenge, die sich auf das Vaporetto mit Ziel Fondamente Nuove schob, streiften sie sich kurz, und unauffällig reckte er den Hals, um ihr Parfum zu erschnuppern. Harzig, betörend, sinnlich. Er erkannte es sofort und war sich sicher – das war ein Wink des Schicksals. Nach vier Tagen des Wartens und unnützer Nachstellungen hatte er möglicherweise die Beute aufgespürt, die diesen Urlaub unvergesslich machen würde.

Für seine Jagdgänge hatte er die Abendstunden gewählt, wenn die Venezianer, die auf der *Terraferma* arbeiteten, den Heimweg antraten. Eine Masse müder und zerstreuter Personen, einzig und allein von dem Wunsch beseelt, in die Hausschuhe zu schlüpfen und es sich nach einem guten Abendessen vor dem Fernseher auf dem Sofa bequem zu machen. Angestellte und Beamte jeder Couleur, Freiberufler, Schüler und Studenten drängten sich zwischen den Ausländern, die die Boote überfüllten. Bei jedem Halt stiegen sie in Grüppchen aus und verloren sich eiligen Schrittes auf den stillen, schwach beleuchteten Plätzen und in den gepflasterten Gassen.

Die anderen Frauen, denen er gefolgt war, hatten sich letztendlich als Enttäuschung erwiesen. Unterwegs hatten sie sich mit Freundinnen oder dem Verlobten getroffen oder hatten, am Haustor angelangt, auf den Klingelknopf gedrückt – ein untrügliches Zeichen für die Anwesenheit anderer Personen im Haus. Nicht eingerechnet die Frauen, denen er bis zum Eingang eines Hotels gefolgt war.

Die Auserwählte zog ihr Mobiltelefon aus der Tasche, um einen Anruf entgegenzunehmen. An der laut und deutlich gesprochenen Begrüßung, die dann in ein unverständliches Flüstern überging, erkannte er, dass die Frau Französisch sprach, eine Sprache, in der er nicht bewandert war. Er war überrascht und tadelte sich im Stillen, denn bis zu diesem Augenblick war er fest davon überzeugt gewesen, dass sie Italienerin war. Ihre Kleidung, ihr Haarschnitt hatten ihn hinters Licht geführt. Er hoffte inständig, dass es sich um eine Ortsansässige handelte. Schließlich gab es in Venedig eine große Schar von Ausländern, die sich dauerhaft in der Stadt niedergelassen hatten. Wenn alles nach Plan lief, würde er sie auf Englisch ansprechen, eine Sprache, die er wiederum so vollkommen beherrschte, dass man ihn für einen Briten halten konnte.

An der Haltestelle Ospedale stieg sie zusammen mit vielen anderen aus, und er richtete es so ein, dass er der Letzte war, und setzte dann seine Verfolgung fort, die dank des Geklappers der Absätze auf der *Pietra d'Istria,* dem istrischen Stein, aus dem ein Gutteil der Straßen Venedigs besteht, noch vereinfacht wurde.

Eilends durchquerte die Frau das gesamte Krankenhausareal, das zu dieser Stunde von Angehörigen auf Krankenbesuch bevölkert war, und nahm den Hauptausgang, der auf den Campo San Giovanni e

Paolo mündete. Nur eine wirklich ortskundige Person konnte diese Abkürzung kennen, überlegte der Mann. Auf der Höhe von San Francesco della Vigna musste er beschleunigen, um sie nicht aus den Augen zu verlieren. Auf dem Campo Santa Giustina angelangt setzte die Auserwählte ihren Weg Richtung Salizada bis zur Calle del Morion fort und steuerte schließlich auf den Ramo al Ponte San Francesco zu. Er schätzte, dass sie keine zehn Meter mehr voneinander trennten: Hätte seine Beute sich jetzt umgedreht, wäre er aufgeflogen und somit gezwungen, auf Abstand zu gehen oder gar kehrtzumachen, aber er war fest überzeugt, dass das nicht geschehen würde. Die Französin hatte es offenbar nur eilig, nach Hause zu kommen. Auf der Calle del Cimitero verlangsamte sie plötzlich und bog dann in einen ummauerten Hof ab. Ein zufriedenes Grinsen machte sich auf seinem Gesicht breit.

Die Frau, die ihn auch wegen seiner dunklen Kleidung und seiner federnden Gummisohlen nicht bemerkt hatte, kramte ohne Hast in ihrer Handtasche nach dem Hausschlüssel und schloss die Tür zu einer ebenerdigen Wohnung auf.

Der Mann versicherte sich, dass keine Lichter brannten, und die Dunkelheit und die Gewissheit, dass die Frau allein war, erregten ihn derart, dass er jede Selbstbeherrschung verlor. Er kannte diesen Zustand sehr gut: Verstand und Selbsterhaltungstrieb waren wie ausgeschaltet, und er war der Macht des Zufalls, des Herrschers des Universums, ausgeliefert.

Rasch pirschte er sich an die Frau heran, bis er sie zu fassen kriegte, warf sie zu Boden und zog die Tür hinter sich zu.

„Rühr dich nicht und schrei nicht", fuhr er sie an, während er an der Wand nach dem Lichtschalter tastete. Er war sich so sicher, die Situation unter Kontrolle zu haben, dass er überhaupt nicht mitbekam, wie die Frau sich erhob. In dem Moment, als er das Licht anschaltete, begann sie, ihn wortlos mit Fausthieben und Tritten zu traktieren.

Mindestens eine Rippe auf der rechten Seite musste gebrochen sein, und die Hoden taten höllisch weh. Er kippte zu Boden und hätte sich am liebsten zusammengerollt, um den stechenden Schmerz zu unterdrücken, doch ihm war klar, dass sie ihn in dieser Position überwältigen und somit dazu verdammen würde, nach peinlichen Prozessen, Untersuchungen durch qualifizierte Superhirne und viel Geschwafel von Journalisten und Schriftstellern den Rest seines Lebens in einem Hochsicherheitsgefängnis zu fristen. Das konnte er nicht zulassen.

Unter enormer Kraftanstrengung, die Sicht wie benebelt, rollte er zur Seite, weg von dem Wüten der Frau, und sah sich nach einem Gegenstand um, mit dem er sich verteidigen konnte.

Er hatte Glück. Trotz zweier fürchterlicher Tritte in die Nierengegend bekam der Mann einen Schirmständer aus Kupfer zu fassen und hieb ihn voller Verzweiflung wieder und wieder gegen die Beine der Frau. Endlich stürzte sie, und er war in der Lage, ihr den entscheidenden Schlag auf den Kopf zu verpassen.

Er verharrte und rang nach Luft, hielt aber die Behelfswaffe fest in den Händen, bereit zuzuschlagen, falls sie zu sich kommen sollte. Nach einigen Augenblicken gelang es ihm, sich trotz der Schmerzen aufzurichten. Die Französin lag reglos da, die Beine breit von sich gestreckt, das Kleid bis zum Schoß hochgerutscht. Sorgsam brachte er sie in eine weniger anzügliche Position und kontrollierte, ob sie noch am Leben war.

So hätte die Sache nicht laufen dürfen. Die Male zuvor war es ganz anders gewesen. Die Auserwählten hatten sich gut benommen und keinen Widerstand geleistet, im Gegenteil, vor Entsetzen hatten sie sich ihm unterworfen, und das gefiel ihm besonders gut. Sie hatten gewinselt, um Gnade gefleht, hatten alles getan, was er von ihnen verlangte, und unablässig an einen Rest von Menschlichkeit appelliert, die ihm in Wahrheit vollkommen abging. Die hier aber hatte mit einer solchen Heftigkeit und stummen Verbissenheit reagiert, dass ihn fröstelte.

Eigentlich wollte er ins Bad gehen, um sich das Gesicht zu waschen, aber das Ritual sah vor, dass sich alles unmittelbar hinter der

Wohnungstür abspielte. Es war eine reine Vorsichtsmaßnahme: Je weniger Räume man betrat, desto weniger Spuren blieben zurück.

Er breitete ihre Arme aus und setzte sich rittlings auf sie, fixierte sie mit den Knien und wartete ab, bis sie das Bewusstsein wiedererlangte.

Erfreut stellte er fest, dass die Verletzung am Kopf nicht so schlimm war, und streichelte ihr mit den teuren Chirurgenhandschuhen aus Styrol-Butadien-Kautschuk, mit denen er mehr spürte als mit den herkömmlichen aus Latex, übers Gesicht.

Sie öffnete die Augen. Ihr erster Impuls war, sich zu befreien, also rammte sie ihm die Knie in den Rücken, aber ihr Angreifer begann, sie zu würgen. Hasserfüllt starrte sie ihn an, so als hätte sie gar keine Angst, als wäre sie immer und in jedem Moment bereit, um ihr Leben zu kämpfen. Sie versuchte alles, um die Lage zu ihren Gunsten zu wenden, und plötzlich flüsterte sie etwas. Ihm war, als wiederholte sie mehrfach ein und dasselbe Wort, vielleicht einen Namen.

Da wurde dem Mann bewusst, dass er seine Auserwählte fürchtete, ihr gegenüber eine gewisse Befangenheit verspürte, und im Gegensatz zu den anderen Malen hatte er es eilig, sie zu töten.

Nachdem er sicher sein konnte, dass sie nicht mehr atmete, erhob er sich und verpasste der Toten ein paar leichte Tritte. Nie zuvor hatte er so etwas getan, aber diese Frau hatte sich wirklich abscheulich verhalten. Aus seiner Jackentasche zog er einen Stoffbeutel und steckte die Handtasche sowie sämtliche Gegenstände aus den Manteltaschen der Toten hinein. Auch das Mobiltelefon, aber nicht ohne zuvor die SIM-Karte entnommen zu haben. Es wäre doch zu dumm gewesen, deswegen aufzufliegen.

Einige Sekunden starrte er noch missbilligend in die leblosen Augen des Opfers, dann ging er, schloss die Wohnungstür ab und entfernte sich eilig.

Ohne Schwierigkeiten erreichte der Mörder seinen Unterschlupf. Er fühlte sich in Sicherheit. Mit dem Schlussritual würde er sich nun höchstes Lustempfinden verschaffen: Es bestand darin, sämtliche

Gegenstände aus der Tasche zu nehmen, sie in einer genauen Ordnung auf einem blütenweißen, duftenden Bettlaken auszubreiten und jeden einzelnen zu betrachten und zu berühren. Die wahre Ekstase bedeutete der Moment, in dem er sich dem Portemonnaie voll Zetteln und Fotografien widmete. Er war überzeugt, dass Frauen eine besondere Gabe besaßen, ihre gesamte Existenz im Inneren eines Geldbeutels zu versammeln.

Aber der Schmerz an den Rippen war jetzt so unerträglich geworden, dass er sein Vorhaben aufschob, um sich mit einer Eispackung und Schmerzmitteln Linderung zu verschaffen.

Er stopfte die Handtasche in den Schrank und streckte sich tief enttäuscht auf dem Bett aus.

Die Stiche und die schlechte Laune ließen ihn nicht zur Ruhe kommen. Er war frustriert, und mit dem Verstreichen der Stunden wuchs seine Neugier auf die hysterische Irre, die der Zufall ihm über den Weg geschickt hatte.

Er hätte die Hände in der Legend versenken können, aber er fürchtete, auf diese Weise alles zu ruinieren. Er hatte Angst, die Magie würde sich verflüchtigen. Früh am nächsten Morgen schaltete er das Radio ein, um die Regionalnachrichten zu hören, und dass kein Mord in Venedig gemeldet wurde, war der Beweis dafür, dass die Leiche noch immer nicht entdeckt worden war. Er war verärgert, und die Warterei zermürbte ihn. Er war nicht mehr Herr der Lage. Und so versuchte er, sich abzulenken, aber er tat nichts anderes, als zwischen einer Nachrichtensendung und der nächsten auf die Uhr zu schauen. Auch in der letzten Nachtausgabe gab es keinen Hinweis. Weder am nächsten Tag und schon gar nicht am darauffolgenden kam eine entsprechende Meldung.

Die anderen Male waren die Auserwählten innerhalb weniger Stunden entdeckt worden, und er war mit der Publicity, die seine Verbrechen erhielten, immer zufrieden gewesen. Die Vorstellung von der Leiche im Verwesungszustand ärgerte und quälte ihn jetzt. Das

Ritual sah vor, dass die Spurensicherung die Leichen in dem Zustand und mit dem Gesichtsausdruck fotografierte, wie er sie zurückgelassen hatte, und nicht verunstaltet vom *Bacillus putrificus* und seinen schrecklichen Helfershelfern.

Er wartete den vierten Tag ab und überlegte, wie er sein Verbrechen dennoch öffentlich machen konnte. Anonyme Briefe und Telefonate kamen nicht in Frage, das würde nur bedeuten, den Ermittlern, die ihm seit Jahren auf den Fersen waren, wertvolle Indizien zuzuspielen. Nach reiflichen Überlegungen kam er zu dem Schluss, dass es nur eine Möglichkeit gab: Er musste in die Wohnung zurückgehen und die Tür offen stehen lassen, um die Nachbarn argwöhnisch zu machen. Der Verwesungsgestank würde sie schließlich dazu bringen, die Polizei zu rufen.

Es war die am wenigsten sichere, aber auch die erregendste Vorgehensweise. Der Mann war überzeugt, dass das Risiko, das er einging, wenn er den Schlüssel ins Schloss steckte, die Tür öffnete und einen Blick auf die Leiche warf, die Magie wieder heraufbeschwören würde, und zurück in seinem Unterschlupf könnte er endlich den Moment genießen, der ganz der Handtasche gehörte.

Am fünften Tag wurden die Schmerzen an den Rippen wieder schlimmer, weswegen er nichts unternahm, sondern den Tag im Bett zubrachte und fernsah, zugedröhnt mit Schmerzmitteln.

Am sechsten Tag fühlte er sich viel besser, und nachdem er sich vergewissert hatte, dass die Lage unverändert war, machte er sich bereit, noch am selben Abend in Aktion zu treten. Er durchsuchte die Legend nach dem Hausschlüssel, jedoch ohne auf den Rest der darin enthaltenen Gegenstände zu achten. Dann verließ er das Haus. Um die Schmerzen in Schach zu halten, war er gezwungen, leicht gekrümmt zu gehen, als wäre er ein um zwanzig Jahre älterer, von Arthrose geplagter Mann. Das schien ihm nicht von Nachteil zu sein. Eventuelle Augenzeugen würden sich nämlich an einen Typen erinnern, der einen seltsamen Gang hatte, doch da Rippenbrüche für gewöhnlich schnell verheilen, würde dieses Indiz die Ermittler am

Ende nur auf eine falsche Fährte locken. Genau wie sein Bart, den er sich vor jedem Verbrechen wachsen ließ.

Unterwegs ging er in eine Apotheke, um Mentholbalsam zu kaufen, den er sich unter die Nasenlöcher rieb: Er wollte nicht Gefahr laufen, sich vor der Leiche dieses Miststücks zu übergeben.

Er folgte den Angaben, die er in seinem Mobiltelefon gespeichert hatte: Akademie, Markusplatz, Rialto, San Lio, Campo Santa Maria Formosa, bis er wieder bei der Krankenhausanlage ankam. Eine lange, verschlungene und dem Anschein nach sinnlose Wegstrecke. In Wirklichkeit verspürte er das Bedürfnis, seinen Körper nach den erzwungenen Tagen im Bett wieder in Schwung zu bringen. Seeluft und Bewegung würden ihm helfen, einen klaren Kopf zu bekommen; er fürchtete, die Schmerzmittel könnten ihn benebelt und sein Urteilsvermögen beeinträchtigt haben.

Als er den ummauerten Hof erreichte, verzog er sich in eine dunkle Ecke und suchte mit den Augen Türen und Fenster ab, ob ihm von dort irgendeine Gefahr drohte. Dann trat er näher und öffnete die Wohnungstür. Er dachte, dass der Trick mit dem Balsam tatsächlich funktionierte, denn kein unangenehmer Geruch schlug ihm entgegen.

Er schloss die Tür hinter sich, knipste die Taschenlampe an und richtete den Lichtstrahl auf die Stelle, wo die Leiche liegen musste. Er spürte einen Stich in der Magengegend, als er feststellte, dass da nichts war. Er machte das Licht an und fand sich in einem leeren Raum wieder. Keine Leiche, kein Möbelstück, kein Bild an den Wänden, die wie frisch gestrichen aussahen. Und nirgendwo dieser schreckliche Schirmständer.

Er war überzeugt, in eine Falle getappt zu sein, und sah sich schon verloren. Er bereitete sich innerlich auf seine Verhaftung vor und hob zum Zeichen des Sichergebens die Hände, aber nach einer Schreckensminute, in der völlige Stille herrschte, begriff er, dass niemand außer ihm in der Wohnung war. Vielleicht warteten sie draußen auf ihn. Von unbezwingbarer Neugier getrieben, beschloss er, sich in die anderen Zimmer vorzuwagen. Das Herz schlug ihm bis zum Hals, als er das Licht in den zwei Schlafzimmern, in der Küche und im Bad anschaltete. Nichts. Kein Staubkörnchen. Nur dieser starke Geruch nach Wandfarbe.

Wie vor den Kopf geschlagen machte er kehrt, und als er seine Hand nach dem Türgriff ausstreckte, nahm er aus dem Augenwinkel ein kleines pulsierendes rotes Licht wahr. Er sah genauer hin und entdeckte auf dem Rand des Holzschränkchens, in dem sich der Stromzähler befand, das Modell einer kleinen Gondel. Vorsichtig nahm er es und fragte sich, warum sie ausgerechnet dieses typisch venezianische Souvenir vergessen hatten, doch er brauchte nur wenige Sekunden, um zu begreifen, dass er eine Miniüberwachungskamera in der Hand hielt. Jemand beobachtete ihn gerade und kannte jetzt sein Gesicht.

Wut, Staunen und Schmerz brachen in einem einzigen Schrei aus seiner Brust. Er brüllte wie ein Besessener, schwenkte die Gondel über dem Kopf und rannte aus der Wohnung, bereit sich den Bullen zu stellen, die sicherlich schon auf ihn warteten. Aber auf dem verlassenen Hof war niemand, der ihn festnehmen wollte. Er lief ungefähr hundert Meter und hielt dann schlagartig an. Er war völlig außer Atem, die Beine fühlten sich an wie Pudding. Nichts als Angst und Entsetzen, und ein Abgrund, schwarz wie die Nacht, tat sich unmittelbar vor ihm auf. Der von ihm so hochgeschätzte Zufall, der ihm in der Vergangenheit unvergessliche Momente beschert hatte, offenbarte sich jetzt als feindlich und gefährlich.

Mit einer brüsken Bewegung brach er die Gondel in zwei Teile und warf die Stücke in einen Seitenkanal. Er drehte sich um und hielt nach möglichen Verfolgern Ausschau, aber die Calle war leer und verlassen. Wieder rannte er los in dem schrecklichen Bewusstsein, selbst zur Beute geworden zu sein.

Eins

Venedig. Fondamenta San Giobbe, Rio Terà de la Crea, einige Tage später.

Der Polizeikommissar außer Dienst Pietro Sambo streckte die Hand aus, um nach dem Feuerzeug und den Zigaretten auf dem Nachttisch zu greifen. Er war schon eine Weile wach, und es hatte ihn Mühe gekostet, bis sieben zu warten, denn um diese Uhrzeit, so hatte er beschlossen, wollte er sich die erste Zigarette des Tages gönnen.

Isabella, seine Frau, konnte Rauchgeruch im Schlafzimmer zwar nicht ausstehen, aber das war jetzt kein Problem mehr. Vor über einem Jahr hatte sie sich mit Beatrice, ihrer gemeinsamen elfjährigen Tochter, aus dem Staub gemacht. Das war nach seiner unehrenhaften Entlassung aus dem Polizeidienst gewesen. Der Grund dafür: Annahme von Bestechungsgeld, das erste und letzte seines Lebens. Er war nie korrupt gewesen, und das Geld hatte er nur genommen, um zu verhindern, dass die Ordnungskräfte eine ganz bestimmte Spielhölle dichtmachten, die ein paar Nächte in der Woche im Hinterzimmer eines in den achtziger Jahren berühmten Restaurants in Betrieb war. Franca Leoni, die Frau des Besitzers, war mit ihm auf der Oberschule Foscarini in dieselbe Klasse gegangen und sie war auch die Erste gewesen, mit der er Sex gehabt hatte. Jahre später hatten sie einander gesucht und auch gefunden und sich erneut in den Bettlaken gewälzt, obwohl jeder von ihnen in der Zwischenzeit im Hafen der Ehe gelandet war. Das Wiederaufflammen ihrer Gefühle war nur von kurzer Dauer, aber als sie sich dann wieder bei ihm gemeldet hatte, um ihn um diesen Gefallen zu bitten, hatte er es einfach nicht übers Herz gebracht, Nein zu sagen. Er hatte das Geld nur deshalb angenommen, weil er vermeiden wollte, dass Francas Ehemann ein Techtelmechtel zwischen ihnen vermutete. Im ersten Moment empfand er die Sache als nicht gravierend: Ein Gutteil seiner Kollegen protegierte jemanden und gab ihn für einen Informanten aus.

Die Carabinieri waren schließlich auf den illegalen Spielsalon gestoßen, weil sie einen Drogendealer mittleren Kalibers beschatteten, und umgehend war ihnen klar geworden, dass Signora Leoni das schwache Glied in der familiengeführten Bande war.

Ganze fünf Minuten hatte die Frau gebraucht, um herauszufinden, dass ein Verrat zuweilen von Vorteil sein konnte, und so hatte sie alles bis in die kleinste Einzelheit erzählt. Sie hatte sich damit herauszureden versucht, die illegalen Einnahmen würden dazu dienen, die Schulden des Restaurants zu bezahlen; die Angst vor dem Knast aber hatte sie so weit getrieben, auch ihren alten Freund und Liebhaber hineinzuziehen.

Der korrupte Bulle war zum Filetstück der Ermittlung geworden, alle hatten sich auf ihn eingeschossen. Während er hinter Gittern saß, hatte sein Verhältnis mit Franca Leoni sogar Schlagzeilen in der Presse gemacht, und seine rechtmäßige Angetraute hatte die Schmach der Betrogenen nicht mehr länger ertragen. Nicht einmal die Tochter vermochte ihre Beziehung zu kitten: zu viel Lärm, zu viel Gerede, zu viele Blicke.

Venedig ist die falsche Stadt für den, der in aller Munde ist. Es gibt keine Autos, die Leute sind zu Fuß unterwegs, sie begegnen sich, reden, kommentieren, schmücken Nachrichten aus mit einem solchen Geschick, dass sie es im Laufe der Jahrhunderte zur Meisterschaft gebracht haben.

Isabella hatte ihn verlassen und war mit Beatrice nach Treviso gezogen, um alles zu vergessen und sich ein normales Leben aufzubauen, in dem sie nicht gezwungen war, vor Scham den Blick zu senken.

Er aber war geblieben, um bis zum Ende für diesen einen Fehler zu bezahlen, der ihm sein Leben ruiniert hatte. Im Gegensatz zu seiner Ehefrau senkte er nie den Blick, sondern beschränkte sich darauf, all denen zuzunicken, die ihn mit jener vorwurfsvollen Strenge anstarrten, wie sie Sündern vorbehalten ist. Er bereute, was er getan hatte, und hätte alles gegeben, um es rückgängig zu machen, aber die Vergangenheit ließ sich nicht ungeschehen machen, und so hatte er keine andere Wahl, als sich einer Existenz mit dem Schandmal der Bestechlichkeit zu stellen.

Er hatte die Wohnung behalten dürfen, in der er mit seiner Familie gelebt hatte, und um über die Runden zu kommen, half er seinem jüngeren Bruder Tullio, der einen kleinen Laden mit venezianischen Masken betrieb. Drei Nachmittage in der Woche lächelte er Ausländern zu, die pausenlos in die vierzig Quadratmeter einfielen. Manchmal musste er richtig laut werden, um zur Schließzeit das Rollgitter des Ladens herunterlassen zu können. Sich Respekt zu verschaffen, lag ihm im Blut. In den Jahren bei der Polizei hatte er sich die notwendigen Tricks angeeignet, um die Bösen ebenso wie die Guten zur Ordnung zu rufen. Alle ohne Unterschied verstanden es, lästig und nervig zu sein.

Nur den Touristen gegenüber wagte er es, die Muskeln spielen zu lassen. Seinem Venedig, in dem er geboren worden und aufgewachsen war, zeigte er sich jetzt immerzu mit der Miene des geprügelten Hundes. Es schien, als streifte er ziellos und mit erhobenen Händen durch die Stadt, so als würde er um Vergebung bitten.

Er setzte sich im Bett auf und suchte mit den Augen den Fußboden nach seinen Hausschuhen ab. Beim Zähneputzen erinnerte ihn ein Rückfluss von Magensäure daran, dass die Strafe, die er da verbüßte, auch konkrete Nebenwirkungen wie eben Sodbrennen hatte.

Das Gesetz hatte sich mit einigen Monaten Gefängnis und dem Entfernen der Dienstgradabzeichen von seiner Uniform zufriedengegeben, das Gewissen aber hatte ihn zu lebenslänglich verurteilt.

In Italien hatten Politiker, hohe Beamte, Industrielle und schwere Kaliber der Finanzwelt bewiesen, dass ins Räderwerk der Justiz zu geraten, nichts Schlimmes bedeutete. Im Gegenteil. Wie Medaillen auf dem Brustrevers trugen sie ihren Status als durch die Staatsanwaltschaft „Verfolgte" zur Schau.

Schon der bloße Gedanke daran, kein Polizist mehr zu sein, war für Pietro Sambo unerträglich. Er war wie geschaffen für diese Arbeit: tüchtig, gewissenhaft, mit einem Riecher für die richtigen Spuren. Deshalb hatte er auch Karriere bei der Mordkommission gemacht, war zu deren Leiter aufgestiegen – unantastbar, gefürchtet, respektiert, bis ihn diese Schlammlawine überrollt hatte.

Betont langsam zog er sich an, nahm den Abfallsack aus dem Mülleimer und verließ das Haus in Richtung Bar Da Ciodi in der Nähe des Ponte dei Tre Archi. Dort würde er wie immer seinen Kaffee trinken und ein Stück Kuchen essen, den die Witwe Gianesin, die seit Urzeiten das Lokal führte, selbst backte.

Sie kannte den ehemaligen Kommissar seit seiner Kindheit und hatte den Skandal mit einer lapidaren Bemerkung in reinstem Venezianisch abgetan: *„Qua el xe sempre benvenuo."* Nie hatte sie Fragen gestellt. Sie behandelte ihn wie gewohnt und wachte auch darüber, dass andere Kunden es tunlichst unterließen, ihn in Verlegenheit zu bringen.

Als er eine Tageszeitung kaufte, fiel ihm ein Mann auf, dessen ganze Aufmerksamkeit dem Schaufenster eines kleinen Bäckerladens galt. Er hatte ihn nie zuvor in diesem Viertel gesehen. Es konnte sich um einen Auswärtigen handeln, doch das bezweifelte er. Keiner, der ganz bei Trost war, hätte an diesen spärlichen Backwaren irgendetwas interessant gefunden. Er stufte ihn als verdächtig ein, und mit dem unguten Gefühl, dass dieser Typ just ihm auf den Fersen war, setzte er seinen Weg fort. Nach wenigen hundert Metern ging Sambo auf einen Sprung in den Tabakwarenladen, um sich seinen Tagesvorrat zu sichern, und tatsächlich, als er herauskam, stand da auch schon der Unbekannte, diesmal vor einem Antiquitätenladen.

Der Ex-Kommissar war nicht besorgt und schon gar nicht erschrocken. Er war einfach nur neugierig. Die Liste der Kriminellen, die er hinter Gitter gebracht hatte, war lang. Und so hatte er längst mit der Möglichkeit zu leben gelernt, dass es jemand mit Rachegelüsten auf ihn abgesehen haben könnte. Der Mann hätte auch zu den

Ordnungskräften gehören können, aber im Augenblick war er nicht in der Lage, ihn genauer einzuordnen. Er musste knapp über vierzig sein, mager, fast eine Bohnenstange, aber muskulös. Schmale Lippen und Nase, dunkle Augen, schulterlanges Haar mit Mittelscheitel.

Ganz gewiss machte er nicht den Eindruck, sein Leben hinter einem Schreibtisch zuzubringen, die Straße schien sein angestammtes Terrain zu sein.

Sambo riss das Päckchen auf, zündete sich eine Zigarette an und ging dann schnurstracks auf den Typen zu, der weder das Weite suchte, noch irgendein Ausweichmanöver startete. Er beschränkte sich darauf, mit einem impertinenten Grinsen im Gesicht auf ihn zu warten.

„Guten Tag", hob der ehemalige Bulle an.

„Guten Tag, Signor Pietro", grüßte der andere mit stark spanischem Akzent zurück.

Der Fremde gab ohne Umschweife zu, dass er ihn kannte und ihre Begegnung keineswegs zufällig war. „An dieser Stelle", sagte Sambo, „sollte ich Sie doch fragen, warum Sie mir auf so plumpe Weise nachsteigen."

Der andere lachte. „Für gewöhnlich bin ich wesentlich besser", erwiderte er. Dann deutete er die Straße hinunter. „Es wäre mir ein Vergnügen, Sie zum Frühstück einzuladen. Natürlich in die Bar Da Ciodi."

„Ich stelle fest, dass Sie über so manche Details meines Tagesablaufs Bescheid wissen", meinte der Kommissar a. D., sauer auf sich, weil er offensichtlich in den vergangenen Tagen nicht wachsam gewesen war. „Seit wann beschatten Sie mich schon?"

Der Ausländer antwortete nicht direkt. „Wir kennen Sie gut, Signor Pietro. Besser, als Sie es sich vorstellen können."

„Sie sprechen im Plural. Wer seid ihr?"

„Ich heiße Cesar", antwortete er, wobei er sich vorsichtig bei ihm unterhakte. „Es gibt da eine Person, mit der ich Sie zusammenbringen möchte."

Als sie das Lokal betraten, warf die Witwe Gianesin dem Unbekannten an seiner Seite einen misstrauischen Blick zu. Pietro näherte sich der Theke, um ihr zur Begrüßung einen Kuss auf die Wange zu geben. Der Spanier steuerte auf ein Tischchen zu, an dem ein Mann *Le Monde* las und einen Espresso schlürfte.

„Sind das Freunde?", fragte die Besitzerin.

„Ich weiß es nicht", erwiderte der Kommissar a. D. „Ich werde es bald herausfinden."

Der Typ faltete die Zeitung zusammen, erhob sich und reichte Pietro die Hand. „Mathis", stellte er sich vor. Er war älter als sein Sozius und hatte kurzes graues Haar. Er trug eine Brille mit leichtem Gestell, die seine großen hellblauen Augen gut zur Geltung brachte. Er war nicht besonders groß, eher von gedrungener Statur und hatte einen Bauchansatz. Pietro fand, dass er nach Militär aussah.

Der Kommissar a. D. folgte der Aufforderung, Platz zu nehmen, und die Witwe brachte den Cappuccino und das Stück Kuchen. Der Typ, der sich als Cesar vorgestellt hatte, bestellte ein Glas lauwarme Milch. Sambo angelte sich mit der Gabel ein Stück von dem Kuchen und steckte es mit fahriger Geste in den Mund. Diese ganze Geheimniskrämerei ging ihm langsam auf den Keks. „Ein Italiener, ein Franzose und ein Spanier. Was wird das? Ein Witz?"

Die beiden Männer warfen sich einen Blick zu, und dann sagte der, der sich als Mathis vorgestellt hatte, etwas, womit Pietro nie und nimmer gerechnet hätte. „Wir wollen Ihnen eine Ermittlung anvertrauen."

„Ich bin nicht mehr im Dienst und ich bin kein Privatdetektiv."

„Ich habe Ihnen bereits gesagt, wir kennen Sie gut", schaltete sich Cesar ein.

„Und wozu braucht ihr dann einen korrupten Bullen?", fragte Sambo in provokantem Ton.

„Seien Sie doch nicht so streng mit sich", entgegnete der Franzose. „Sie haben einen Fehler gemacht und dafür haben Sie teuer bezahlt, aber Sie sind doch kein Abschaum."

„Was wisst ihr denn schon?!"

Die beiden Fremden blieben ihm die Antwort schuldig und fragten ihn stattdessen, ob er gar nicht neugierig sei, etwas über den Fall zu erfahren, den sie ihm übertragen wollten.

„Mich würde auch interessieren, wer ihr eigentlich seid und wie ihr ausgerechnet auf mich gekommen seid."

„Zum jetzigen Zeitpunkt ist das nicht möglich", erklärte der Spanier.

„Eins nach dem anderen", ergänzte Mathis.

Sambo widmete sich seinem Frühstück und dachte, dass das Leben doch ständig Überraschungen bereithielt. Die beiden da stanken förmlich nach Geheimdienst, und wenn sie nun versuchten, ihn in etwas hineinzuziehen, bedeutete das, dass sie selbst in der Scheiße saßen. Vermutlich brauchten sie einen erfahrenen Ermittler, der das Territorium gut kannte, eben weil sie sich nicht an die Polizei wenden konnten.

„Wir bezahlen gut", sagte der Spanier.

„Das nehme ich doch an! Weil das, was ihr mir vorschlagt, gegen das Gesetz verstößt und gefährlich ist."

„Es handelt sich um eine Mordermittlung", antwortete der Franzose.

„Wer ist das Opfer? Wann ist der Mord passiert?", fragte Pietro überrascht. „Hier in Venedig ist seit Längerem keiner mehr umgebracht worden."

Die beiden verharrten in Schweigen, unentschlossen, ob sie antworten sollten. Nachdem Cesar sich vergewissert hatte, dass keiner der Gäste in der Bar an ihrer Unterhaltung interessiert war, rückte er mit der Sprache heraus. „Eine Freundin von uns wurde vor rund zehn Tagen erwürgt, und das Verbrechen wurde aus Gründen, die wir im Moment nicht darlegen können, nicht angezeigt."

Sambo war wie vor den Kopf geschlagen. Er deutete auf die Straße. „Ihr wollt mir also weismachen, dass es da draußen eine verwesende Leiche gibt, die darauf wartet, entdeckt zu werden?"

„Nein, so verhält es sich nicht. Die Sache ist anders", erwiderte der Franzose. „Wir brauchen einen erfahrenen Mann von der Mordkommission, weil wir nicht wollen, dass der Mörder entwischt."

Pietro steckte sich eine Zigarette zwischen die Lippen, ohne sie anzuzünden. „Warum nur glaube ich, dass euch dabei kein regulärer Gerichtsprozess vorschwebt …"

„In der Tat", erwiderte Mathis. „Der soll wie ein Köter krepieren."

Entsetzt breitete der Kommissar a. D. die Arme aus. „Ist euch eigentlich klar, was ihr da sagt? Ihr kommt hierher, um mir eine nicht autorisierte Ermittlung anzutragen; ich soll einen Schuldigen aufspüren, auf den das Todesurteil wartet!"

„Einen Mörder", stellte der Franzose klar.

„In diesem Land ist die Todesstrafe schon seit einer ganzen Weile abgeschafft."

„Die ermordete Frau war eine besondere Person. Sie lag uns sehr am Herzen", erwiderte Cesar.

„Das tut mir leid", hielt Sambo dagegen, „ändert aber nichts an meiner Meinung."

„Wir wollten Sie nur bitten, doch einen Blick auf das Material zu werfen", schlug Mathis vor. „Vielleicht können Sie uns wenigstens einen Rat geben, wenn Sie uns auch nicht helfen wollen."

Pietro Sambo war verwirrt. Die Geschichte, die ihm die beiden da aufgetischt hatten, klang absurd, aber vermutlich stimmte sie. Es gab keinen Grund, das Gegenteil zu vermuten. Im Übrigen hatte er an diesem Tag nichts Besseres zu tun.

Ein Vaporetto brachte sie zur Giudecca, wo sie an der Haltestelle Sacca Fisola ausstiegen. Über die Fondamenta Beata Giuliana di Collalto gelangten sie ins Zentrum der Insel und einige Wegminuten später, in der Calle Lorenzetti, betraten sie einen von Rentnern und Studenten bewohnten Palazzo, der dringend einer Sanierung bedurft hätte. Ein uralter Aufzug beförderte sie in den dritten und letzten Stock.

Das Erste, was Pietro ins Auge fiel, war die gepanzerte Wohnungstür und das Sicherheitsschloss, allerneuestes Modell. Er kannte nur ganz wenige Einbrecher, die in der Lage gewesen wären, es zu knacken, und die saßen seit geraumer Zeit hinter Gittern.

„Wir wollen kein Risiko eingehen", erklärte der Franzose, dem Pietros interessierter Blick nicht entgangen war.

Sie gingen durch einen langen, schmalen Korridor, der wegen der grünen, muffig riechenden Tapete an den Wänden noch düsterer wirkte.

Im hintersten Zimmer herrschte völlige Finsternis. Als das Licht angeschaltet wurde, stand Pietro da und starrte auf eine mit vielen Fotografien tapezierte Wand. Er begriff sofort, dass es sich um Aufnahmen vom Tatort handelte, die jemand gemacht hatte, der sich mit den Methoden der Spurensicherung auskannte. Er begann, eine nach der anderen zu studieren: Eine Frau zwischen fünfunddreißig und vierzig lag mit aufgerissenen Augen und weit ausgebreiteten Armen auf dem Boden, daneben ein umgeworfener Schirmständer. Ihr Kleid war weder nach oben gezogen noch zerrissen. Sexuelle Gewalt konnte man höchstwahrscheinlich ausschließen.

„Sie wurde erwürgt, richtig?", fragte der Kommissar a. D.

„Ja", antworteten die beiden fast gleichzeitig.

„Wurde eine Autopsie durchgeführt?"

„Nein."

„Und wie könnt ihr euch da mit der Todesursache so sicher sein?", legte Pietro nach, wenngleich er sich die Antwort schon vorstellen konnte.

„Wir besitzen eine gewisse Erfahrung in solchen Dingen", säuselte der Franzose.

Sambo drehte sich um und sah ihnen direkt ins Gesicht. „Polizei, Militär, Geheimdienst, was genau seid ihr?"

Cesar schüttelte den Kopf. „Wir können Ihnen sagen, dass wir die Guten in dieser Geschichte sind. Der Böse ist der, der unsere Freundin umgebracht hat."

„Bislang habt ihr sie nicht mal beim Namen genannt", stellte Pietro fest.

Der Spanier verzog das Gesicht. „Ich kann ja einen erfinden, wenn er für Sie so wichtig ist."

„Und die Leiche?"

„Die ist in Sicherheit", antwortete Mathis. „Die wird zum passenden Zeitpunkt den Angehörigen übergeben."

Sambo hätte die Angelegenheit gerne noch etwas vertieft und begriffen, weshalb das Ableben der Frau nicht öffentlich gemacht werden durfte, aber er wollte besser abwarten, wie sich die Dinge entwickelten. Die beiden da waren fest entschlossen, den Mund nicht aufzumachen, und die zahlreichen Fragen, die ihm durch den Kopf gingen, würden ohne Antwort bleiben.

„Ich müsste den Tatort untersuchen."

„Das ist nicht möglich", entgegnete der Franzose.

Der Kommissar a. D. verlor die Geduld. „Denkt ihr tatsächlich, ich könnte ohne gründliche Kenntnis des Falles ermitteln?"

„Wir wissen, wer der Mörder ist", verriet Cesar.

„Wir kennen sein Gesicht, aber nicht seine Identität", erläuterte der andere. „Deshalb brauchen wir die Unterstützung einer Person mit Ortskenntnissen."

Der Spanier fasste nach der Maus eines PCs, und auf dem Bildschirm erschien die Aufnahme einer Tür, die sich ein Stück weit öffnete, und eine Schneise aus künstlichem Licht sprengte das Dunkel und erhellte einen Ausschnitt des Fußbodens.

Plötzlich wurde die Deckenlampe eingeschaltet, und man sah das Profil eines Mannes, der mit kaum verhohlenem Staunen den Raum in Augenschein nahm. Er war dunkel gekleidet, trug so etwas wie Latexhandschuhe und Schuhe mit dicken Sohlen. Er musste rund einen Meter achtzig groß sein, und sein Körper wirkte leicht und wendig. Dann betrat der Typ ein anderes Zimmer und verschwand einige Minuten aus dem Bild. Auf dem Weg zum Ausgang passierte er erneut die Kamera. Mit einem Mal drehte er sich um und ging auf das Teleobjektiv zu, und für wenige Sekunden war er in Nahaufnahme auf dem Bildschirm zu sehen.

Ein dunkelblonder, dichter, aber gepflegter Bart umrahmte ein Gesicht mit regelmäßigen, fast unauffälligen Zügen. Die grauen Augen verliehen ihm eine gewisse Sinnlichkeit, trotz der Spannung des Augenblicks. Sambo dachte, dass die Seltenheit der Farbe die Jagd auf ihn erleichtern würde, aber er erinnerte sich auch an die Volksweisheit, nach der Menschen mit grauen Augen ausgesprochene Glückspilze waren.

Das Gesicht des Mannes verzerrte sich vor Wut. Trotz des fehlenden Tons war klar, dass er brüllte. Dann wurden die Aufnahmen zunehmend unscharf, bis sie schließlich abbrachen.

Pietro war verdutzt. „Eigentlich hatte ich gedacht, ich würde die Aufnahmen des Mordhergangs zu sehen kriegen."

„Die Videoaufnahme stammt aus der Zeit nach der Entdeckung der Leiche und ihres Abtransports", erklärte Cesar.

„Wie könnt ihr euch so sicher sein, dass er der Mörder ist?"

„Er war im Besitz der Schlüssel des Opfers."

„Und wieso dachtet ihr, der Täter würde an den Tatort zurückkehren?"

Mathis seufzte, legte eine Hand auf Pietros Arm und schob ihn in Richtung eines Stuhls. „Als wir unsere ermordete Freundin gefunden haben", hob er an, „waren wir überzeugt, dass die Schuldigen jene Feinde wären, gegen die wir schon seit Langem Krieg führen, und so haben wir die Leiche weggebracht und die Wohnung leer geräumt, um zu vermeiden, dass sie, sollten sie wiederkommen, sich Material unter den Nagel rissen, das ihnen grundlegende Informationen über unsere Aktivitäten liefern könnte, oder dass sie uns einen Hinterhalt legten. Wir haben eine Überwachungskamera aufgestellt und waren sehr überrascht, als wir den Typen da aufkreuzen sahen. Wir sind sicher, dass er nichts mit unseren Gegnern zu tun hat."

„Ein Profikiller?"

Der Franzose schüttelte den Kopf. „Als solcher wäre er viel schneller und effizienter vorgegangen."

Der Spanier erhob sich und näherte sich den aufgehängten Fotos. „Mathis hat recht. Auf ihnen sind die Kampfspuren deutlich zu erkennen", sagte er und deutete auf die Beschädigungen an der Wand, auf dem Fußboden, auf die Kratzer an den Schuhspitzen des Opfers und die Blutergüsse an den Beinen. „Sie wusste, wie man sich verteidigt, und sie hat ihr Leben teuer verkauft. Wir sind der Ansicht, dass der Mann unbewaffnet war und es sich um einen versuchten Raubüberfall handelte, der ein schlimmes Ende genommen hat. Alles hat sich in diesem Raum abgespielt, und er ist mit der Handtasche geflüchtet, die wir unter allen Umständen wieder auftreiben müssen."

Pietro Sambo dachte darüber nach, dass in Venedig noch nie ein Verbrechen dieser Art geschehen war. Mittlerweile waren auch die Handtaschendiebstähle bei Touristinnen weniger geworden. Er ging im Geist die einschlägig Vorbestraften in der Stadt durch, die ihm bestens bekannt waren und deshalb mit Sicherheit ausgeschlossen werden konnten. Mit einem Schaudern fiel ihm ein, dass er schon einmal von einem solchen Szenario gehört hatte. Die Einzelheiten des Falles begannen ohne klar ersichtliche Ordnung in seinem Kopf zu kreisen. Tatort, Opfertypologie, Mordtechnik, der Handtaschendiebstahl. Plötzlich erinnerte er sich an einen Vortrag auf einer Fortbildung der Interpol in Brüssel. Er sprang auf, griff sich die Maus und suchte die Nahaufnahme des Mörders.

Cesar stand ebenfalls auf. „Haben Sie ihn wiedererkannt?", fragte er, verwundert über die Reaktion des Italieners.

Der Kommissar a. D. deutete auf das Gesicht auf dem Bildschirm. „Verdammter Mist, er ist es. Ich kann es kaum glauben."

„Wer er?", bedrängte Cesar ihn ungeduldig.

Sambo war komplett durch den Wind und brauchte einige Augenblicke, um zu antworten: *„Der Tourist."*

Zwei

Dem Betreffenden missfiel es ganz und gar nicht, der Tourist genannt zu werden. Das bedeutete nämlich, dass die Polizisten, die hinter ihm her waren, weiterhin all jene Indizien außer Acht ließen, die zu seiner Identifizierung führen könnten. Ein Ermittler des österreichischen Bundeskriminalamts hatte ihm seinerzeit diesen Namen verpasst. Bei Ermittlungen zum Mord an einer gewissen Sabine Lang hatte er herausgefunden, dass zwei weitere Verbrechen nach dem gleichen Muster in Städten begangen worden waren, die als Ziel von Besuchermassen bekannt waren: Dublin und Sevilla.

Laut eines Journalisten der *Kronen Zeitung* soll der Polizist ausgerufen haben: „Aber das ist ja ein verfluchter Tourist!"

Und gemäß der Definition im *Crime Classification Manual* des FBI galt er seit jenem Tag als Serienmörder, mit anderen Worten als jemand, der „drei oder mehr zeitlich getrennte Morde an drei oder mehr unterschiedlichen Orten begangen hat, mit einer Abkühlperiode zwischen den Taten".

In eine derart profane Kategorie gesteckt zu werden, behagte ihm ganz und gar nicht. Er hatte sich nie als ein unter kriminologischen Aspekten klassifizierbares Individuum gesehen, und es hatte ihn Überwindung gekostet, sich damit abzufinden. Er hatte seine Reisen unterbrochen, um sich auf die Lektüre sterbenslangweiliger Texte aus der Feder von Psychiatern und Profilern, horrender Biografien von Serienmördern und sogar von Romanen sowie auf Spielfilme und Fernsehserien zu konzentrieren, um zu dem Schluss zu kommen, dass er sich zuweilen ausgesprochen schlecht benahm. Aber er konnte nichts dagegen tun.

Es gab keine Therapie, die ihn hätte heilen können. Nach Jahrzehnten katastrophaler Experimente hatte die Psychiatrie vor den eindeutigen Fakten die Waffen gestreckt: Psychopathische Verbrecher gehörten auf Lebenszeit hinter Gittern oder zum Tode verurteilt, falls das Gesetz diese Möglichkeit zuließ.

Diese Lektüren hatten ihm geholfen, sein eigenes Wesen zu begreifen, aber er war darüber weder schockiert gewesen, noch hatte ihn das Grauen angesichts seiner Verbrechen überwältigt. Individuen wie er waren vollkommen unfähig, Schuldgefühle, Reue, Besorgnis oder Angst zu verspüren.

Die Impulsivität, mit der er seine Opfer auswählte, und die Art und Weise, wie er sie angriff – ein höchst gefährliches und erregendes Spiel mit dem Feuer –, waren ein weiteres Erkennungsmerkmal seiner Persönlichkeit, die von den Seelenklempnern eingehend studiert worden war. Ihnen zufolge handelte es sich dabei um „mangelnde Verhaltenskontrolle", für ihn war es etwas Magisches und Undefinierbares, auf das er niemals verzichten würde.

Mit viel Geduld hatte er sich ein „normales" Leben aufgebaut, das ihm die Möglichkeit gab, sich unter dem Vorwand seiner Recherchen in den Städten aufzuhalten, in denen er zu morden beabsichtigte. Die Tarnung gestattete es ihm, sich wie ein echter Tourist zu benehmen.

Ausstaffiert mit einem Stadtführer besuchte er Monumente, Museen und die charakteristischen Stadtviertel. Es konnte passieren, dass ihm ganz plötzlich eine Frau ins Auge fiel – ein flatternder Rock, ein besonderer Strumpf, ein Schuhabsatz –, und schon war ein gewisses Interesse bei ihm geweckt. War dann auch die Handtasche nach seinem Geschmack, ging er zur Verfolgung über.

In den meisten Fällen vergeudete er damit seine Zeit. Es konnte jedoch auch geschehen, dass die ganze Mühe belohnt wurde und die junge Dame vor der Tür eines Wohnhauses stehen blieb, den Schlüssel hervorholte und ihn ins Schloss steckte, womit sie ihm ermöglichte, in Aktion zu treten. Ein Schubs und die Auserwählte stürzte zu Boden. Der Tourist schloss die Tür hinter sich, presste die Hände um ihren Hals und ließ sich Zeit, um das Ganze zu genießen. Anschließend entfernte er sich mit seiner Beute.

Diese Einzelheit war nie bekanntgegeben worden. Es war gängige Praxis unter Ermittlern, zumindest ein Detail des Modus Operandi eines Serienkillers geheim zu halten, damit sie ihre Zeit nicht mit Wichtigtuern verschwendeten, die vorgaben, der Gesuchte zu sein, und um mögliche Trittbrettfahrer auszuschließen.

Der Tourist wusste sehr wohl, dass die Ermittler ihn für einen Fetischisten hielten, und er hatte keinerlei Schwierigkeiten, das vor sich selbst zuzugeben. Doch sie waren sich ebenso sicher, dass er die Handtaschen, den Inhalt oder zumindest Teile davon aufbewahrte. Und darin täuschten sie sich gewaltig. Zu seinem allergrößten Bedauern hatte er sich der Sachen stets entledigt, denn er hatte nicht die Absicht, in einer Gefängniszelle zu enden.

Von seinen Feinden hatte er viel gelernt. Die erste Regel lautete, Verhaltensweisen zu vermeiden, die ihn mit der Psychopathie-Checkliste in Verbindung brachten, und er hatte sich das Naturtalent des Psychopathen beim Lügen, Betrügen und Manipulieren zunutze gemacht, um vor aller Augen als tüchtige Person dazustehen – besonnen, zurückhaltend, mit einem guten Job, einer der seinen Bürgerpflichten nachkam und pünktlich seine Steuern zahlte. Der schwierigste Part dabei war gewesen zu lernen, Empathie gegenüber seinen Mitmenschen vorzutäuschen, sich als jemanden zu geben, der zu Empfindungen fähig war. Am Ende hatte er es beinahe zur Perfektion gebracht, als er nämlich herausgefunden hatte, dass es durchaus unterhaltsam war, mit den Gefühlen anderer zu spielen. Er hatte sich sogar einen Beruf ausgesucht, der mit Emotionen, Schönheit und dem künstlerischen Genie zu tun hatte, um so noch intensiver auszukosten, wenn er sah, wie die Menschen sich tief in seinem Lügengebäude verfingen.

Die Straffreiheit, die er genoss, hatte ihn für lange Zeit in der Gewissheit leben lassen, dass traditionelle Ermittlungsmethoden nicht zu seiner Verhaftung führten. Er hatte eine ruhige Existenz als Serienmörder gelebt, bis er einer der schönsten Städte der Welt einen Besuch abgestattet hatte: Venedig.

Für ihn war sie ein Muss gewesen, nachdem 2010 der Film mit dem Titel *The Tourist*, der just in der Lagunenstadt spielte, in die Kinos gekommen war. Die Filmhandlung hatte zwar nichts mit seinem Jagdtreiben zu tun, aber er war der einzige wahre Tourist, und eine „signierte" Leiche würde ihn in seiner Rolle erneut bestätigen.

Alles war jedoch schiefgelaufen. Angefangen bei der Auserwählten, die versucht hatte, ihn mit Fausthieben und Tritten zu töten. Zum Glück hatte sie dank ihres schlechten Geschmacks die Diele mit diesem abstoßend hässlichen Schirmständer aus Kupfer bestückt, der sich als nützlich erwiesen hatte, um sie außer Gefecht zu setzen.

Aber das eigentliche Problem war natürlich die verfluchte, als Gondel getarnte Überwachungskamera. Jemand kannte nun seine Identität.

Mit dem letzten Nachtzug nach Paris war er aus Venedig geflüchtet und hatte dort ein Flugzeug nach Hause bestiegen.

Nach seiner Rückkehr hatte er einige Tage lang das Aufkreuzen der Polizei befürchtet, aber das war nur ein irrationaler Gedanke gewesen, der ganz der Frustration geschuldet war, die Situation nicht mehr unter Kontrolle zu haben. Ohne Bart und ohne die Kontaktlinsen, die seinen Augen dieses faszinierende Grau verliehen, wurde er zu einem anderen, der beinahe nicht wiederzuerkennen war. Er hatte keine Fingerabdrücke oder genetische Spuren hinterlassen und konnte sich daher sicher fühlen. Sicher vor der Polizei. Aber nicht vor denen, die die Leiche hatten verschwinden lassen und die Wohnung leer geräumt hatten. Es war mittlerweile klar, dass die Auserwählte in irgendwelche finsteren Machenschaften verwickelt gewesen sein musste, womit sich auch ihre kämpferischen Fähigkeiten erklären ließen. Er war zu der Überzeugung gelangt, dass es sich um eine gut organisierte Bande handeln musste, und obwohl er keine kriminalistische Erfahrung besaß, war in ihm die Gewissheit herangereift, dass sie auf Teufel komm raus versuchen würden, sich zu rächen. Und bekanntlich stehen Bösewichten mehr Mittel zur Verfügung als den Sicherheitsbehörden. Sträflingskleidung zu tragen, das war eine Sache, aber an einem Fleischerhaken zu baumeln, gehörte gewiss nicht zu seinen Plänen. Er musste unbedingt herausfinden, wer diese Leute waren, um sich eine passende Strategie gegen die drohende Gefahr auszudenken.

In dieser Geistesverfassung machte der Tourist sich daran, die in der Handtasche enthaltenen Gegenstände herauszunehmen und sie im Schlafzimmer auf dem blütenreinen, nach Lavendel duftenden Bettlaken auszubreiten.

Im Hintergrund feierte das Klavier von Yuja Wang, begleitet vom Tonhalle-Orchester Zürich, das Genie von Ravel. In Reichweite ein Glas köstlicher Muscat d'Alsace.

Hilse, seine Ehefrau, würde die Nacht bei ihrer Busenfreundin verbringen und nicht vor nächsten Mittag zurück sein. So hielt sie es jedes Mal, wenn sie stritten, und seit einiger Zeit war der Grund dafür immer der gleiche: ein Kind zeugen. Hilse war gerade sechsunddreißig geworden und hatte ein glühendes Verlangen danach. Er nicht. Es bestand nämlich das handfeste Risiko, den nächsten Psychopathen in die Welt zu setzen, der Probleme schaffen und ihn in Gefahr bringen würde. Seine eigene Jugend war eine Abfolge halsbrecherischer Aktionen gewesen, die in seinem neuen Leben nur dank des Geldes seiner Mutter, mit dem er sich den Beistand kostspieliger und tüchtiger Rechtsanwälte hatte kaufen können, keine Konsequenzen oder sonstigen Auswirkungen nach sich gezogen hatten. Vor allem aber hatte es ihm die Möglichkeit verschafft, Land und Staatsangehörigkeit zu wechseln.

Er seufzte. Er hatte auf alle erdenkliche Weise versucht, seine Frau von ihrem Kinderwunsch abzubringen. Immerhin war er bereits dreiundvierzig Jahre alt, also nicht gerade im besten Alter, um Vater zu werden, sie aber machte keine Anstalten aufzugeben. Umso mehr noch, als ihre Freundinnen und ihre Verwandtschaft sie darin bestärkten. Erneut nahm er sich vor, eine Lösung zu finden, sobald er die Sache mit der kriminellen Bande aus dem Weg geschafft hätte.

Er musste diesen lästigen Gedanken unbedingt verscheuchen. Denn jetzt hatte er genügend Zeit, um in das Leben der Auserwählten einzudringen, und nichts auf der Welt durfte diesen Moment ruinieren.

Er begann mit dem Kosmetiktäschchen, er roch daran, betastete es. Er hatte sein Vergnügen dabei, mit dem Lippenstift zu spielen, wenngleich er den Geschmack der Frau in Sachen Schminke als mittelmäßig beurteilte. Das Parfum, von dem er ein Fläschchen in Reisegröße fand, zeugte hingegen von großer Klasse. Vielleicht ein Geschenk, dachte er und sprühte ein wenig davon auf die Sachen. Er fand eine Tafel Schokolade der Marke Cluizel und ein paar Müsliriegel. Die legte er für Hilse beiseite: Sie war verrückt danach, und das wäre dann eine jener netten Gesten, um die er nicht herumkam, wenn er als normal gelten wollte.

Das Portemonnaie überraschte ihn. Eine spanische Handarbeit in tabakbraunem Leder, wie sie an den Marktständen in ganz Europa preisgünstig zu finden war. Auf keinen Fall gehörte so etwas in eine Designerhandtasche von Alexander McQueen. Neugierig geworden öffnete er sie. Keine Kredit- oder Bankkarte. 1750 Euro in Geldscheinen und fast sechs in Münzgeld. Ein belgischer Pass auf den Namen Morgane Carlier, vor einundvierzig Jahren in Namur geboren. Er betrachtete das Foto. Es stammte aus neuerer Zeit. Die Auserwählte hatte darauf einen undurchdringlichen Gesichtsausdruck, und das auf die Lippen gepinselte Lächeln widersprach ihrem traurigen und strengen Blick.

Dieses Portemonnaie war nicht nur hässlich, sondern auch eine Enttäuschung. Es enthielt nichts wirklich Persönliches wie Fotos, Zettel oder Liebesbriefe. Nichts. Als er wütend die zahlreichen Fächer kontrollierte, stellte er fest, dass im letzten statt einer Naht im Futter ein Streifen Klebstoff war. Er riss den Stoff an der Stelle auf und entdeckte sofort das Foto.

Die Frau darauf war viel jünger und umarmte einen großen blonden Mann neben einem weißen, hochglanzpolierten Oldtimer. Hinter ihnen das Portal einer Kirche, durch das sie offenbar soeben als frisch Vermählte getreten waren: sie im Brautkleid, er im nagelneuen, dunklen Anzug.

Auf der Rückseite, an der Stelle, die im Stempel des Fotogeschäfts Chigot & Fils, 47 avenue Baudin, Limoges, freigelassen war, stand geschrieben „Damienne und Pascal Gaillard – 9/9/2001". Und darunter in einer eindeutig männlichen Handschrift: *L'amour est inguérissable.*

Pascal. Schlagartig wurde dem Touristen klar, dass die Auserwählte kurz bevor sie starb mehrmals einen Namen ausgesprochen hatte. Rückblickend konnte es just dieser gewesen sein. Er schloss die Augen, um den Moment erneut auszukosten, seine Hände fest um ihren Hals gelegt, aber das Kuriose an dieser Entdeckung zwang ihn, in die Wirklichkeit zurückzukehren.

Die Frau hieß also Damienne. Sie war mit falschen Papieren unterwegs und höchstwahrscheinlich in der Porzellanstadt Limoges geboren worden und aufgewachsen. Der Tourist bemerkte, dass das Autokennzeichen ein französisches und kein belgisches war, und dieses Detail veranlasste ihn, die Sache zu überprüfen. Er wechselte ins Arbeitszimmer, setzte sich an den Computer, und Wikipedia klärte ihn auf, dass das Modell zweifellos zu einer Zeit zugelassen worden war, als auf den Nummernschildern noch die Zahl des jeweiligen Zulassungsdepartments angegeben war. Und die Nummer siebenundachtzig war die von Haute-Vienne, dessen bedeutendstes Zentrum Limoges war. Er sah sich die Abbildungen der Kirchen im Stadtzentrum an und entdeckte im Handumdrehen, dass es sich auf dem Foto um die Kirche von Saint Michel des Lions handelte.

Tausend Fragen schossen ihm durch den Kopf, als er die Stichwörter „Damienne Pascal Gaillard Limoges" eingab, und das Ergebnis war eine Überraschung. Das Internet spuckte Dutzende Presseartikel, YouTube-Videos, Fotografien aus.

Ein Blick genügte, um zu begreifen, dass alles, was er bis zu diesem Moment vermutet hatte, Lichtjahre von der Wirklichkeit entfernt war, die nun vor seinen Augen ablief.

Mithilfe der automatischen Übersetzungsfunktion der Suchmaschine fand er heraus, dass Pascal Gaillard ein junger Staatsanwalt war und am 16. Januar 2012 um acht Uhr zwanzig beim Verlassen seines Hauses getötet worden war. Zwei Meuchelmörder, ein Mann und eine Frau, waren aus einem gestohlenen Kleintransporter gestiegen und hatten ihn mit großkalibrigen Kugeln durchsiebt. In einer Reportage des französischen Fernsehens gab man sich verwundert, denn Gaillard war nicht mit Ermittlungen befasst gewesen, die ihn in Schwierigkeiten hätten bringen können, und überdies war Limoges doch eine friedliche Stadt am unteren Ende der Rangliste der kriminellsten Städte Frankreichs. Niemand konnte sich die Sache erklären.

Nicht einmal die Ehefrau des Ermordeten, Damienne Roussel. Auf der Trauerfeier schien ihr Gesicht wie versteinert, während sie der Gedenkrede des Bürgermeisters und der des Gerichtspräsidenten zuhörte. Im Stehen, mit stolzer Brust in der Uniform einer Polizeibeamtin.

Das Merkwürdigste an der ganzen Geschichte war jedoch, dass am 11. März 2014 der Renault Clio, der der Frau gehörte, am Ufer des Flusses Vienne sichergestellt worden war, rund zehn Kilometer von der Stadt entfernt. Auf dem Beifahrersitz lagen die Handtasche und die Uniformjacke der Frau. Ihre Kollegen hatten ihre Dienstpistole nebst ihrer Polizeimarke und anderen Dokumenten im Handschuhfach gefunden.

Tagelang hatten die Taucher den Fluss abgesucht, ohne jedes Ergebnis. Am Ende waren alle überzeugt, Damienne hätte, vom Schmerz über die Ermordung ihres geliebten Pascal überwältigt, Selbstmord begangen.

Der Tourist dachte, dass der Zufall hier ein besonders teuflisches Spiel gespielt hatte. Ausgerechnet im schönen Venedig mussten sich ihre Wege kreuzen. Voller Stolz war er sich jetzt sicher, gehörige Verwirrung in eine geheime Ermittlungssache gebracht zu haben, denn es war offenkundig, dass die Auserwählte die Rolle der Selbstmörderin nur gespielt hatte, um ein neues Leben zu beginnen. Wahrscheinlich war sie Mitglied einer inoffiziellen Geheimdienststruktur geworden, vielleicht, um die Mörder ihres Ehemanns zu jagen.

Jetzt, da er das Geheimnis der verschwundenen Leiche gelüftet hatte, fühlte er sich sehr viel ruhiger. Die Partner der Frau hatten aufgeräumt, denn sie konnten es sich nicht leisten, dass die Polizistin, die alle für tot hielten, plötzlich wieder auftauchte. Und er hatte die Gewissheit, dass keine offizielle Ermittlung im Gang war. Nur die Agenten, die mit der Frau gearbeitet hatten, kannten sein Gesicht beziehungsweise das verfremdete Gesicht, das natürlich niemand je wiedersehen würde.

Der Geheimdienst hatte bestimmt Besseres zu tun, als Nachforschungen anzustellen, um seine Identität aufzudecken, dachte der Tourist. Vielleicht hatten die Leute nicht einmal begriffen, dass sie es mit einem Serienmörder zu tun hatten, und waren womöglich davon überzeugt, der Mord an der Frau ginge auf das Konto eines Auftragskillers im Dienst irgendeiner feindlichen Organisation. Das bedeutete zwar nicht, dass er in seiner Wachsamkeit nachlassen durfte, doch die Freunde der Auserwählten waren auf jeden Fall weniger gefährlich als eine Bande Krimineller.

Mit einem Taschenmesser in der Hand kehrte er ins Schlafzimmer zurück und stach damit in die Handtasche auf der Suche nach weiteren Überraschungen.

Auf dem Boden entdeckte er ein Fach, das durch Aufkleben eines Lederstücks entstanden war. Darin befand sich ein USB-Stick. Er war passwortgeschützt, doch knackte er den Zugang mühelos, indem er den Namen des geliebten Ehemanns und das Hochzeitsdatum miteinander kombinierte. Auf dem Stick waren rund dreißig Fotos, auf denen ein und dieselbe Person beim Betreten und Verlassen eines Palazzos in Venedig abgelichtet war. Es handelte sich um eine wunderschöne Frau um die fünfunddreißig mit südländischem Aussehen und dem stolzen Blick einer Märchenprinzessin. Das lange rabenschwarze Haar reichte ihr bis zur Mitte des Rückens. Sie war groß, schlank und elegant. In der Hand hielt sie eine genoppte Lacklederhandtasche von Moschino. Der Tourist fand sie unwiderstehlich und gab sich ihrem Zauber hin.

Zum ersten Mal in seiner langen Laufbahn als Serienmörder änderte er die Methode, wie er sich sein nächstes Opfer aussuchte. Die gestohlenen Aufnahmen erregten ihn derart, dass er jene faszinierende Unbekannte zu seiner nächsten Auserwählten bestimmte und seine Rückkehr in die Lagunenstadt plante.

Er nippte an seinem Wein und dachte, dass Venedig endlich zu der Ehre käme, sich eines Opfers des Touristen rühmen zu dürfen. Der Gedanke, dass sein Vorhaben gefährlich sein könnte, streifte ihn nur am Rande. Er nahm sich vor, wachsam zu bleiben und die Sicherheitsvorkehrungen zu verdoppeln.

Er klaubte die Gegenstände zusammen, die Damienne Roussel gehört hatten, und zerstörte sie mit Ausnahme der SIM-Karte, die er in seiner Brieftasche aufbewahrte. Seit einiger Zeit liebäugelte er mit dem Gedanken, einen Verwandten des Opfers unter der Nummer einer Toten anzurufen. Wahrscheinlich würde er es tun, aber noch war er unentschieden. Wie auch immer, es handelte sich um eine Fantasie, und die nutzte er, um besonders lustvoll zu masturbieren.

Dann stieg er in seinen Wagen und fuhr los, um die kaputten Sachen in den großen Kanal zu werfen, der in den Hafen mündete. Aber er kehrte nicht nach Hause zurück, sondern telefonierte und fuhr dann zum Apartment von Kiki Bakker, seiner Geliebten.

Kiki war eine Deutsche mit niederländischen Wurzeln, neununddreißig Jahre alt und wahnsinnig verliebt in diesen Mann, von dessen Doppelleben sie natürlich nichts wusste. Sie hatten sich bei einem Konzert in der Royal Albert Hall in London, dirigiert von Marin Alsop, kennengelernt. Sie war Journalistin bei einer renommierten deutschen Musikzeitschrift, er ein einfacher Konzertbesucher. Er hatte ihr zugelächelt, als sie am Eingang in der Schlange standen, und in der Pause war er plötzlich vor ihr aufgetaucht.

„Ich heiße Abel Cartagena", hatte er sich vorgestellt und ihr die Hand gereicht.

Kiki war hocherfreut gewesen, von diesem faszinierenden Mann zu einem Drink eingeladen zu werden, der sich, wie er ihr dann erzählte, gerade in England aufhielt, um Material für eine Biografie des Komponisten Edward Elgar zu sichten. Wie sich herausstellte, lebten sie in derselben Stadt. Das war unglaublich.

Unter anderen Umständen wäre sie misstrauisch geworden: Sie wusste, dass sie ein schönes Gesicht mit feinen Zügen, langen Wimpern und smaragdgrünen Augen hatte, aber ihr war auch bewusst, dass sie ziemlich übergewichtig war und deshalb bei den üblichen Schönheitsstandards nicht mithalten konnte.

Cartagena erzählte, dass er glücklich verheiratet sei, spielte aber weiterhin den Verführer, auch als er sie zum Abendessen einlud. Er brachte sie zum Lachen, ließ sie spüren, dass sie ihm etwas bedeutete und für ihn begehrenswert war, und so lud Kiki ihn auf ein Glas in ihr Hotel ein. So etwas hatte sie aus Furcht vor einer beschämenden Abfuhr noch nie zuvor getan, aber er war anders. Das spürte sie.

Nach dem ersten langen und leidenschaftlichen Kuss hatte er es geschafft, sie völlig aus der Façon zu bringen. „Und wie magst du es?", hatte er gefragt.

„Wie bitte?"

„Wie magst du es? Den Sex, meine ich natürlich", fragte er, während er die Hosen herunterließ.

Kiki hatte ihn verdutzt angestarrt. „So funktioniert das nicht", hatte sie verlegen gestottert. „Menschen begegnen sich, sie finden Gefallen aneinander, dann wollen sie sich kennenlernen, in aller Ruhe die Vorlieben des anderen entdecken."

Abel hatte gelächelt. „Entschuldige, ich wollte dir nicht zu nahetreten, aber ich glaube, unter erwachsenen Menschen die Dinge beim Namen zu nennen, ist eine wirksame Methode, um auf der Gefühlsebene zueinander zu finden. Ich zum Beispiel neige dazu, dominant zu sein, mir gefällt es, das Kommando zu übernehmen, denn ich habe klare Vorstellungen davon, wie man die verschiedenen Frauentypen fickt, verstehst du?"

„Und zu welchem gehöre ich?", fragte sie mit heiserer Stimme, und im Handumdrehen fand sie sich auch schon auf allen Vieren auf dem Bett wieder, und Abel besaß sie, die Hände fest in ihren Pobacken verankert. Er erwies sich als ein fähiger Liebhaber, der stets auf ihr Lustempfinden bedacht war.

Später dann, während er sich ankleidete, dachte Kiki, dass sie alles dafür tun würde, um ihn zu halten.

Nicht einen Augenblick lang hatte sie geargwöhnt, dass ihre Begegnung nicht dem Zufall geschuldet war. Abel, der Tourist, hatte mit Kalkül drei ungebundene Frauen ausgewählt, die allein und in der Nähe lebten und von Berufs wegen reisen mussten. Die anderen zwei hatten sich aus unterschiedlichen Gründen nicht von seinen Redekünsten und seinem schönen Äußeren hinters Licht führen lassen.

Mit der Zeit hatte sich eine feste Beziehung entwickelt, und Kiki Bakker hatte sich in die Rolle der Geliebten gefügt, die sich keine großen Hoffnungen machen durfte. Dennoch richtete Abel es so ein, dass sie kurze Zeiträume gemeinsam verbringen konnten, wie ein echtes Paar. Das geschah, wenn er sich für seine „Recherchen" in eine bestimmte Stadt begeben musste. Sie lebten unvergessliche Momente zusammen, bis ihr Liebhaber sie anwies, Leine zu ziehen, weil er zu arbeiten hätte. Mehrmals hatte Kiki versucht, ihn umzustimmen, gesagt, sie würde ihn bestimmt nicht stören, doch er hatte sie abgewimmelt.

„Du machst mich ganz kirre, meine Kleine, und ich würde nur daran denken, meine Tage mit dir im Bett zu verbringen. Aber ich muss mich konzentrieren, um meinen Lebensunterhalt zu verdienen."

Jetzt stand sie vor dem Badezimmerspiegel und versuchte sich hastig die Gesichtsmaske aus Aloe, Bikarbonat und Zitrone abzuwaschen, die sie aufgetragen hatte, kurz bevor Abel seinen Besuch angekündigt hatte. Eine höchst erfreuliche Überraschung, aber sie fürchtete, nicht genügend Zeit zu haben, um sich schön zu machen. In dieser Hinsicht war er recht anspruchsvoll, er duldete keine Nachlässigkeit und pflegte eine ausgesprochene Abneigung gegenüber legerer Hauskleidung, die sie wiederum unendlich entspannend fand.

Als sie die Türklingel hörte, zog sie gerade die Lippen nach und sprühte noch rasch etwas von dem Parfum, das er ihr zum Geburtstag geschenkt hatte, auf Hals und Handgelenke.

Abel Cartagena lächelte und küsste sie auf Mund und Stirn. „Jedes Mal habe ich Herzklopfen, wenn ich dich umarme", flüsterte er und ließ seine Lippen über ihr Ohrläppchen streifen. Er wusste, dass bei Kiki Süßholzraspeln angesagt war, denn sie brauchte ständig neue Bestätigungen seiner Liebe. Und er hielt damit nicht hinterm Berg, denn die Frau war für ihn unersetzlich.

„Bleibst du über Nacht?"

„Sicher doch, deswegen bin ich hier."

„Und deine Frau?"

„Sie übernachtet bei einer Freundin. Wir haben uns gestritten, sie verdächtigt mich, eine Geliebte zu haben", log er.

Kiki konnte die Zufriedenheit nicht unterdrücken, die ihr Gesicht für Sekunden mit einem Strahlen überzog. Es hätte für sie das wahre Glück bedeutet, wenn Hilse ihn in einem Eifersuchtsanfall verlassen würde.

Er tat so, als hätte er ihren Gesichtsausdruck nicht bemerkt. Normalerweise hätte er sie dafür getadelt, aber in diesem Moment stand ihm der Sinn nur nach Sex, und nichts sollte ihn ablenken. Er nahm sie bei der Hand und führte sie ins Schlafzimmer. Während er sich auszog, schob Kiki eine CD in die Stereoanlage, und die Klänge von *The Beatitudes* von Vladimir Martynov erfüllten den Raum.

Abel erkannte an ihrer Musikauswahl, was Kiki an diesem Abend wünschte, und so nahm er aus einer Schublade ein Tube Gleitmittel mit Erdbeergeschmack, von dem er reichlich auf die Finger seiner Hand auftrug.

Die Frau schloss die Augen. „Ich liebe dich, Abel."

Am nächsten Morgen, beim Frühstück, verkündete er, dass er noch einmal nach Venedig musste, um seine Studien über den Komponisten Baldassare Galuppi zu vertiefen.

Kiki war überrascht. „Ich verstehe nicht, wieso du weiterhin Zeit und Energie mit diesem Musiker vergeuden willst. Er war keine Größe und genießt keinen guten Ruf.

„Das ist deine Ansicht", hielt der Tourist dagegen. „Mein Verleger ist begeistert von ihm, er sagt, dass er dieses Mal eine weitaus höhere Erstauflage drucken lassen will."

„Weil er dich nicht verlieren will", sagte Kiki hitzig. „Aber eine Biografie dieser Art wird beim breiten Publikum auf keinerlei Interesse stoßen."

„Da bin ich nicht deiner Meinung. Und wie dem auch sei, Galuppi fasziniert mich", entgegnete Abel und versuchte, eine plausible Lüge zu konstruieren, „nicht nur in musikalischer Hinsicht, auch als Mensch. Er, der Erfolglose, musste Venedig verlassen und nach London gehen, wo man ihn nicht verstand, und dann kam der Ruf an den Hof Katharinas der Großen, nach Sankt Petersburg …"

Kiki erwiderte nichts. Sie widmete sich ihrem Toast, den sie mit Butter und Marmelade bestrich.

„Diesmal werde ich nicht einen Tag mit dir verbringen können", brummelte sie.

Ah, das war also der Grund für ihren Groll auf den guten alten Baldassare. Kiki war kreuzunglücklich darüber, dass sie ihn nicht nach Venedig begleiten durfte. Und er tat so, als würde er das schrecklich bedauern. Er nahm ihre Hand und küsste sie. „Ich werde nicht lange weg sein, und in der Zwischenzeit bitte ich dich, über einen Komponisten oder Musiker nachzudenken, den du für wert erachtest, dass man sich mit ihm beschäftigt. Ihm, das verspreche ich dir, werde ich dann meine nächste Recherche widmen. Klarerweise gehört dazu auch eine schöne und einladende Stadt, in der wir wieder Zeit miteinander verbringen können."

Die Frau lächelte selig. „Endlich hast du dich entschieden, mir zu vertrauen."

Es wäre doch erregend, überlegte Abel, wenn Kiki den Ort bestimmte, an dem er seinem Vergnügen nachgehen könnte, das heißt, die nächste Auserwählte entdecken und sie umbringen. Und zugleich bräuchte er keine Zeit damit zu verlieren, einen weiteren scheiß Musiker für seine Studien zu finden, weil ihm das Wahrnehmungsvermögen für die emotionale Erfahrung, die von der Musik herrührte, sowieso völlig abging. Für ihn bedeutete Musik nichts weiter als Klänge und Geräusche, aber er hatte das Vortäuschen so gut gelernt, dass er in der Fachwelt echtes Ansehen genoss.

„Wann willst du aufbrechen?"

„Sobald wie möglich", antwortete der Tourist. „Ich will das zügig hinter mich bringen."

Kiki streckte die Hand aus und strich ihm sanft über die Wange. „Du wirst dir nicht mehr rechtzeitig den Bart wachsen lassen können, deinen Glücksbringer für die Recherchen."

Abel zuckte mit den Schultern. „Alles Galuppis Schuld", scherzte er, wobei er mit einer Spur von Bedauern dachte, dass er wegen dieser verfluchten Überwachungskamera keinen Bart mehr tragen konnte.

Lange hatte er über neue Möglichkeiten der Tarnung sinniert, aber er konnte nichts anderes tun, als sich die Haare ganz kurz zu schneiden. Ein Look, der überhaupt nicht zum Image des zerstreuten, in abgehobenen Sphären weilenden Musikwissenschaftlers passte, das er sich mit Geschick im Laufe der Zeit zugelegt hatte.

Gelassen beendete die Frau ihr Frühstück und telefonierte dann mit Carol Cowley Biondani, Besitzerin eines kleinen Apartments in Venedig. Eine englische Dame, Witwe eines wohlhabenden Venezianers, der ihr verschiedene Immobilien hinterlassen hatte, die sie für kurze Zeiträume und zu recht anständigen Preisen vermietete.

Sie hatte sich als zuvorkommend und keinesfalls aufdringlich erwiesen. Sie träumte davon, dass Venedig sich von Italien löste und ein Freihafen würde, um so der unverschämten Besteuerung durch den italienischen Staat zu entgehen. Eine Überlegung, die sie veranlasst hatte, eine Bezahlung in bar vorzuschlagen, also schwarz zu vermieten.

„In drei Tagen wird es frei sein", informierte ihn Kiki.

„Perfekt."

Sie verabschiedeten sich an der Tür. Er hatte es eilig, wegzukommen, aber die Frau hielt ihn fest. „Komm zurück, wann immer du willst. Ich wache gerne am Morgen neben dir auf."

„Wann immer du kannst", verbesserte Abel sie, bevor er sie küsste und leidenschaftlich umarmte.

Hilse hingegen war streitlustig. Sie musste die ganze Nacht mit ihrer Freundin darüber geredet haben, wie beschissen und egoistisch ihr Ehemann doch war, und sie war richtig geladen. Sie war innerlich voll und ganz auf Kampf eingestellt. Abel Cartagena blieb gelassen, ja, er betrachtete die Situation als gute Gelegenheit, nicht allzu viele Erklärungen über seine bevorstehende Rückkehr nach Italien abgeben zu müssen. Seine Frau sah seine langen Abwesenheiten voller Misstrauen, auch wenn ihr klar war, dass sie für den Unterhalt von ihnen beiden notwendig waren. Ihr eigenes Gehalt als Buchhalterin eines mittelgroßen Unternehmens, das ökologische Reinigungsprodukte herstellte, würde nicht ausreichen, um ihren Lebensstandard aufrechtzuerhalten.

„Wir müssen reden, Abel", ging Hilse ihn eisig an.

Er hob die Hand, um ihr Einhalt zu gebieten. „Ich weiß, du bist total verzweifelt, aber ich bin es auch. Ich habe viel über diesen traurigen Moment, den wir gerade durchleben, nachgedacht und meine jetzt, eine Lösung gefunden zu haben, die unser beider Bedürfnisse in Einklang bringen könnte."

Seine Frau sah ihn argwöhnisch an. „Wovon redest du?"

Er schenkte ihr ein selbstgefälliges Lächeln. „Von einer Adoption."

Hilse war bass erstaunt. Sie riss den Mund auf, unfähig auch nur einen Ton herauszubringen.

Dann schlug sie sich auf den Bauch, einmal, zweimal, dreimal, immer heftiger, während sich ihre Augen mit Tränen füllten: „Ich will ein eigenes Kind, du Hurensohn."

Abel breitete die Arme aus. „Mir ist nie aufgefallen, dass du derart egoistisch bist", erwiderte er friedfertig mit einer Spur von Bitterkeit. „Ich dachte, ein unglückseliges Kindlein aus der Dritten Welt zu retten, könnte uns zu besseren Menschen machen und den Stress einer komplizierten Schwangerschaft und eine anschließende Depression vermeiden. Außerdem darf ich dich daran erinnern, dass du eine Erstgebärende in fortgeschrittenem Alter wärst."

Hilse war auf einen so tief angesetzten Schlag nicht vorbereitet und verzichtete auf die Diskussion. „Ich richte meine Reisetasche und gehe zurück zu Evelyn."

Der Tourist spielte weiterhin die Rolle des gekränkten und enttäuschten Ehemannes. „Ich verstehe, dass du das Bedürfnis hast nachzudenken. Aber vielleicht ist eine Freundin, die es in ihrem ganzen Leben nicht geschafft hat, auch nur eine einzige anständige Beziehung zu haben, nicht die geeignete Person, um dir in diesem Moment beizustehen."

Seine Frau hatte nur einen finsteren Blick für ihn übrig, bevor sie ins Schlafzimmer eilte, um die soeben geleerte Tasche wieder mit Kleidung und Wäsche zu füllen.

Er wartete auf der Türschwelle auf sie und versuchte, sie mit einer zärtlichen und verzweifelten Geste zu umarmen, doch sie entzog sich ihm und verließ Türen schlagend das Haus.

Der Tourist wandte sich dem großen Spiegel im Eingang zu und wiederholte die Szene mit der Konzentration eines Schauspielers bei der Generalprobe. „Du bist und bleibst der Beste, Abel", sagte er leise mit einem Glucksen in der Stimme.

Drei

Ex-Kommissar Pietro Sambo hob den Deckel des Terrakottatopfs, fischte mit dem alten Holzlöffel ein Stück Molluske heraus und kaute langsam und genießerisch. Seiner Beurteilung nach war die Garzeit perfekt, und seine Gäste würden die Sepie, gekocht in der eigenen Tinte, begleitet von einer *Polenta Biancoperla*, wohl zu schätzen wissen. Zu dieser Jahreszeit waren die Tintenfische besonders zart und stammten obendrein aus einem nur wenige Meilen vor der venezianischen Küste gelegenen Fanggebiet.

Seitdem seine Frau und Tochter ausgezogen waren, hatte er niemanden mehr zum Abendessen eingeladen, und nun, da Mathis und Cesar zu ihm nach Hause kamen, fühlte er sich ein wenig in Bedrängnis, denn die Wohnung war nicht mehr so, wie sie einmal war. Er empfand sie jetzt als kalt und ungemütlich, und das wertete er als eines der zahlreichen und deutlichen Zeichen seines Versagens. Es beruhigte ihn auch nicht zu wissen, dass der Franzose und der Spanier, denen ganz andere Dinge durch den Kopf gingen, kein Auge für die Wohnung haben würden, zumal dieses Abendessen nirgendwo anders als an einem vor indiskreten Blicken geschützten Ort hätte stattfinden können.

Den eigentlichen Grund für seine Nervosität wollte Sambo sich nicht eingestehen: An diesem Abend musste er den beiden eine endgültige Antwort geben, und im Gegenzug mussten sie einige Zugeständnisse machen, die nach gewissen Maßstäben auszurichten waren. Nach seinen Maßstäben, wohlgemerkt. Sie wollten ihn dazu bringen, das Gesetz zu brechen, und das war für ihn das Limit, das er nicht mehr überschreiten würde. Er hatte es sich geschworen: Ein zweites Mal durfte es nicht geben.

Es klingelte viel zu früh. Cesar reichte ihm eine Flasche Wein und Mathis ein Dessertgebäck, auf dessen Einwickelpapier er die Adresse der Konditorei entdeckte, wo sie es gekauft hatten. Die beiden waren an diesem Tag mit wer weiß welchem Ziel auf die *Terraferma* gefahren und in Mestre dann ausgerechnet in einer der besten Konditoreien in der ganzen Provinz gelandet. Das konnte kein Zufall sein. Er folgerte daraus, dass sie noch einen weiteren Kontakt vor Ort hatten.

Der Hausherr entkorkte eine Flasche weißen Marzemina aus der Kellerei Casa Roma. Die Gäste kippten den Wein hinunter und füllten sich erneut die Gläser. Sie konnten es kaum erwarten, endlich auf den Punkt zu kommen, doch Sambo war noch nicht bereit.

„Das ist eine sehr alte Rebsorte", verkündete er, um Zeit zu schinden. „Besonders verbreitet war sie im achtzehnten Jahrhundert im östlichen Venetien."

Mathis blieb unbeeindruckt, und Cesar zuckte mit den Schultern, bevor er sagte: „Ja und? Die Tage vergehen, und wir brauchen deine Hilfe."

„Und ich muss wissen, wer ihr seid", erwiderte Pietro knapp.

Er machte auf dem Absatz kehrt, ging in die Küche und kam einige Augenblicke später mit den Tintenfischen und der Polenta zurück. Mathis schaufelte sich den Teller voll. „Je weniger du weißt, desto besser ist es. Für dich und für uns", sagte er. „Im Moment können wir dir nur das Allernötigste erzählen. Du musst dich damit zufriedengeben."

Sambo nickte. „Einverstanden."

„Wir gehören zu einer kleinen französisch-italienisch-spanischen Gruppierung, die auf der Grundlage eines geheimen Abkommens unter den Geheimdiensten der jeweiligen Länder entstanden ist."

„Eine klandestine Struktur", kommentierte Pietro.

„Ja", pflichtete Mathis ihm bei. „Uns gibt es nicht. Wir sind angeblich in Rente gegangen oder haben gekündigt …"

„Zu welchem Zweck?", fragte der Italiener unbeirrt weiter.

Jetzt antwortete Cesar: „Um die Mitglieder einer ebenfalls geheimen Organisation aufzuspüren und zu beseitigen. Diese Organisation besteht aus Abtrünnigen mehrerer Geheimdienste, die sich in den Dienst der organisierten Kriminalität gestellt haben."

„Sie machen Jagd auf V-Männer, Spione, *Pentiti* und Zeugen im Zeugenschutzprogramm. Und sie töten sie", ergänzte Mathis, „überdies eliminieren sie natürlich auch Polizisten, Richter und all jene, an die die verschiedenen Mafiaorganisationen nicht herankommen."

Der Kommissar a. D. gab sich zum Schein ganz auf sein Essen konzentriert. „Wieso werde ich den Gedanken nicht los, diese Geschichte schon einmal im Kino gesehen zu haben?"

Mathis und Cesar wechselten einen Blick. „Denkst du wirklich, dass das nur eine gute Story für einen Thriller ist?", fragte der Spanier beleidigt.

Sambo ließ ärgerlich sein Besteck auf den Teller fallen. „Mit wem glaubt ihr eigentlich, es hier zu tun zu haben?", fauchte er. „Bevor ich mich eigenhändig in die Scheiße geritten habe, war ich Chef der Mordkommission. Märchen über Geheimdienste habe ich schon viele gehört, aber das hier ist wirklich unerhört."

Der Franzose starrte ihn mit einem herablassenden Lächeln an.

Bis der Ex-Kommissar genug hatte. „Hör bloß auf, du machst mich noch stocksauer."

„Du warst ein Vorstadtbulle, deine Karriere war die eines zweitklassigen Boxers, der es nie in die wirklich angesagten Boxringe geschafft hat", zischte Mathis böse.

Pietro steckte den Schlag ein und versuchte gar nicht erst, sich zur Wehr zu setzen. Er hatte es mit Kriminellen jedes Kalibers zu tun gehabt, aber er verstand, was der Franzose meinte. Es war immer schon ein schwieriges Unterfangen, die Wahrheit und reine Märchen oder Gerüchte auseinanderzuhalten, wenn Spione mit im Spiel waren. Das war das Problem.

Cesar war etwas zuvorkommender. „Auch ich war ein Provinzbulle", gestand er. „Dann fand ich mich zu meinem Leidwesen in dieser Geschichte wieder und musste mich entscheiden."

„Die Bösen umzubringen", ergänzte Sambo beleidigt.

„Ohne Gewissensbisse", entgegnete der Spanier prompt.

„Auch hier in Venedig", fuhr der ehemalige Bulle fort.

Mathis atmete schwer. Jetzt war der heikelste Moment gekommen, der für den Ausgang der Begegnung entscheidend war. „Bist du sicher, dass du in den Besitz dieser Informationen kommen willst? Sie betreffen eine illegale Aktivität auf italienischem Boden."

Pietro klammerte sich an die Zeit, die er für das Anzünden einer Zigarette brauchte, um vielleicht doch noch einen Rückzieher zu machen und irgendwie aus der Geschichte herauszukommen. Doch dann beschloss er, das Ganze bis zum Ende durchzuziehen. „Ja", antwortete er und blies den Rauch in den Lichtkegel der Deckenlampe.

„Unsere Kollegin, die deiner Meinung nach von diesem Serienmörder, dem Touristen, ermordet wurde, war einer Ex-Agentin des marokkanischen Militärgeheimdienstes, einer gewissen Ghita Mrani, auf der Spur und hatte herausgefunden, dass diese sich in Venedig niedergelassen hatte. Wir haben die Frau aufgespürt und überwachen lassen."

„Und was habt ihr entdeckt?"

„Nichts. Sie hat ein Luxusapartment in einem vornehmen Palazzo angemietet und tut, was eben reiche Damen so tun: Shopping, Spaziergänge, Restaurant- und Theaterbesuche."

„Vielleicht hat sie sich zurückgezogen", sagte Sambo forsch.

Beide Männer schüttelten energisch den Kopf. „Nein, die ist viel zu habgierig, zu grausam und zu unerbittlich, als dass sie aus der Organisation aussteigen würde", erklärte Mathis. „Wir sind davon überzeugt, dass sie dabei ist, eine Operationsbasis in Venedig aufzubauen. Zu gegebener Zeit werden die anderen eintreffen, und höchstwahrscheinlich wird jemand dabei draufgehen."

„Sind die Bösen über eure Existenz im Bilde?"

„Inzwischen haben sie wohl einen Verdacht oder halten es sowieso für selbstverständlich, dass es uns gibt", erklärte der Spanier. „Wir haben zwei Spitzenmitglieder eliminiert und einige Unterstützer schwer getroffen. Logischerweise ist davon auszugehen, dass sie Gegenmaßnahmen zur Verteidigung ergriffen haben."

„Und ihr, wie viele Opfer habt ihr zu beklagen?"

„Nur die Frau, die dein Tourist ermordet hat", erwiderte Mathis und fügte rasch hinzu: „Mit dein Tourist meine ich, dass es an dir ist, ihn ausfindig zu machen."

Pietro ging auf die Provokation nicht ein und ließ sich die neuen Informationen durch den Kopf gehen. Dann erhob er sich, um Dessertteller und passendes Besteck zu holen. Als er die süße Überraschung aus dem Papier nahm, bestätigte sich, was er vermutet hatte.

„Seit meiner frühesten Kindheit ist die *Pinza Veneziana*, auch *Torta dea Marantega,* also *della Befana* genannt, mein Lieblingsgebäck, und nicht einmal zwei Superermittler wie ihr konntet über dieses Detail Bescheid wissen", sagte er und versenkte die Gabel in dem weichen Teig. „Dieses *Dolce* wird nur im Winter oder auf Bestellung gebacken, und ihr habt noch nie einen Fuß in eine Konditorei gesetzt. Jemand sehr gut Informiertes, der sogar über unser Abendessen Bescheid weiß, hat euch als Briefboten benutzt, um mich davon zu überzeugen, dass ihr zwei brave Jungs seid und dass das, was ihr mir erzählt habt, nicht alles gelogen ist."

Die Gäste blieben ungerührt, aßen ihren Kuchen und meinten unter sich, er sei zwar gut, aber nicht so, dass man darüber den Kopf verlieren müsse. Pietro dachte, dass sie von der Poesie dieses Kunstwerks, das in Venedig *Putana dolce,* „süße Hure", genannt wurde, nichts begriffen, aber er verzichtete auf unnütze Polemiken und tat sie einfach als Barbaren ab.

„Es ist wohl zwecklos, euch nach dem Namen dieses Jemand zu fragen, richtig?", sagte er unvermittelt.

„Ganz richtig", meinte der Spanier lächelnd. „Falls es notwendig sein sollte, wird er schon Verbindung mit dir aufnehmen."

Seine Neugier war so groß, dass er am liebsten gebrüllt hätte, aber er beherrschte sich. Jene geheimnisumwitterte Person musste aus seiner beruflichen Vergangenheit stammen, aus der man ihn mit Fußtritten vertrieben hatte. Er redete sich ein, dass ihm der Auftrag nun die Gelegenheit bot, um mit diesem Ambiente wieder in Kontakt zu treten.

„Einverstanden", sagte er mit trockener Kehle. „Ab morgen früh werde ich ermitteln, aber erwartet euch erst mal keine großartigen Ergebnisse, denn klarerweise verfüge ich nicht mehr über die Ermittlungsressourcen von einst."

„Aber wir", entgegnete der Franzose und zog einen USB-Stick in Form eines Fischchens aus der Sakkotasche. „Auf dem sind alle Informationen, über die wir im Augenblick verfügen, aber wir werden dafür sorgen, dass sämtliche Forderungen deinerseits erfüllt werden."

Sambo nahm das Speichermedium und ließ es in der Hosentasche verschwinden. „Um nichts in der Welt will ich in eure Operationen verwickelt werden."

„Wir hatten niemals dergleichen im Sinn", schnaubte Cesar und warf ein gelbes Kuvert auf den Tisch. „Das ist dein Spesenfond – zehntausend Euro."

Mit einem Mal beschlossen die Gäste, sich zu empfehlen. Die Zusage für seine Mitarbeit hatten sie ja jetzt.

Pietro war es ganz recht, dass sie sich verabschiedeten. Er verspürte das dringende Bedürfnis, die vielen Daten zu sichten, in deren Besitz er gekommen war.

An der Tür richtete Mathis es so ein, dass Cesar als Erster die Treppe hinunterging, dann legte er ihm die Hand auf die Schulter. „Sie gefiel mir", sagte er leise. „Ich war in sie verliebt. Sie tat so, als hätte sie es nicht bemerkt, aber das ist nicht wichtig, denn ich dachte, sobald die Angelegenheit hier beendet sein würde, würde ich ihr schon zu verstehen geben, dass ich sie glücklich machen kann. Aber wenn du dieses Scheißleben führst, dann gelingt es dir einfach nicht mehr, in Gefühlsdingen einen klaren Kopf zu bewahren, und du benimmst dich wie ein Grünschnabel."

Verblüfft über diese Vertraulichkeit beschränkte sich Sambo auf ein Nicken, und der Franzose ging, ohne etwas hinzuzufügen. Was auch nicht nötig war.

Es wurde eine bewegte Nacht, und am Morgen war da wieder das Sodbrennen, das Pietro vergeblich mit einem Cocktail aus Medikamenten, Kaffee und Tabak einzudämmen versuchte.

Anders als er am Vorabend versprochen hatte, gehörte der Tourist nicht zu seinen vordringlichsten Aufgaben. Im Gegenteil, er stand seinen Gedanken ziemlich fern. Nach dem Frühstück bei der Witwe Gianesin und einem kurzen Spaziergang entlang des Rio Terà San Leonardo rief Sambo in der Konditorei an, aus der das *Dolce* stammte.

Die Besitzerin sagte, es sei telefonisch von einer Signora bestellt worden, an mehr erinnerte sie sich aber nicht.

Pietro verzog sich in eine abgelegene Osteria auf der Fondamenta degli Ormesini, in der ausschließlich Venezianer verkehrten, und bestellte ein Viertel Weißen. Einige Gäste erkannten ihn und zogen ihn lauthals mit ein paar giftigen Bemerkungen auf.

Er beachtete sie nicht. Zum einen aus Gewohnheit, aber auch, weil er viel zu sehr damit beschäftigt war zu begreifen, um wen es sich bei jener Signora handeln konnte. Im Grunde kam nur eine in Frage. Von denen, die im Polizeidienst seinen Weg gekreuzt hatten, verfügte nur sie über den erforderlichen Dienstgrad, die Erfahrung, die Beziehungen und das nötige Draufgängertum, um das Interesse von Agenten vom Kaliber eines Mathis und Cesar zu wecken. Aber es konnte sich doch nicht um die Polizeirätin handeln, die Vicequestore aggiunto Tiziana Basile, schließlich war sie nach dem Skandal seine ärgste Feindin gewesen. Ihre Erklärungen gegenüber der Presse waren unerbittlich und grausam gewesen und hatten darauf abgezielt, Sambos gesamte Karriere in den Dreck zu ziehen.

Plötzlich begann es zu nieseln, und Pietro ging nach Hause mit dem Vorsatz, sein Wissen über den Touristen zu vertiefen.

Er saß rund zehn Minuten vor dem Computer, den USB-Stick fest in der Hand. Er war aufgeregt. Zum ersten Mal wurde ihm bewusst, dass es ihm gut tat, sich wieder mit einem Fall zu beschäftigen. In seiner dumpfen Verzweiflung darüber, zum Ausgestoßenen geworden zu sein, empfand er es als Erleichterung.

Unter den verschiedenen Dateien suchte er sogleich nach der mit den Fotos des Serienmörders. Er wählte die schärfste Nahaufnahme aus und druckte sie mehrmals auf Fotopapier aus. Dann widmete er sich der Lektüre eines Profils, das Interpol erstellt hatte. Die Struktur, der Cesar und Mathis angehörten, konnte was den Informationsfluss anging auf ein wahrlich effizientes Netz von Beziehungen zählen.

Laut Expertenpool, der den Modus Operandi des Touristen analysiert hatte, war er ein einsamer Beutejäger, der junge Frauen im Eingangsbereich ihrer Wohnungen nach einem festen, noch nicht perfektionierten Ritual erwürgte und sich ihrer Handtaschen bemächtigte, die fortan als verschwunden galten. Das Fehlen von sexueller Gewalt hatte die Fachleute zu der Überzeugung gebracht, dass bei der Auswahl der Opfer die Trophäe das ausschlaggebende Kriterium war. Es handelte sich stets um Designerhandtaschen von ausgezeichneter Machart.

Der Abschnitt mit dem Titel „Hypothesen zur Identität" war der kürzeste, gerade einmal ein paar Zeilen lang. Wahrscheinlich war der Täter jung, zwischen fünfundzwanzig und fünfunddreißig, ein weißer Europäer, mit durchschnittlichem Bildungsgrad. Weiter nichts.

Sambo betrachtete das Foto des Serienmörders und dachte, dass er doch nicht mehr so jung war; sein Alter war eher bei vierzig bis fünfundvierzig anzusetzen. Eine Information, die er früher oder später an die Profiler, die gegen ihn ermittelten, weiterleiten musste. Die nahmen an, dass der Serienmörder die nötigen finanziellen Mittel besaß, um zu reisen. Möglicherweise stammte er aus einer wohlhabenden Familie oder übte einen gut bezahlten Beruf aus, der ihm viel Freizeit für seine touristischen Unternehmungen ließ.

Nach dem vierten Verbrechen wurden Fernfahrer, Zugpersonal, Piloten und Flugbegleiter unter die Lupe genommen, aber die hielten sich meist nicht lange genug am selben Ort auf, um als Verdächtige infrage zu kommen.

Nach dem sechsten Mord wurde ein großangelegter Abgleich sämtlicher Videoaufzeichnungen in der Nähe der Tatorte durchgeführt.

Wieder nichts. Einige Individuen hatte man herausgegriffen: Sie hatten sich verdächtig gemacht, weil sie es sorgsam vermieden, ihr Gesicht den Kameras preiszugeben; sie versteckten es unter Hüten, hinter Brillengläsern, hielten den Kopf gesenkt, aber es waren keine Übereinstimmungen gefunden worden. Ein untrüglicher Beweis dafür, dass der Tourist genau wusste, wie er es anstellen musste, um unerkannt zu bleiben.

Der Kommissar a. D. übersprang rund dreißig Seiten psychiatrischer Beurteilungen und suchte den Teil, in dem erklärt wurde, wie und wo er mit seinen Opfern in Kontakt trat. Die Ermittler waren sich einig, dass das auf der Straße geschah und dass der Täter völlig unbekannten Frauen bis zu ihrer Wohnung folgte. Im Gegensatz zu anderen Serienmördern plante er seine Verbrechen nicht, aber die beachtliche Zahl an „Erfolgen" und die Sorgfalt und Umsicht, mit denen er vorging, ließen darauf schließen, dass er nicht die geringste Absicht hatte, sich fassen zu lassen.

Endlich etwas wirklich Nützliches, dachte Sambo, während er sich die Datei vornahm, die das Bewegungsprofil des letzten Opfers enthielt. Der Franzose und der Spanier wussten genau, dass ihre Kollegin am Bahnhof Santa Lucia ausgestiegen und dann direkt nach Hause in ihre Mietwohnung gegangen war. Mathis hatte sie angerufen, als sie an Bord des Vaporettos war, das sie zur Haltestelle Ospedale bringen sollte; von dort wollte sie ihren Weg zu Fuß fortsetzen.

Zum ersten Mal hatte er die Gelegenheit zu sehen, wo das Opfer gelebt hatte, und er nutzte sie, um sich die schnellste Wegstrecke und die verschiedenen Alternativen einzuprägen.

Er verließ das Haus und ging zu Fuß weiter bis zum Bahnhof, spazierte dort durch die Bahnhofshalle und beobachtete die Frauen mit den Augen des Touristen und die Männer mit den Augen des Bullen, während er auf den Zug aus Neapel wartete, aus dem die Agentin gestiegen war. Er erkannte ehemalige Kollegen, die Jagd auf Taschendiebe machten, Beamte von der Antiterroreinheit und vom Drogendezernat. Wie alle wichtigen öffentlichen Plätze stand auch der Bahnhof unter schärfster Überwachung, obwohl der Personenfluss so groß war, dass das Sicherheitspersonal überfordert war. Viel zu lange schon hatte er den Frauen nicht mehr nachgeschaut, was ihm in dem Moment bewusst wurde, als ihn die Schönheit einzelner in den Bann zog. Ausländerinnen übten keine besondere Wirkung auf ihn aus, denn die Venezianerinnen waren nicht nur attraktiv, sondern für gewöhnlich auch sehr sympathisch. Und auch ein bisschen verrückt. Sein Hang zur Selbstbestrafung brachte ihn sogar so weit, sich die Momente der Intimität mit Isabella ins Gedächtnis zu rufen, und das stürzte ihn in tiefe Schuldgefühle.

Die mehrmalige Lautsprecheransage holte ihn zurück in die Wirklichkeit, und inmitten der Fahrgäste begann er, die Wegstrecke der ermordeten Agentin nachzugehen. Er war auf der Suche nach Ideen, Indizien und Hinweisen von Dritten, die man nicht unterschätzen durfte, wie er im Laufe der Jahre gelernt hatte. Er wollte unbedingt versuchen, der einzigen augenscheinlichen Unstimmigkeit jenes Verbrechens einen Sinn zu geben: Der Tourist hatte Venedig nicht unmittelbar nach der Tat verlassen, sondern war wegen der nicht entdeckten Leiche sogar an den Tatort zurückgekehrt, um zu überprüfen, was in den rund sechs Tagen danach eigentlich geschehen war. Das Risiko, das er dabei einging, war enorm, und in der Tat war er in die Falle der als Gondel getarnten Überwachungskamera getappt.

Konkret bedeutete das: Der Serienmörder konnte auf einen sicheren Ort zählen, der ihm als Versteck diente.

Sambo wusste nicht, wie sich der Tourist das Rätsel um das verschwundene Opfer erklärt hatte, doch auch unter Berücksichtigung des Interpol-Berichts mutmaßte er, dass die mediale Öffentlichkeit für ihn ein unverzichtbares Element war. Und war das der Fall, konnte man zu Recht davon ausgehen, dass er schon bald nach der nächsten Frau mit schöner Handtasche Ausschau halten würde.

Die Vorstellung, der Serienmörder könnte sich, bereit erneut zuzuschlagen, noch immer in der Stadt aufhalten, war für Sambo nur schwer zu ertragen, zumal er die Sicherheitskräfte nicht alarmieren konnte. Wenn der Typ noch ein weiteres Mal mordete, würde er sich das nie verzeihen.

Eine Stunde später machte er Halt in einer Bar in Barbaria delle Tole, die wie üblich zur Stunde des Aperitifs völlig überlaufen war. Er bestellte einen nicht moussierenden Weißwein und dachte darüber nach, dass der Tourist in einer fast ausgestorbenen Stadt mit schlechter Straßenbeleuchtung sein Unwesen getrieben hatte, denn in den Abendstunden lockte Venedig die Touristen nicht mehr an. Die wenigen noch geöffneten Lokale waren dann Eilande, wo sich die Einheimischen zum Gutenachttrunk und ein bisschen Geplauder zusammenfanden, bevor sie sich in ihre Behausungen zurückzogen. Die *Movida* fand wie in sämtlichen Städten Venetiens auf einer Piazza statt, in diesem Fall auf dem Campo Santa Margherita: Heerscharen junger Leute, Hektoliter Spritz, Drogendealer, Tohuwabohu, stocksaure Anwohner und Polizeikontrollen, für die Beamte aus anderen Zonen abgezogen werden mussten.

Venedig war alles in allem eine sichere Stadt, aber ein Serienmörder mit den Merkmalen des Touristen war hier in seinem Element. Die einzige echte Gefahr, die ihm drohte und die er sicherlich nicht außer Acht gelassen hatte, war die: Sollte er auffliegen und zur Flucht gezwungen sein, hätte er nur sehr geringe Chancen, das Weite zu suchen. Viele hatten es bereits versucht, aber nur einem war es gelungen. Dabei handelte es sich um eine Legende aus dem örtlichen Unterweltsmilieu: Ein junger Gesetzesbrecher, der vor niemandem Angst hatte, schon gar nicht vor der Polizei. Am Ende wurde er mit zwei Kugeln in den Rücken gestoppt, als er an Bord eines Motorboots über den Rio del Piombo flüchtete: Eine andere Möglichkeit gab es nicht.

Aber ein Serienmörder war ganz anders gestrickt, er hätte keine Chance gehabt.

An der Ca' d'Oro nahm Sambo ein Vaporetto und stieg bei Rialto aus. Hinter der Goldoni-Statue lag die Calle de la Bissa, die nach einigen Schritten zu einer alten Rotisserie führte, die immer brechend voll war: Dort aß man gut, ohne ausgenommen zu werden.

Der Ex-Kommissar warf einen Blick auf die Speisekarte und bestellte *Risotto alla pescatora* und ein Glas Verduzzo. Er ließ sich an einem kleinen, etwas abseits stehenden Tisch nieder, von wo aus er die Tür gut im Auge hatte. Der Typ, den er treffen wollte, erschien kurz darauf. Sein Name war Nello Caprioglio, und er war für die Sicherheit in diversen Hotels zuständig. Er hatte sofort seinen Auftritt, als er sich mit den anderen Gästen und dem Kassierer einen scherzhaften Schlagabtausch im Dialekt lieferte. Lauthals rief er nach einer der Köchinnen, die ein paar Augenblicke später auch schon aus der Küche kam, in der Hand ein Tablett mit dampfender *Frittura di pesce*. Er tat so, als machte er ihr den Hof, sie reagierte mit gepfefferten Bemerkungen, und kurz darauf lachten und witzelten alle. So sind die Venezianer: Der Spott, die scharfe Ironie, das freudselige Lärmen sind ihr Leben.

Caprioglio wandte sich Sambo zu, deutete mit einem überraschten Gesichtsausdruck auf ihn und zog mit einer wirkungsvollen Pause die Aufmerksamkeit der Anwesenden auf sich.

„Sieh mal einer an, der Herr Kommissar außer Dienst", sagte er. „Bei all dem Geld, das er auf dem Buckel von uns armen ehrlichen Steuerzahlern verdient hat, muss er jetzt wenigstens ein paar Flaschen Prosecco springen lassen."

Der Vorschlag wurde selbstverständlich mit Begeisterung aufgenommen, und Pietro gab dem Barmann ein entsprechendes Zeichen. Ein paar Minuten später setzte sich Caprioglio zu ihm an den Tisch. Ein kleiner, untersetzter Fünfzigjähriger, dessen Körpergröße als nicht ausreichend eingestuft worden war, um in den Dienst der Carabinieri einzutreten, weshalb er sich mit einer Laufbahn als Hoteldetektiv hatte zufrieden geben müssen. Sie kannten sich seit ihrer Kindheit, denn beide waren im Stadtviertel Castello geboren worden und aufgewachsen. Sie waren nie Freunde geworden, aber sie waren einander immer mit Respekt begegnet, und ihre Berufe hatten für häufige Zusammentreffen gesorgt.

Er war ein anständiger Kerl und hatte schon viel zu viel in seinem Leben gesehen, um jetzt nicht zu begreifen, dass Sambo Nachsicht verdiente. „Ich wette, du bist nicht zufällig hier", sagte er in leisem Ton.

Pietro schüttelte den Kopf. „Ich brauche jemanden, der etwas für mich überprüft. Ich suche da einen Typen."

„Du bist der Letzte, der durch Venedig spazieren und einen solchen Schwachsinn verzapfen darf", meinte Caprioglio überrascht.

Der Ex-Polizist zog die Nahaufnahme des Touristen aus der Innentasche seines Jacketts. „Ich muss wissen, ob er in der Stadt logiert."

Caprioglio betrachte das Foto. „Wer ist das?"

„Das darf ich dir nicht sagen und ich habe auch keine Lust, dir irgendwelche Märchen aufzutischen", erwiderte Sambo.

„Gefährlich?"

„Sehr."

„Ein bisschen was musst du mir schon sagen, Pietro."

„Ich habe da so eine Ahnung. Möglicherweise treibt sich dieser Unhold, von dem ich weder den Namen noch die Nationalität kenne, mit den schlimmsten Absichten hier herum."

„Damit kann ich nicht viel anfangen", entgegnete der andere.

Sambo zuckte die Schultern. „Nenn mir einen Preis."

„Nur Venedig oder auch die Provinz?"

Die Frage war berechtigt. Die meisten Touristen übernachteten in Unterkünften in der Umgebung, die nicht so teuer und auch wenige Tage vor dem Aufenthalt noch zahlreich verfügbar waren. Aber der Typ hier musste einen sicheren Unterschlupf in nicht allzu großer Entfernung haben.

„Er ist eine Kanalratte", erklärte er im Jargon der Bullen. „Er kreist immer um seine Höhle."

„Wenn er in einem der vielen inoffiziellen Bed and Breakfast logiert, gibt es keine Möglichkeit, ihn aufzuspüren", gab Caprioglio zu bedenken.

Er hatte recht. Das Netz der Schlaumeier, die die Daten ihrer Gäste nicht meldeten, war schon lange eine Plage für die Ordnungskräfte.

Werbung und Kontaktaufnahme nur via Internet und die Steuerhinterziehung war garantiert.

„Überprüfe die registrierten Häuser, mit den anderen beschäftigen wir uns später und hoffen mal, dass wir dazu keine Veranlassung mehr haben werden."

Der Mann nickte nachdenklich. „Das kostet dich dreitausend. Für weniger kann ich es nicht machen."

„Einverstanden", sagte Pietro. „Die Hälfte kannst du gleich haben."

„Woher nimmst du die Kohle? Alle wissen doch, dass du den Gürtel enger schnallen musst."

„Ich habe was auf der hohen Kante."

„Schwachsinn. Du arbeitest für jemanden, und ich würde zu gerne wissen, wer das ist."

Sambo starrte ihn an. „Ist das so wichtig? Du riskierst nichts dabei."

Nello grinste. „Ich hätte auch mehr verlangen können, stimmt's?"

„Ja."

Caprioglio seufzte. „Geh pinkeln und versteck die Tüte hinterm Spülkasten."

Pietro leerte den Rest des Weines und stand auf. „Wie lange wirst du brauchen?"

„In ein paar Tagen sehen wir uns hier wieder", erwiderte der andere und erhob sich ebenfalls.

Auf dem Heimweg blieb Sambo stehen und betrachtete die Rialto-Brücke. Auf dem Höhepunkt seiner Karriere hatte er sich oft an deren Balustrade gelehnt, die den Canal Grande beherrscht. Zu dieser Zeit glaubte er noch, dass er zum Schutz der Gemeinschaft unverzichtbar wäre und Venedig ihm Anerkennung schuldete. Er hatte nicht begriffen, dass seine Stadt nicht einmal für sich selbst so etwas wie Wertschätzung aufbrachte.

Ein Vaporetto aus Richtung Bahnhof zog langsam an ihm vorüber. Er ignorierte die Gruppe von Touristen, die wie immer jeden am Ufer mit übertriebener Heiterkeit grüßte.

Er zündete sich noch eine Zigarette an, um nicht in Versuchung zu kommen, sich die Gesichter der Fremden einzuprägen oder darüber nachzudenken, was für ein Leben sie wohl führten. Er wusste zu gut, dass er dann sentimental geworden wäre, weil das Schicksal eben nicht zu ändern war, er sein Los nicht mit dem eines x-Beliebigen tauschen konnte.

In Venedig mit seiner geballten Schönheit aus Wasser und Stein kamen Tag aus, Tag ein Tausende Schicksale miteinander in Berührung. Zuweilen kreuzten sie sich oder gerieten auf Kollisionskurs und am Ende verschmolzen sie miteinander.

Pietro Sambo hörte das Geräusch des Vaporettos, das verlangsamte, als der Landungssteg auf der anderen Seite des Kanals in Sicht kam, und ohne rechten Grund beschloss er, seinen Weg fortzusetzen.

Einer der ersten Passagiere, die von Bord gingen, war Abel Cartagena, der zügig die entgegengesetzte Richtung einschlug.

Vier

Cartagena war gezwungen, eine Einladung zum Tee und das Geplauder der Eigentümerin Carol Cowley Biondani über sich ergehen zu lassen, bevor sie ihm endlich die Schlüssel zum Apartment auf dem Campo de la Lana aushändigte. Schlafzimmer, Arbeitszimmer, Bad, Wohnraum und Küche. Geräumig, funktional und geschmackvoll eingerichtet.

Abel war erregt. Er konnte es kaum erwarten, dass der Tag anbrach, um sich auf die Jagd nach seiner neuen Auserwählten zu machen. Er war weder hungrig noch müde. Er fuhr den Rechner hoch, gab „Venice Images" bei Google ein und klickte sich durch zig Aufnahmen von Palazzi auf der Suche nach genau dem, der vermutlich die schöne und geheimnisvolle Frau beherbergte. Er dachte, es würde bestimmt pure Magie sein, wenn er, nachdem er ihr das Leben genommen hatte, ihre Handtasche entweihen und herausfinden würde, weshalb sie so wichtig für die belgische Polizistin gewesen war, dass diese sogar einen USB-Stick mit Aufnahmen von ihr auf dem Boden ihrer Tasche verborgen gehalten hatte.

Spionagegeschichten, dachte er. Der Zufall hatte ihn ins Zentrum einer Intrige katapultiert, und er, der Tourist, würde die Spielkarten neu mischen. Aus reiner Lust an der Freude. Fantastisch. Jahrelang völlig ungestraft zu töten hatte ihm das Gefühl gegeben, unbesiegbar zu sein, doch jetzt fühlte er sich zudem auch mächtig. In allen Abhandlungen über Psychopathie, die er gelesen hatte, betonten die Fachleute, dass Personen wie er in der Lage waren, negativ auf das Leben anderer einzuwirken. Dieses Mal sogar auf wer weiß welche Interessen und Angelegenheiten, in die eine unbekannte Zahl von Subjekten verwickelt war.

Er sprang auf, um einen Spiegel zu suchen. Er strich sich die Haare zurecht und begutachtete eingehend sein Gesicht. Sein nächstes Opfer würde das Privileg haben, eine Schönheit zu erblicken, bevor es seinen letzten Atemzug tat.

Venedig war eine bis in alle Einzelheiten porträtierte Stadt. Es war schier unmöglich, eine Stelle zu finden, die noch nicht aus allen erdenklichen Blickwinkeln fotografiert und dann online gestellt worden war. Kurz nach drei Uhr morgens fand Abel, wonach er gesucht hatte, und konnte endlich ins Bett gehen. Seelenruhig würde er schlafen, denn die Frau seiner Begierde erweckte nicht den Anschein, als würde sie früh aufstehen.

Als er am Morgen das Haus verließ, hielt er nach einem der vielen Einwanderer Ausschau, die Regenschirme verkauften. Bei Regen schossen sie überall wie Pilze aus dem Boden. Für fünf Euro kaufte er sich einen unauffälligen Knirps mit schwarz-blauem Karomuster.

Dann schlug er den Weg Richtung San Sebastiano ein. Die Jagd hatte begonnen. Der Palazzo in der Calle Avogaria, den er überprüfen wollte, hatte eine strenge Fassade, aber das Baumaterial und die sorgfältige Restaurierung ließen auf Luxus und Diskretion schließen. Mit Verdruss bemerkte er eine Überwachungskamera rechts oberhalb des Eingangsportals und sofort wurde ihm klar, dass er sich dringend eine neue Tarnung ausdenken musste.

Das eigentliche Problem war, dass diese Gegend von den Reiseführern ohne besondere Sehenswürdigkeiten ausgewiesen war und somit nur wenige Touristen dort unterwegs waren. Folglich gab es kein geeignetes Fleckchen, wo man sich länger hätte aufhalten können, um das Gebäude ins Visier zu nehmen. Er wäre innerhalb kürzester Zeit aufgeflogen, und dabei durfte er nicht vergessen, dass die Frau mit größter Wahrscheinlichkeit aus dem Umfeld der Geheimdienste stammte.

Er blickte um sich und sah das alte, verwitterte Schild der Pension Ada, deren Fenster den perfekten Ausblick boten. Bedauerlicherweise musste er diese Option ausschließen, denn bei der Registrierung hätte er seinen Ausweis vorlegen müssen.

Der Tourist wäre überrascht gewesen, hätte er gewusst, dass ein Mann, ein gewisser Mathis, just in diesem Moment am dritten Fenster links stand und die Fotokamera auf ihn gerichtet hatte, jedoch enttäuscht war, weil es ihm nicht gelang, sein Gesicht ins Bild zu kriegen – der Schirm schützte in dem Moment ganz offensichtlich nicht nur vor dem Regen.

Und hätte er geahnt, dass der Mann zudem ein guter Freund seines letzten Opfers war, hätte ihn das zu weiteren gewichtigen Überlegungen über die Merkwürdigkeiten des Zufalls veranlasst.

Ohne zu ahnen, dass er beobachtet wurde, kam er zu dem Schluss, dass die einzige Möglichkeit, seine Überwachung fortzusetzen, eine kleine Brücke in rund fünfzig Meter Entfernung mit Blick auf einen winzigen Ausschnitt des Eingangs war. Damit musste er sich zufriedengeben, und um seine Anwesenheit dort plausibel zu machen, zog er einen Fotoapparat aus dem Rucksack und mimte Interesse an den Häusern, die den Kanal säumten.

Ein paar Stunden später wurde seine Geduld belohnt. Kurz vor zwei Uhr nachmittags verließ die Auserwählte das Haus. Sie hatte die Handtasche gewechselt, jetzt prangte an ihr eine Birkin von Hermès, farblich perfekt auf den Regenmantel und den reizenden kleinen Regenschirm desselben Labels abgestimmt. An den Füßen ein Paar Gummistiefel von Dolce & Gabbana, deren Schaft mit Satin überzogen war.

Problemlos heftete er sich an die Fersen der Frau, bis sie ein Luxusrestaurant betrat und vom Maître mit einer Verneigung empfangen wurde, wie sie den Kunden vorbehalten war, die beim Trinkgeldgeben stets großzügig waren. Abel traute sich nicht, ihr zu folgen, und ging in eine Bar in der Nähe, wo er ein paar *Tramezzini* aß; er hatte auf einem der Barhocker Platz genommen, von wo aus er es mitbekäme, wenn die Auswählte sich plötzlich entschließen sollte, ihr Mittagessen stehen zu lassen.

Es verging jedoch mehr als eine halbe Stunde, in der Cartagena von der Barbetreiberin gezwungen wurde, auch noch ein Stück Kuchen und einen Kaffee zu bestellen. Erst dann verließ die Frau das Restaurant und machte sich, immer noch im Frühlingsnieselregen, auf den Weg in die Gegend der teuersten Designerboutiquen.

Der Tourist war wie hypnotisiert von der Handtasche, eines seiner Lieblingsmodelle. Noch nie war ihm ein so elegantes potenzielles Opfer begegnet. Er hoffte, dass sie nicht mit Gegenständen und kleinen Geheimnissen geizte, wie es bei Damienne Roussel der Fall gewesen war. Und vor allem, dass sie sich im entscheidenden Moment fügsamer zeigte.

Er würde seine Vorkehrungen treffen, um ihr keine Zeit zu lassen, sich zur Wehr zu setzen.

Nachdem sie ein paar Kleider anprobiert hatte, die ihr überhaupt nicht standen, betrat sie ein Geschäft mit antiken Teppichen. Cartagena ahnte, dass da etwas nicht stimmte, als er zum wiederholten Mal am Schaufenster vorbeiging und sah, wie der Eigentümer, ein älterer Mann, gerade in einen Apfel biss.

Ganz gewiss hätte er sich keinen Imbiss gegönnt, solange eine geldschwere Kundin wie sie im Laden weilte. Abel schlüpfte in die Calle Veste und entdeckte auf der Rückseite des Gebäudes einen Hinterausgang, durch den sich die Auserwählte davongeschlichen haben musste.

Der Tourist entfernte sich schleunigst aus der Gegend und sah immer wieder über die Schulter zurück. Er war sich sicher, beim Verfolgen seiner Beute keine Fehler gemacht zu haben; sie hatte sich nicht einmal umgedreht, ihre Blicke hatten sich nicht gekreuzt. Er dachte, es handelte sich vielleicht um eine der üblichen Sicherheitsmaßnahmen, wie sie Geheimdienstler anwandten. Überdies bedienten sich die Agenten in Romanen oder Spielfilmen oft genau dieses Tricks. Auf alle Fälle war er reingelegt worden. Das war eine unbestreitbare Tatsache.

Zorn überschwemmte sein Gehirn wie eine Gezeitenflut. Doch das hielt nicht lange an: Abel wusste nur allzu gut, dass eine solche Gefühlswallung bei einem Psychopathen zu Verhaltensstörungen führen konnte, die wiederum seine Unversehrtheit gefährdeten.

Als er jung war, war es durchaus vorgekommen, dass er mit übertriebener Sorgfalt, wie man sie etwa einem Bonsai angedeihen lässt, Wut auf eine andere Person nährte. Und das manchmal aus nichtigen Anlässen. Was ihm dann nicht wenige Probleme und Ärger mit der Justiz beschert hatte: So war er gezwungen gewesen, ein ganzes Jahr in einer staatlichen Erziehungsanstalt zu verbringen.

Er machte Halt bei einem kleinen Laden auf dem Campo San Pantalon, um etwas fürs Abendessen einzukaufen. Er konnte es kaum erwarten, zu Hause in Ruhe über die Situation nachzudenken, denn in diesem Moment riet ihm sein Instinkt kategorisch zum Aufgeben. Die Auserwählte war eine viel zu schwierige und gefährliche Jagdbeute.

Auf dem Campiello Mosca lief ihm eine etwa Fünfzigjährige über den Weg, deren Gesicht er nicht sehen konnte, da es von einem Regenschirm verdeckt war, dafür stach ihm die Handtasche sofort ins Auge. Ein Modell von Monya Grana, das er nicht kannte. Es musste soeben erst in den Handel gekommen sein. Er heftete sich an ihre Fersen, ohne allzu sehr an die Konsequenzen zu denken. Ihm stand der Sinn nur danach, sich abzureagieren. Nach rund hundert Metern hätte er aufgrund ihrer Schuhe und der Art, wie sie die Schaufenster studierte, wetten können, dass es sich um eine Ausländerin handelte. Mit einem Mal konnte er deutlich ihr fades, ausdrucksloses Gesicht sehen und ihm war sofort klar, dass es zwecklos war, noch mehr Zeit zu verschwenden.

Zurück in seinem Unterschlupf genehmigte er sich eine ausgiebige Dusche und fuhr dann den Rechner hoch, um sich die Fotos der Auserwählten anzuschauen. Er fand eine E-Mail von Kiki, die in Wahrheit ein richtiger Liebesbrief war, und er sah sich gezwungen, ebenso ausführlich und gespickt mit Gemeinplätzen zu antworten.

Dann endlich konnte er zu den heißgeliebten Aufnahmen seiner Beute zurückkehren, die ihn so wütend gemacht hatte. Er hatte seinen Spaß daran, mit dem Cursor die Umrisse des Gesichts, des Körpers und der Handtasche nachzufahren. Er spielte mit dem Zoom, bis er genug davon hatte; offensichtlich musste er sich ein anderes Opfer suchen, und das frustrierte ihn. Die Bildvergrößerung ihrer dunklen Augen hatte ihn überzeugt. Schön, aber völlig gefühllos. Einen solchen Blick kannte er gut. Niemals hätte eine wie sie um Gnade gefleht. Er überlegte, dass der Zufall ihn dieses Mal mit einer Welt in Berührung gebracht hatte, in der die Frauen sich anormal verhielten und ihm keinerlei Befriedigung verschafften.

Er briet sich ein paar Eier und aß ohne Appetit. Er legte sich mit dem Stadtplan aufs Bett, um neue Jagdgebiete zu studieren.

Ein Anruf von Hilse unterbrach ihn dabei.

„Wann kommst du zurück?", fragte sie.

„Sobald ich meine Recherchen über Galuppi beendet habe."

„Was geschieht mit uns, Abel?"

Glücklicherweise hatte er die Antwort schon parat. „Die Liebe hat uns überrumpelt, und aufgrund der Eile, mit der wir zusammengezogen sind, haben wir vergessen, wie wichtig es ist, einige grundlegende Fragen unseres gemeinsamen Lebens zu klären. Wie zum Beispiel die, ein Kind zu bekommen."

„Ich will nicht verzichten", sagte sie entschlossen. „Und ich bin nicht bereit, mich mit einem Ersatz zufriedenzugeben."

„Ich verstehe schon, die Schwangerschaft erleben, Mama werden."

„Ich bin es, die nicht versteht", setzte sie sich beherzt zur Wehr. „Du bist so ein sensibler Mensch, du besitzt außergewöhnliche Fähigkeiten, das künstlerische Genie der Musiker zu deuten, und ausgerechnet du bist nicht in der Lage, die Frau glücklich zu machen, die du dich entschieden hast zu lieben und zu ehelichen?"

Der Tourist erkannte die Notwendigkeit, diese sinnlose und peinliche Unterhaltung zu beenden. Er hüllte sich in Schweigen, bis seine Frau ihn zu einer Antwort drängte.

In ernstem Ton sagte er: „Ich brauche Zeit, Hilse. Ich denke immerfort an uns, aber ich will klare Vorstellungen über unsere Zukunft haben, und die schwierige Recherche zu Galuppi ist mir dabei nicht gerade hilfreich."

„Nein, Abel. Mit diesen Spielchen ist jetzt Schluss. Du läufst Gefahr, mich zu verlieren", drohte sie eisig und legte auf.

Nervös geworden schnellte Cartagena in die Höhe und äffte vor dem Spiegel seine Frau nach. Vielleicht war es wirklich an der Zeit, dass er sich von ihr trennte und mit Kiki zusammenzog, die ihm von Nutzen und leicht manipulierbar war und in deren kleinem Köpfchen nicht solche Ideen herumspukten. Das Risiko dabei war nur, dass der Übergang von der Rolle der heimlichen Geliebten zu der der offiziellen Lebensgefährtin ihr zu Kopf steigen und sie sich unheimlich was darauf einbilden könnte. Kiki war passabel, wenn sie nicht allzu viel Oberwasser hatte, andernfalls konnte sie sich als wandelnde Gefahr erweisen. Tatsache war, dass er auf eine feste Beziehung nicht verzichten konnte: Für einen kriminellen Psychopathen wie ihn, der Lust empfand, wenn er Frauen mit schönen Handtaschen erwürgte, war das eine notwendige Tarnung.

Der Mann schnaubte. Er wollte keine Nachkommen, und die Idee, sich eine andere Frau zu suchen, lockte ihn ganz und gar nicht. Es wäre bloße Energieverschwendung, die viel von seiner Zeit in Anspruch nehmen würde.

Während er die verschiedenen Optionen abwog, zog er sogar für einen kurzen Moment die Möglichkeit in Betracht, Hilse glücklich zu machen. Sollten die Dinge schieflaufen, könnte er ja immer noch dem Beispiel seines Herrn Papa folgen, der, als ihm bewusst wurde, dass der kleine Abel ihm große Scherereien bereiten würde, mit seiner Sekretärin durchgebrannt war.

Den Rest des Abends verbrachte er vor dem Fernseher, der auf einen englischen Kanal eingestellt war. Dann ging er sich die Zähne putzen und schlüpfte unter die Laken.

Mit einem Schlag war er wach und setzte sich im Bett auf. Ein Geräusch oder vielleicht nur die Ahnung eines Geräuschs. Er hatte das Gefühl, nicht allein zu sein. Er bohrte seine Augen in die völlige Finsternis und versuchte, auch den kleinsten Laut zu erhaschen. Aber im Zimmer war es still, das Einzige, was nicht stimmte, war ein aufdringlicher Geruch, der ihn an Kaffee, Vanille und Pfeffer erinnerte.

Parfum, dachte er und tastete mit der Hand nach dem Schalter der Nachttischlampe.

Er knipste das Licht an, und auf dem Stuhl gegenüber dem Bett saß die Auserwählte in ihrer ganzen Schönheit. Sie trug nun bequemere, weniger elegante Kleidung: schwarze Hosen, eine kurze, sportliche Jacke und Sneakers in der gleichen Farbe. In der Hand hielt sie eine seltsame Pistole, die an die Waffen erinnerte, die die Helden in *Star Wars* verwendeten, doch der Tourist wusste, dass es sich nur um einen sogenannten Taser handeln konnte, mit dem zwei Projektile abgeschossen werden, die elektrische Impulse freisetzen: So ein Ding konnte jeden für einige Minuten außer Gefecht setzen.

Bei Psychopathen sind emotionale Reaktionen wie Beklemmung und Angst nicht besonders ausgeprägt. Aus diesem Grund geriet Cartagena auch nicht übermäßig aus der Fassung, zumal die Waffe nicht lebensgefährlich war, und er sein Leben nicht bedroht sah. In erster Linie verspürte er Neugier und gab sich keinerlei Mühe, so zu tun, als würde er die Frau nicht kennen.

„Heute Nachmittag wirktest du wesentlich faszinierender", waren seine ersten Worte.

Auch sie beobachtete ihn eingehend. „Ich werde aus dir einfach nicht schlau", sagte sie mit einem reizenden französischen Akzent. „Dein Computer ist voll mit Aufnahmen von mir, die vor ungefähr sechs Monaten entstanden sind, aber du stellst dich an wie ein Dilettant. Du bist mir gefolgt, hast dich aber gleich entdecken und mit verblüffender Leichtigkeit abhängen lassen. Du hast dann das Stadtviertel gewechselt und bist einer weiteren Frau nachgestiegen, aber plötzlich hast du das Interesse verloren. Du bist hierher zurückgekehrt, ohne zu kontrollieren, ob dir jemand auf den Fersen war. Und du wohnst an einem ungesicherten Ort, wo es weder eine Alarmanlage noch eine Überwachungskamera, nicht einmal den klassischen Stuhl unter dem Türgriff gibt. Ich bin schon seit einer halben

Stunde hier und stöbere deine Sachen durch, und du hast nichts bemerkt."

„Als ich dein Parfum roch, wurde ich wach", gab er zu.

„Wer bist du? Für wen arbeitest du? Also, sämtliche Standardfragen aus dem Repertoire."

„Ich weiß nicht einmal, wie du heißt", hob der Tourist mit seiner Erklärung an. „Ich bin ganz zufällig auf die Schnappschüsse gestoßen, und du hast mir gefallen. Mein Interesse an dir ist rein persönlicher Natur. Du gefällst mir, und ich wollte dich kennenlernen. Das ist alles."

Die Auserwählte betätigte den Auslöser, und den Bruchteil einer Sekunde später krümmte er sich auf dem Bett in einem Anfall unkontrollierbarer Krämpfe. Ungerührt nahm sie eine Spritze aus der Tasche ihrer Jacke und stach die Nadel in seine Schulter.

Abel glaubte, sie hätte das Licht ausgeschaltet, sein Gehirn versank in tiefster Finsternis.

Eine Ohrfeige brachte ihn wieder zur Besinnung. Er versuchte zu sprechen, aber in seinem Mund steckte ein Lappen. Nackt wie ein Wurm hockte er auf einem Stuhl, gefesselt an Händen und Füßen, und sie saß auf dem Bettrand und sah ihn an.

„Du musst mir einfach nur die Wahrheit sagen", meinte sie ganz ruhig, „oder ich werde dir wehtun. Du magst vielleicht ein Anfänger sein, aber wir alle wissen, wie solche Dinge funktionieren."

Cartagena war viel zu verwirrt, um sich eine rettende Strategie auszudenken. Er hatte sich immer als König der Manipulation betrachtet, noch nie aber hatte er sich in einer so aussichtslosen Lage befunden.

Die Auserwählte nahm ihm den Knebel aus dem Mund. „Ich höre."

Er zögerte, und schon war sein Mund wieder verstopft, während sie anfing, seine Hoden mit unmenschlicher Kraft zu quetschen, erst den einen, dann den anderen.

Er verlor das Bewusstsein, für wie lange, konnte er im Nachhinein nicht abschätzen. Der Schmerz im Unterleib war unerträglich, aber es gelang ihm dennoch, sich daran zu erinnern, dass auch die belgische Polizistin ein Faible für Schläge unter die Gürtellinie gehabt hatte.

Die Frau näherte sich ihm mit einem Klappmesser in der Hand, zeigte ihm die Klinge, bevor sie sie ihm ganz langsam zwei Zentimeter tief in den Oberschenkel bohrte. „Sprichst du jetzt?"

Nichts als Schmerzen und Qualen. Er nickte entschlossen. Endlich hatte er begriffen. Die einzige Art, seine Peinigerin zu besänftigen, oder es zumindest zu versuchen, war die, ihr die Wahrheit zu sagen.

„Es ist nicht nötig, so gewalttätig zu sein", sagte er, bemüht, rasch seine außerordentliche Redegewandtheit wiederzuerlangen.

Wieder nahm sie den Knebellappen zur Hand, flugs sprach er weiter. „Ich habe einen USB-Stick mit deinen Fotos in einer Handtasche gefunden", begann er zu erzählen. „Sie gehörte einer Frau, die du vielleicht kennst. Anfangs dachte sie, mich mit einem falschen Pass an der Nase herumzuführen, aber ich bin ein wacher Kopf und bin auf ihre wahre Identität gestoßen: Damienne Roussel."

„Schwachsinn. Die ist schon seit Jahren tot", erwiderte die Frau, während sie eine kleine Pistole mit Schalldämpfer aus der Jacke zog. „Erzähl mir etwas Überzeugenderes, ich habe nicht die Absicht, hier noch lange zu verweilen."

Abel spürte ein kaum merkliches Zögern im Verhalten der Frau und begriff, dass er auf dem richtigen Weg war, um weiteren Misshandlungen zu entgehen. Nicht aber, um seine Haut zu retten. Dafür musste er sich eine andere Geschichte ausdenken.

„Es stimmt, sie ist tot, aber erst seit ein paar Wochen. Ich weiß das, weil ich sie umgebracht habe. Hier in Venedig."

„Ja tatsächlich", sagte sie höhnisch. „Der Mister Anfänger will eine Polizistin umgebracht haben. Ich glaube vielmehr, dass du zu der Gruppe gehörst, die ein paar meiner Freunde über die Klinge hat springen lassen."

Sie starrte ihn an. Ein kalter, gefährlicher Blick. Sie begann, den Gedanken zuzulassen, dass nicht alles aus seinem Mund gelogen war. „Ich habe die SIM-Karte ihres Mobiltelefons."

„Wo ist sie?"

„In meiner Brieftasche."

Minuten später legte die Frau die Karte in das Mobiltelefon des Touristen und entdeckte einige ausgesprochen interessante E-Mails und SMS.

„Es gibt keinen Beweis dafür, dass sie der Polizistin gehört hat."

„Die auch die Witwe des Richters Gaillard war", betonte Abel. „Ermordet von einem Paar, und womöglich warst du die Frau des Duos, weshalb hätte sie sich sonst so viel Mühe machen sollen, dich auszuspionieren."

Sie reagierte nicht. „Wo soll das geschehen sein?"

„In einem Haus in der Nähe der Calle del Morion."

„In den letzten Monaten wurde kein Verbrechen dieser Art angezeigt."

„Pass auf, gleich wirst du eine verrückte Geschichte hören: Einige Tage später bin ich dorthin zurück, um herauszufinden, weshalb die Leiche noch immer nicht entdeckt worden war. Aber sie war nicht mehr da. Weder die Leiche, noch irgendwelche Einrichtungsgegenstände."

„Du hast recht, das ist verrückt. Nicht einmal ein Kind würde so etwas glauben", sagte sie ausdruckslos. „Erklär mir jetzt, weshalb du sie ermordet haben willst."

„Einfach so, weil ich Lust dazu hatte. Wie ich dir bereits gesagt habe, mit euren Geheimdienstgeschichten habe ich nichts zu schaffen."

Zum ersten Mal zeigte sie unverhohlene Neugier. „Wer bist du?"

„Mein Name ist Abel Cartagena, ich bin Musikhistoriker."

Die Frau schob die Munition in den Lauf. Die Pistole war jetzt schussbereit. „Wer bist du?"

Der Moment war gekommen, die letzte Karte zu spielen, und das Ergebnis war so ungewiss, dass er es ruhig wagen konnte.

„Sie nennen mich der Tourist."

Sie lachte los. „Du willst ein verdammter Serienkiller sein?"

„Es gefällt mir nicht, so genannt zu werden."

Endlich begriff sie. „Und du bist mir gefolgt, um mich umzubringen", platzte sie heraus. „Ich bin dir entwischt, und du hast dir ein anderes Opfer gesucht, aber an einem bestimmten Punkt hast du es dir anders überlegt."

Jetzt erschießt sie mich, dachte er. Im Übrigen war es notwendig gewesen, die Wahrheit nur stückweise preiszugeben, um nicht weiter gequält zu werden.

Stattdessen versetzte die Frau ihn mit einer Forderung in Staunen, mit der er niemals gerechnet hätte: „Beweise mir, dass du wirklich ein berühmter Frauenmörder bist."

Die Type besaß nicht das geringste Mitgefühl mit den Opfern. Während sie ihn misshandelte, hatte sie keinerlei Regung gezeigt. Und in dem Moment war Abel sich sicher, dass auch sie zum Club gehörte und er eine wunderschöne Psychopathin vor sich hatte.

„Warum sollte ich das tun?"

Sie zückte das Messer. „Du könntest ein Nachahmer, ein Trittbrettfahrer, ein schwachsinniger Arsch sein, der mir die Zeit stehlen will."

Das hatte er im Protokoll eines Profilers gelesen, der in den Vereinigten Staaten ein paar Serienmörder verhaftet hatte: Sobald ein Verdächtiger zu reden beginnt, kann er das Verhör nicht mehr kontrollieren. Er sollte Recht behalten.

Cartagena seufzte resigniert und erzählte von den Handtaschen. Dieses Detail war nie öffentlich gemacht worden. „Ich habe kein anderes Mittel, um es dir zu beweisen. Und du bist nicht in der Lage, es zu überprüfen."

Die Frau verließ das Zimmer, um zu telefonieren. Er hörte sie leise in einer ihm fremden Sprache sprechen, vielleicht Arabisch oder Spanisch.

Dann bekam er mit, wie sie in der Küche hantierte. Nach rund zehn Minuten tauchte sie, einen Kaffee schlürfend, wieder auf, um gleich darauf erneut aus seinem Blickfeld zu verschwinden.

Abel litt wie ein Tier. Die mit Kabelbinder gefesselten Hand- und Fußgelenke waren taub geworden, im Oberschenkelmuskel klaffte ein Schnitt, und die Hoden waren ein einziger pulsierender Schmerz. Doch er hatte keine Angst zu sterben. Bis zur letzten Sekunde würde er nach einem Ausweg suchen.

Sie erhielt einen Anruf. Und dann noch einen. Nach dem dritten Anruf tauchte sie wieder auf.

„Du bist tatsächlich der Tourist", verkündete sie erfreut. „Ich war also in Gefahr, dein nächstes Opfer zu werden."

„Sie presste ihren linken Busen gegen Cartagenas Gesicht. „Hör nur, wie mein kleines Herz vor Schreck pocht", sagte sie mit unangenehm hoher, verstellter Stimme.

„Hör auf."

Aber sie hörte nicht auf. „Und wie hättest du mich denn umgebracht? Hättest du mich erwürgt? Und warum vergewaltigst du deine Opfer eigentlich nicht, funktioniert dein Pimmelchen nicht?", fügte sie hinzu, wobei sie sich seines Glieds bemächtigte und es zu streicheln begann.

„Hör auf!", brüllte er.

Sie packte ihn am Kinn. „Du bist ein Sexmonster, du verdienst keinerlei Respekt. Auch ich töte, aber nicht, um einer Dame die Handtasche zu stehlen."

Dann knebelte sie ihn. „Leb wohl, Tourist", flüsterte sie ihm ins Ohr. „Ich verlasse Venedig. Andere werden sich deiner annehmen."

Geräuschlos wie sie gekommen war, verschwand sie. Abel wusste nicht mehr, was er denken sollte. Seine wahre Identität zu verraten, war eine gute Idee gewesen, immerhin hatte diese Scheißkuh ihn nicht erschossen. Doch was ihre Freunde von ihm wollen könnten, das entzog sich völlig seiner Vorstellung.

Das Sonnenlicht sickerte durch die Lamellen der alten Fensterläden. Dass der Regen aufgehört hatte, konnte ihm kein Trost sein.

Inmitten der Stille, die in der Wohnung herrschte, vernahm er deutlich das Geräusch eines Schlüssels im Schloss der Eingangstür. Kurz darauf erschienen zwei Männer. Sie sahen aus wie Reisende, die gerade in der Stadt angekommen waren. Der Ältere durfte Ende fünfzig sein. Seine Haare und sein Bart waren gepflegt und weiß wie unberührter Schnee. Er trug einen grauen Doppelreiher und teure Schuhe. Man hätte ihn für den Manager eines Großkonzerns halten können, auch wegen des eleganten Aktenköfferchens, das er behutsam auf dem Tisch abstellte. Der andere war sehr viel jünger, und alles an ihm drückte Gewalttätigkeit und Brutalität aus. Er war nicht besonders groß und auch nicht wirklich dick. Er vermittelte den Eindruck eines wendigen und schlagkräftigen Weltergewichts. Beunruhigend war sein Gesichtsausdruck: starr, in Stein gemeißelt. Er war im selben Stil gekleidet wie die Frau, die ihm ihre Aufwartung gemacht hatte. Vielleicht war das die Uniform ihrer beschissenen Spionagebande.

„Guten Tag, Mr. Cartagena", sagte der Geschniegelte in einem gewählten Englisch, aber Abel durchschaute sofort, dass er Italiener war. „Wir haben die Absicht, Ihnen die Fesseln abzunehmen, die Wunde am Oberschenkel zu versorgen, Ihnen die Zeit zu geben, sich zu duschen und etwas Warmes zu trinken. Danach hätten wir gerne, dass Sie uns einige Fragen beantworten. Natürlich rate ich Ihnen von irgendwelchen Kurzschlusshandlungen ab. Mein Freund hier ist entsprechend geschult und wird dafür sorgen, dass Sie keine Dummheiten machen. Nicken Sie, wenn Sie verstanden haben."

Der Tourist ließ sich das nicht zweimal sagen. Er würde alles tun, um von diesem verdammten Stuhl loszukommen. Der Gorilla schnitt mit einem Messer, wie es die Sondereinheiten verwendeten, die Kabelbinder durch, desinfizierte und vernähte mit ein paar Stichen die Wunde, die ihm die Kollegin mit dem Messer zugefügt hatte. Dann half er ihm, aufzustehen und ins Bad zu gehen. Dort lehnte er sich, die Arme über der Brust verschränkt, gegen die Wand und hielt Wache.

Abel musste seine Anwesenheit hinnehmen, und zehn Minuten später hatte er es sich in der Küche bequem gemacht und trank seinen Tee. Der ältere Mann saß ihm gegenüber und ließ ihn keinen Moment aus den Augen. „Sie sind wirklich eine interessante Figur", sagte er unvermittelt. „In Kolumbien als Kind Schweizer Eltern geboren. Aufgewachsen in Malta, dann eine endlose Reihe von Umzügen: England, Deutschland, Holland und schließlich Dänemark. Auf dem Standesamt in Barranquilla sind Sie mit dem Namen Titus Dietrich Fuchs registriert, aber dann ist daraus mit einem Mal Abel Cartagena geworden."

„Ihr habt euch aber ins Zeug gelegt", kommentierte der Tourist.

„Das war nicht schwierig", entgegnete sein Gegenüber, während er das Aktenköfferchen öffnete und einen Lügendetektor herausnahm.

In der folgenden Stunde wurde Abel einem ruhigen, doch eindringlichen Verhör über seine Aktivität als Serienmörder unterzogen. Der Ältere las die Fragen von seinem Tablet ab, die jemand anderes, wer weiß wo, formulierte und ihm per E-Mail schickte.

Dann wollte er wissen, wie sich der Mord an der belgischen Polizistin abgespielt hatte, und kontrollierte mithilfe des Lügendetektors den Wahrheitsgehalt der Antworten.

Cartagena war erschöpft, dennoch wurde er auch einer Art oberflächlichem psychiatrischem Schnelltest unterzogen.

„Sind Sie ein Seelenklempner?", fragte er.

„Ich bin vieles", antwortete der Mann zweideutig, aber in freundlichem Ton.

Einige Minuten später hatten die beiden das Gerät abgebaut und waren im Begriff, das Haus zu verlassen.

„Und jetzt, was geschieht jetzt?", fragte Cartagena.

Der Mann knöpfte sein Jackett zu. „Wir glauben, dass Sie eine Ressource für unsere Organisation sein können", antwortete er. „Wir wissen jetzt alles über Sie. Wir sind in der Lage, Sie in jedem Moment verhaften zu lassen, oder, falls es zwischen uns zu Meinungsverschiedenheiten kommen sollte, können wir ganz einfach Ihre Ehefrau oder Ihre Geliebte aus dem Weg schaffen. Oder auch direkt Sie. Kümmern Sie sich weiterhin um Ihre Recherchen, wir werden sie kontaktieren. Und widerstehen Sie der Versuchung zu morden, wir werden Ihnen nämlich Ihr nächstes Opfer besorgen."

Fünf

Pietro Sambo kaufte in einer Bäckerei in der Calle del Ghetto Vecchio Salzgebäck und knabberte davon, während er auf Nello Caprioglio wartete. Er war zehn Minuten zu früh, aber so war er eben: stets überpünktlich.

Er hatte gerade einen Streit mit Tullio hinter sich, seinem jüngeren Bruder, der das Geschäft mit den Masken in Dorsoduro führte.

Er hatte angekündigt, dass er eine Weile nicht mehr für ihn arbeiten könne, und Tullio war stinksauer, weil er nun mit einem Schlag, ohne Vorankündigung, einen neuen Verkäufer suchen musste.

Vor allem aber machte er sich Sorgen, dass der in Ungnade gefallene Bruder ein zweites Mal auf die schiefe Bahn geraten und direkt ins Gefängnis wandern könnte; die Zeitungen wären wieder voll davon, und die Leute würden sich erneut das Maul über ihn zerreißen.

Tullio hatte es ihm noch nie direkt vorgehalten, aber der Skandal war auch für ihn eine schwere Zeit gewesen. Das bezeugten zur Genüge die Worte, die er ihm zugeflüstert hatte, als er ihn im Gefängnis besuchte: „Zum Glück müssen Mamma und Papà das nicht mehr miterleben."

Auf alle Fälle hatte er ihm unter die Arme gegriffen, indem er ihm diese Arbeit anbot. Doch sie sahen sich nur im Geschäft, zu sich nach Hause lud er ihn nie ein: Wahrscheinlich schämte sich Nicoletta, die Ehefrau, für diesen peinlichen Schwager. Sie gingen nicht einmal einen Kaffee oder einen Aperitif zusammen trinken.

Sambo war ihm immer dankbar gewesen, aber jetzt war er erleichtert, ihn für einige Tage nicht sehen zu müssen.

Er sah auf und erblickte Caprioglio auf dem Scheitelpunkt einer Brücke. Er erkannte ihn an dem typischen Gang eines gedrungenen Menschen mit kurzen Beinen.

„Es wird dich tausend Euro extra kosten", erklärte Nello, ohne ihn zu begrüßen.

„Und warum das?", fragte der Kommissar a. D.

„Meine Nachforschungen haben keine Ergebnisse gebracht. Dein Mann hat offiziell in keinem Hotel, in keiner Pension und keinem Bed and Breakfast in Venedig logiert. Doch ein Gastwirt auf dem Campo Santa Maria Mater Domini hat ihn möglicherweise erkannt."

„Und das Geld dient jetzt dazu, jeden Zweifel auszuräumen."

„Genau so ist es."

„Ist er glaubhaft?"

„Ich denke schon. Auch zwei Kellner haben behauptet, sich ziemlich sicher zu sein."

„Ausgezeichnete Idee, die Lokale abzuklappern", lobte ihn Sambo.

Nello tippte sich an die fleischige Nase. „Ermittlerinstinkt", scherzte er. „Wenn meine Mutter mich ein paar Zentimeter größer gemacht hätte, wäre ich heute aufgrund meiner Einsatzverdienste General der Carabinieri."

Sambo schlug den Weg zu dem genannten Restaurant ein, aber der andere rührte sich nicht vom Fleck. „Was ist los?"

„Bist du sicher, dass du mir nicht noch etwas sagen möchtest? Ich könnte dir von Nutzen sein."

„Ich danke dir, aber ich kann wirklich nicht."

„Ich hoffe, dass du nicht ein zweites Mal in der Scheiße landest."

Der Ex-Kommissar breitete die Arme aus. „Stecke ich da nicht schon drin?"

Sandrino Tono, der Besitzer des Remieri, ließ sie Platz nehmen und offerierte ihnen das Mittagessen. Fast alle Tische waren besetzt, und so hatte er keine Zeit, ihre Fragen zu beantworten. Es war ein typisches Touristenlokal, Festpreis und tiefgefrorene Zutaten, aber der

Koch bereitete zu Ehren der Gäste *Spaghetti alle vongole* zu, die nicht auf der Karte standen.

Endlich gesellte sich Sandrino mit einer Flasche Amaro und drei Gläsern zu ihnen. „Hast du das Geld?", fragte er Nello im Dialekt.

„Er zahlt", erwiderte dieser und deutete auf Sambo.

Der Wirt verzog das Gesicht. „Mit dem Geld aus dem Glücksspiel? Nicht dass die Scheine gekennzeichnet sind und ich dann der Angeschmierte bin!"

Der ehemalige Chef der Mordkommission schluckte die giftige Bemerkung, zog die Geldscheine hervor und legte sie auf den Tisch. „Ruf die Kellner, ich will sie ebenfalls befragen."

Der Mann wandte sich erneut an Nello. „Er benimmt sich ganz wie der Kommissar", kommentierte er ironisch. „Er sagt noch immer ‚befragen'."

Pietro schnaubte und wollte schon aufstehen, da legte Sandrino ihm eine Hand auf den Arm. „*Mamma mia,* was für ein mieser Charakter! Man darf nicht einmal ein wenig Konversation betreiben", sagte er und lachte verschlagen, während er die beiden Angestellten herbeiwinkte.

Sie wirkten vertrauenswürdiger als ihr Arbeitgeber. Zwei Fünfzigjährige mit viel Erfahrung, ausgelatschten Schuhen, weißem Jackett und schwarzer Fliege, die vom vielen Waschen schon ganz verblasst war.

Caprioglio ließ noch einmal das Foto des Unbekannten mit dem Bart und den grauen Augen herumgehen.

„Vor ein paar Monaten hat er zusammen mit einer echten Vollschlanken mindestens drei oder vier Mal hier gegessen", sagte der Wirt. „Ich erinnere mich an ihn, weil er immer bar bezahlt hat, gewöhnlich sind es nur die Russen, die nicht mit Kreditkarte zahlen, und die beiden da sprachen Deutsch."

„Eine Frau? Seid ihr sicher?", fragte Sambo verwundert. Im Profil des Touristen, das die Ermittler erstellt hatten, gab es keinen Hinweis, dass er bei seinen Jagdgängen in Begleitung war.

„Ein Walross von mindestens achtzig Kilo", bestätigte einer der Kellner boshaft. „Sie bestellte immer *Bigoli allo scoglio* und *Fritto misto*, und beim Essen band sie sich die Serviette um den Hals."

Der Kollege streckte die Hand nach dem Foto aus, um es sich genauer anzusehen. „Die Farbe der Augen war aber anders."

„Hey, seit wann schaust du den Männern so tief in die Augen?", meinte Sandrino grinsend.

Der Mann zuckte mit den Achseln. „Ich habe ihm einmal in den Mantel geholfen, und da hat er mir zwanzig Euro Trinkgeld zugesteckt. Aus dem Grund erinnere ich mich an ihn", erklärte er zu seiner Rechtfertigung.

„Und wie waren sie?", fragte Pietro.

„Haselnussbraun, meine ich."

In seiner langen Polizeikarriere hatte Pietro gelernt, dass Zeugen oft unglaubwürdig waren, weil sie nicht vorhandene Einzelheiten bemerkt haben wollten, aber er hielt es für besser, bei dem Touristen nicht mehr länger von grauen Augen auszugehen.

Wenn er farbige Kontaktlinsen trägt und sich den Bart abnimmt, dann ist dieses Foto wertlos, dachte er besorgt.

Sambo diktierte dem Wirt seine Mobilnummer.

„Wenn sie zusammen oder einzeln auftauchen, rufst du mich sofort an."

„Der Preis ist immer der gleiche", erinnerte ihn Sandrino. „Almosen werden hier keine verteilt."

Der Kommissar a. D. nickte und schenkte sich ein weiteres Gläschen ein, bevor er aufbrach.

„Als ich noch meine Dienstmarke hatte, wagten solche Arschgeigen wie Tono nicht, sich so unverschämt zu benehmen", grummelte Pietro leise.

Der andere ließ das unkommentiert, legte ihm aber eine Hand auf die Schulter. Und wechselte das Thema. „Warum sollte er mehrmals den gleichen Ort aufgesucht haben, wenn er nicht auffallen wollte?", fragte Nello. „Und dann ausgerechnet ins Remieri gehen, wo die Rechnung zwar nicht hoch ist, das Essen aber auch richtig scheiße schmeckt. Ist dein Mann ein armer Schlucker?"

„Nein", sagte Pietro. „Es sieht nicht so aus, als wäre er knapp bei Kasse. Er hat dieses Restaurant ausgesucht, weil er glaubte, dort nicht aufzufallen. Es gibt da weder Stammkunden noch ortsansässige Gäste."

„Dann hat er sich wohl verspekuliert."

„Aber nur wegen der Frau, die hat alles getan, um aufzufallen", erklärte der Ex-Kommissar. „Was hältst du davon, die Gegend noch einmal abzuklappern, um sie zu finden?"

„Ohne ein einziges Foto?"

„Das des Mannes haben wir ja."

„Du riskierst, Geld aus dem Fenster zu werfen."

„Wenn sie zusammen ins Restaurant gegangen sind, dann werden sie wohl auch Läden und Bars aufgesucht haben."

„Einverstanden. Aber ich bin überzeugt, dein Mann logiert in einem illegal betriebenen Bed and Breakfast, andernfalls hätte ich ihn bereits gefunden. In Venedig gibt es davon mindestens hundert."

„Das glaube ich mittlerweile auch, und genau aus dem Grund ist es wichtig, die öffentlichen Orte abzusuchen."

„Das macht dann nochmal dreitausend, Pietro."

„Das ist kein Problem."

„Ich frage mich immer noch, woher du das Geld nimmst", sagte er. „Und erzähl mir nicht, es seien deine Ersparnisse. Auf alle Fälle könntest du ein bisschen davon verwenden, um deine Garderobe aufzufrischen – du siehst aus wie einer, der schon seit Längerem nichts mehr in der Lohntüte hatte."

Sambo verabschiedete sich von Nello und machte sich auf den Heimweg. Er stoppte vor dem Haus, wo er sich einst mit Franca Leoni zum Sex verabredet hatte. Es gehörte einer der Kellnerinnen ihres Restaurants, die es stundenweise vermietete.

Er rauchte eine Zigarette, das Fenster jenes schlichten, aber sauberen Schlafzimmers im Blick, wo die Laken immer nach Veilchen dufteten. Dort war ihm der Sinn für das rechte Maß abhandengekommen. Er hatte nicht begriffen, dass er nicht dafür geschaffen war, um Spielchen zu spielen, ohne sich an die Regeln zu halten. Das verächtliche Gehabe und die Unverschämtheit von Sandrino Tono hatten ihn verletzt.

Schuldgefühle setzten ihm zu, wie eine mittelalterliche Pest, und seitdem er keine Gelegenheit mehr hatte, im Namen eines Gemeinguts wie der Gerechtigkeit Autorität auszuüben, fühlte er sich minderwertig, unfähig. Er fragte sich, ob es wirklich richtig war, immer alles zu erdulden, und ob es denn kein Limit für Schuldgefühle gäbe.

Aber er vergeudete keine Zeit damit, nach Antworten zu suchen. Seine Gedanken formten sich und verflüchtigten sich wieder, so als setze ein leichter Wind sie in Bewegung. Der Tag war noch lang, und dann gab es ja noch die Nacht.

Der Franzose und der Spanier machten finstere Gesichter und waren ziemlich nervös. Sie hatten Sambo geweckt und ihn zu einer dringlichen Zusammenkunft in die Bar Da Ciodi einbestellt.

„Was geht hier vor sich?", fragte Pietro, nachdem er die Witwe Gianesin begrüßt hatte, die ihm sofort ein Stück Apfel-Creme-Kuchen servierte.

„Als unsere Kollegin ermordet wurde, haben wir den Telefon- und Internetanschluss gekündigt, auf den man über die SIM-Karte zugreifen konnte", erklärte Mathis. „Heute Nacht gab es aber mehrere Zugriffsversuche, wir haben sie gewähren lassen, und am Ende haben sie es geschafft, den Account zu knacken. Natürlich haben sie nichts gefunden"

„Der Tourist?", unterbrach ihn der Kommissar a. D.

Mathis antwortete nicht, sondern fuhr mit seinem Bericht fort: „Das ist nicht alles. Ghita Mrani, die marokkanische Agentin, die wir überwachen, ist verschwunden. Gestern früh ist sie im Regen weggegangen und nicht mehr zurückgekehrt."

„Und was hat der Serienmörder damit zu tun?", fragte Pietro.

Cesar schaltete ein Tablet ein und zeigte ihm ein Foto. Es war eine Aufnahme von oben und zeigte einen Mann, ungefähr einen Meter achtzig groß, schlanker Körperbau. Er war dunkel gekleidet und über seinen Schultern hing ein Rucksack. Sein Gesicht war von dem karierten Stoff eines aufgespannten Knirpses verdeckt.

„Das könnte er sein", sagte der Spanier. „Unsere Kollegin hatte einen USB-Stick in ihrer Handtasche mit einer Reihe von Aufnahmen der Frau, wie sie ihr Wohnhaus betrat und es wieder verließ. Sie ist aus Neapel zurückgekehrt, nachdem man ihr die Identität der Frau bestätigt hatte."

„Ich war an der Reihe mit Wacheschieben, ich habe ihn mit eigenen Augen gesehen", schaltete sich Mathis ein. „Dieser Typ kam, sah sich auf verdächtige Weise um und ging wieder. Die Marokkanerin ist ein paar Stunden später verschwunden. Das kann kein Zufall sein."

„Der Tourist ist mit diesen Kriminellen in Kontakt gekommen und hat ihnen Informationen verkauft oder er arbeitet für sie", lautete Cesars Urteil.

Sambo fuhr sich langsam mit einer Hand übers Gesicht. Das tat er jedes Mal, wenn er schlechte Nachrichten erhielt. „Er entspricht nicht dem Profil."

„Es gibt keine andere Erklärung."

Der ehemalige Chef der Mordkommission war sich da nicht sicher. Das Foto taugte nicht zur Identifizierung. Als er noch bei der Mordkommission war, suchte er nach wesentlich stichhaltigeren Beweisen. „Es kann sehr wohl eine andere Erklärung geben."

„Nein", wehrte Mathis ungeduldig ab. „Unsere Feinde sind in den Besitz von Informationen gelangt, die unsere Freundin bei sich trug. Der Einzige, der sie liefern konnte, ist der Tourist."

„Der Schaden für unsere Ermittlungen ist enorm", fügte der Spanier hinzu. „Wir haben ihre Spuren verloren, aber vor allem wissen sie jetzt, dass wir hier in Venedig sind, und sie werden alles tun, um uns aufzustöbern. Und uns zu beseitigen."

„Wir sind in Gefahr", stellte der Franzose klar. „Und auch du wirst es sein, wenn du weiterhin mit uns zusammenarbeitest."

„Das wird nicht geschehen", platzte Sambo heraus und war schon auf den Beinen. „Ich hatte mich klar ausgedrückt: Mit euren geheimen Kriegen will ich nichts zu tun haben."

Cesar nickte. „Das verstehe ich."

„Und der Tourist?", fragte der andere.

Pietro hätte gerne geantwortet, dass seine Ermittlungen weitergingen, aber in diesem Moment wollte er sich lediglich von einer Geschichte fernhalten, die eine Nummer zu groß für einen Ex-Polizisten war, den man aus dem Dienst geworfen hatte. So schwieg er und verließ das Lokal, nachdem er wie üblich die Witwe zum Abschied auf die Wange geküsst hatte.

Cesar und Mathis zahlten und machten sich auf den Weg zur Pension Ada, von deren Fenstern aus sie die schöne und gnadenlose Ghita Mrani überwacht hatten. Sie mussten noch ihre Gerätschaften abbauen.

Sie waren demoralisiert. Verstärkung würde frühestens in einer Woche in Venedig eintreffen. Die Gegner hatten einen Plan und waren offenbar seit Monaten damit zugange, eine Basis zu errichten, und bald schon würden sie bereit sein zuzuschlagen. Sie hingegen waren gezwungen, wieder bei null anzufangen. Die Marokkanerin, die vermutlich für eine andere Operation eingeteilt worden war, musste längst über alle Berge sein, und sie hatten keine Ahnung, wer die Agentin ersetzt haben könnte.

Der Franzose rief ihre Kontaktperson vor Ort an, um sie über die Entwicklungen auf den neuesten Stand zu bringen: Sie vereinbarten ein Treffen noch am selben Abend.

Sonne und Touristen. Die beiden Agenten wirkten wie zwei alte Freunde zu Besuch bei einer der Schönheiten der Welt. Seelenruhig flanierten sie durch die Gegend und verweilten, um einen Palazzo zu betrachten oder einen besonderen Ausblick zu genießen. In Wirklichkeit war das eine Methode, um mögliche Verfolger abzuschütteln, aber auf die Idee wäre keiner gekommen.

Auf ihrem Weg tauschten sie die SIM-Karten aus, denn die wichtigen Nummern kannten sie sowieso auswendig, auch die von Pietro Sambo.

Zurück in ihrem kleinen Hotel machten sie Halt, um mit der älteren Dame zu plaudern, die den Großteil ihres Lebens hinter der Rezeption verbracht hatte. Sie teilten ihr mit, dass sie das Zimmer nicht mehr länger benötigten, und mit einem resignierten Seufzer nahm sie den Schlüssel Nummer acht vom Schlüsselbrett. Immer seltener geschah es, dass sich Gäste für längere Zeit bei ihr einquartierten. Heutzutage kamen die Leute an und brachen sofort wieder auf, in der Annahme, alles von der Stadt gesehen und begriffen zu haben. In Wahrheit war Venedig eine Signora in fortgeschrittenem Alter, die eine große Faszination besaß und nur das geschminkte Gesicht zeigte, aber um sie zu erobern, war es nötig, ihr über längere Zeit den Hof zu machen und ihre Geheimnisse zu ergründen.

Bei dem vielen Gerede war der Frau nicht in den Sinn gekommen, ihnen die Neuigkeit des Tages zu erzählen: Ein Filmteam hatte das Zimmer Nummer 9 angemietet, um eine Szene in der darunterliegenden Calle zu drehen, und sie hatten nicht so genau auf den Zimmerpreis geschaut.

Der Franzose und der Spanier nahmen den Aufzug, die einzige Modernisierung in der Geschichte der Pension Ada. Mathis betrat als Erster das Zimmer. Er registrierte die Dunkelheit, dachte, das Zimmermädchen hätte die Fensterläden geschlossen, und betätigte den Lichtschalter, um die Deckenlampe anzumachen, aber nichts geschah. Das war noch nie vorgekommen. Im Bruchteil dieser Sekunde hatte Cesar schon einen Fuß ins Zimmer gesetzt. Sie bemerkten die Anwesenheit fremder Personen. Saurer Schweißgeruch und der unverwechselbare von Waffenschmiermittel. Die eine Hand des Spaniers packte die Schulter des Kollegen, um ihn aus dem Raum zu ziehen, und mit der anderen schaffte er es gerade noch, sich umzudrehen und den Türgriff zu fassen. Doch just in dem Moment wurden sie aus nächster Nähe von Hohlspitzgeschossen getroffen, die aus kleinkalibrigen Waffen mit Schalldämpfer abgefeuert wurden. Zwei Killer zielten auf Brust und Bauch, damit die Kugeln im Fleisch steckenblieben. Sie wollten vermeiden, dass auffällige Blutspuren an den Wänden und auf dem Fußboden zurückblieben, die sie dann mühsam hätten beseitigen müssen. Im Jargon hieß das Kinoeffekt. In bestimmten Situationen war ein solcher Steckschuss auch deshalb angebracht, weil nämlich die Leichen gefunden werden sollten und so eine klare und eindeutige Botschaft übermittelt wurde. Oder eben, wenn es erforderlich war, die Toten spurlos verschwinden zu lassen.

Einer der Auftragskiller schraubte die Birne der Deckenlampe wieder fest, und die Szenerie wurde in ein schwaches und tristes Licht getaucht. Dieser Überfall ging auf das Konto derselben Leute, die auch den Touristen aufgesucht hatten. Der Ältere mit weißem Haar und weißem Bart beugte sich über Mathis und begann ihn zu durchsuchen. Anschließend kümmerte er sich um den Spanier. Der andere öffnete die Tür und ließ drei weitere Männer herein, die ihm zum Verwechseln ähnlich sahen: jung, kräftig, Gesichter wie aus Stein. Man hätte sie für eine Gruppe Soldaten auf Freigang halten können. Während einer von ihnen Chlorbleiche auf die wenigen Blutflecken sprühte, hoben die anderen die Leichen in zwei bereits auf Fahrgestelle montierte Truhen. Damit wurden in Venedig traditionell Waren transportiert und folglich würden sie nicht auffallen. In nicht allzu großer Entfernung wartete ein Boot auf sie. Der Franzose und der Spanier würden für alle Ewigkeit auf dem Grund der Lagune ruhen.

Der Mann, der sich als Executive Producer des Films ausgegeben hatte, machte Halt, um die Zimmerrechnung zu begleichen, während die anderen die Transporttruhen hinausbugsierten.

Die Signora fragte besorgt, warum sie ihre Dreharbeiten denn so schnell beendet hätten, aber immerhin bekam sie die Zimmermiete für eine ganze Woche.

„Es ist mir ein wahres Vergnügen gewesen", sagte der überaus freundliche und elegante Herr, als er ihr die Hand drückte. „Vielleicht wäre es Ihnen möglich, unsere Anwesenheit in Ihrer schönen Pension nicht an die große Glocke zu hängen … Der Regisseur will nämlich das Geheimnis über den Drehort des Films bis zur Ankündigung des Kinostarts wahren."

Pietro Sambo wusste nicht, was tun, und hätte am liebsten jeden einzelnen Gegenstand in seiner Wohnung zertrümmert, in die er sich verkrochen hatte, nachdem er Mathis und Cesar ihrem Schicksal überlassen hatte. Er durfte es einfach nicht zulassen, dass eine Mörderbande in seinem Venedig das Sagen hatte. Und ebenso wenig konnte er die Neugier des Ermittlers ausschalten, der um jeden Preis eine Erklärung für dieses seltsame Bündnis zwischen dem Touristen und den ehemaligen Geheimdienstagenten im Dienst der internationalen Mafia-Organisationen finden musste.

Als es an der Tür läutete, war er überzeugt, dass es sich um den Spanier und den Franzosen handelte. Er war froh, von den Gedanken, die ihn in Rage brachten, abgelenkt zu werden, und öffnete die Tür. Als er die Frau erkannte, die vor ihm stand, verschlug es ihm die Sprache. Sie wartete ein paar Sekunden, dann schob sie ihn sanft beiseite, betrat die Wohnung und steuerte auf einen der Sessel im Wohnzimmer zu – ihr Stammplatz, als sie noch im Haus von Pietro und seiner Familie verkehrte.

Er folgte ihr in einem gewissen Abstand, um sie besser im Auge zu behalten. Sie war schön und elegant wie immer. An Geld hatte es ihr nie gemangelt. Dank ihres Vaters, Staranwalt in Bari, lebte sie in jedem Moment ihres Lebens in gesichertem Wohlstand. Nach ihrem Abschluss in Jurisprudenz hatte sie es abgelehnt, eine Karriere mit Erfolgsgarantie in der renommierten Kanzlei des Vaters anzustreben, und war in den Polizeidienst eingetreten. Und der war Sinn und Zweck ihres Lebens geworden. Leidenschaftlich hatte sie sich ihm verschrieben, und da sie mit dem Dienst verheiratet war, hatte sie sich auch kein privates Glück aufbauen können. Karriere zu machen war für sie so selbstverständlich wie das Atmen.

Zum Zeitpunkt des Skandals hatte sie den Kommissar Sambo auf jede erdenkliche Weise und ohne Erbarmen attackiert, bis ihr sogar einige Kollegen nahelegten, doch einen Gang runterzuschalten. Auch an diesem Abend sah die Polizeirätin Tiziana Basile in ihrem perfekt sitzenden Kostüm faszinierend aus. Aber ihr Gesicht zeigte deutliche Spuren der Anspannung, und Pietro konnte sich nicht erinnern, sie je so mitgenommen und besorgt gesehen zu haben.

„Ich muss mit dir sprechen", sagte die Frau.

„Ich habe schon verstanden, dass du die Kontaktperson der beiden Agenten bist. Der Kuchen hat dich verraten, den du mir durch deine Freunde hast bringen lassen", meinte der ehemalige Chef der Mordkommission bitter. „Aber ich hätte mir nie und nimmer vorgestellt, dass du hierher, in die Wohnung des korrupten Polizisten, kommen würdest, den du unter allen Umständen abschießen wolltest."

„Das geschah dir völlig recht", zischte sie im selben Ton wie damals. „Du hast eine brillante Karriere an die Wand gefahren, nur um deine alte Flamme zu vögeln und vom gehörnten Ehemann Bestechungsgeld anzunehmen, damit dessen Spielhölle sicher war."

„Ich habe einen Fehler gemacht", verteidigte sich Pietro. „Aber so schwer wog der nicht, es ist nur ein einziges Mal vorgekommen, und hätte ich noch eine zweite Chance gehabt, hätte ich alles dafür getan, um es wiedergutzumachen."

„Du warst der Beste", unterbrach sie ihn. „Und genau aus dem Grund konntest du auf kein Pardon hoffen. Es musste ein Exempel statuiert werden."

„Und für diese Mission hast du dich als Freiwillige gemeldet. Du hast wirklich ganze Arbeit geleistet."

Tiziana näherte sich ihm. „Es war schmerzhaft für mich, Pietro. Noch nie in meinem Leben habe ich so gelitten."

„Hör auf, du bist pathetisch. Ich erinnere mich noch bestens an deine Fernsehinterviews."

Die Ohrfeige traf ihn aus dem Nichts, heftig und schnell. Sambo hielt sich mit einer Hand die Wange. Er konnte es nicht fassen. „Wag es bloß nicht mehr …"

Sie versuchte noch einmal, ihn zu schlagen. Dieses Mal packte er sie am Handgelenk. „Hau ab!"

Aber Tiziana sagte etwas, das ihn wie ein Fausthieb hinterrücks niederstreckte. „Ich habe dich immer geliebt", flüsterte sie. „Aus Respekt vor deiner Frau und deiner Tochter habe ich nie etwas durchblicken lassen, aber in einen käuflichen Typen verliebt zu sein, das konnte ich einfach nicht ertragen."

Sambo war sprachlos. Nie hatte er auch nur den blassesten Schimmer gehabt, dass er ihr gefiel. Er war so beschämt und durcheinander, dass er den Blick abwandte.

Die Polizistin setzte sich wieder hin. „Verzeih mir", sagte sie. „Es wird nicht mehr vorkommen. Es ist nur, weil ich wegen Cesar und Mathis so in Sorge bin …"

„Ich habe mich heute Vormittag mit ihnen getroffen."

„Und ich hatte vor einer Stunde eine Verabredung mit ihnen, sie sind aber nicht aufgetaucht."

„Vielleicht ist etwas dazwischengekommen."

„Nein, etwas Schlimmeres ist passiert", widersprach sie entschieden. „Wir hatten vereinbart, uns per SMS zu benachrichtigen, je nachdem, welche Umstände einträten. Ich habe keine einzige bekommen."

„Denkst du, ihre Gegner haben sie aufgespürt?"

„Ich denke, dass sie tot sind, Pietro", erwiderte sie scharf und voller Verärgerung. „Und ihre Gegner sind meine Gegner und sollten auch deine sein."

„Du vergisst, dass ich nicht mehr bei der Polizei bin."

„Man hat mir alle deine Bedenken mitgeteilt. Auch dein Gejammer. Anstatt wieder zu dem Mann zu werden, der du warst, bist du ein Duckmäuser geworden. Ich dachte, dich an den Ermittlungen teilhaben zu lassen, würde dir helfen, wieder auf die Beine zu kommen. Stattdessen bist du nur zu Selbstmitleid fähig."

Pietro glaubte, nicht richtig gehört zu haben. „Du spielst dich also immer noch als Oberlehrerin auf."

Tiziana seufzte. „Es ist an der Zeit, dass du eines begreifst: Die Vergangenheit lässt sich nicht ungeschehen machen, und jetzt heißt es, an die Gegenwart und die Zukunft zu denken. Man kann seiner Pflicht auch aus der zweiten Reihe nachkommen. Nutze diese Gelegenheit, Pietro."

„Ich darf den ‚Dienst' zwar wieder aufnehmen, aber nicht offiziell. Und für den Rest der Welt werde ich Pietro Sambo bleiben, der ehemalige Chef der Mordkommission, der Schmiergeld eingesteckt hat."

„Und der mit einer Frau ins Bett gegangen ist, die in kriminelle Machenschaften verstrickt war", betonte die Polizeirätin erneut. „Auch der Sex war eine Form der Bezahlung für deine Protektion."

„Das stimmt nicht."

„Das ist, was die Lady gesagt hat."

„Dann hat sie gelogen. Du weißt ja, wie solche Dinge laufen."

Tiziana Basile kannte sich in der Wohnung aus. Sie ging in die Küche, schenkte sich ein Glas Weißwein ein. „In deinem Kühlschrank sieht es fast noch schlimmer aus als in meinem", sagte sie in verändertem Ton. „Willkommen in der Welt der Singles."

Er hätte gerne ihr Gedächtnis darüber aufgefrischt, wie groß ihr Beitrag gewesen war, dass Isabella ihn am Ende verlassen hatte. Stattdessen fragte er sie nur, ob sie bereits zu Abend gegessen habe.

„Noch nicht."

Brot, Salami, in Essig eingelegtes Gemüse. Diese drei Dinge durften in einem gastfreundlichen Haus nie fehlen, das hatte ihm seine Großmutter beigebracht. Sie aß mit Appetit, während sie ihm Blicke zuwarf, die er nicht deuten konnte. Sie hatten sich noch so manches zu sagen, es war ihr erstes Zusammentreffen seit dem Skandal, aber jetzt stand Dringlicheres an.

„Erklär mir, wie du in dieser Geschichte mit den Spionen gelandet bist", forderte Pietro sie auf.

„Vor zwei Jahren sind sie an mich herangetreten", erzählte sie. „Es handelt sich um eine Struktur auf europäischer Ebene, deren Existenz zeitlich begrenzt ist; sie wurde von Freiwilligen ins Leben gerufen, um eine Organisation von Ex-Agenten zu zerschlagen, die sich in gedungene Killer verwandelt haben."

„Das ist mir bereits bekannt."

„Mehr darf ich dir nicht erzählen, es sei denn, du lässt dich anwerben."

„Und dazu bist du ermächtigt?"

„Ja."

Sambo dachte nach. In seinem ganzen Leben hatte er nie Forderungen gestellt, er hatte sich Erfolg und berufliche Anerkennung hart erarbeitet. „Wenn ich mich verdient mache, muss das auch öffentlich anerkannt werden."

„Wir kämpfen in einem Krieg, der sich im Verborgenen abspielt, Pietro", entgegnete Tiziana. „Wir können nicht herausposaunen, dass Frauen und Männer aus den Geheimdiensten der verschiedenen Länder die Seite gewechselt und sich der Mafia angeschlossen haben."

Aber er wollte in diesem Punkt nicht nachgeben. „Ich bin sicher, dass ihr eine Möglichkeit findet. Diese Bedingung ist nicht verhandelbar."

„Lass mich ein Telefonat führen."

„Ich lass dich allein", sagte der Kommissar a. D.

Einige Minuten später kam sie aus der Küche und setzte sich wieder zu ihm ins Wohnzimmer. „Einverstanden. Dein Ruf wird wiederhergestellt, aber du musst voll und ganz zu unserer Verfügung stehen. Akzeptierst du das?"

„Ja", antwortete er feierlich. Er hatte immer Wort gehalten und würde seiner Verpflichtung nachkommen. „Natürlich darf ich nicht mit einer schriftlichen Vereinbarung rechnen."

„Du musst einfach Vertrauen haben."

„In die Geheimdienste?"

„In mich."

„Und falls die Operation schiefgeht?"

„Wirst du nach wie vor Pietro Sambo, der korrupte Ex-Kommissar sein", sagte sie ausdruckslos, während sie auf das Sofa deutete. „Und jetzt nimm Platz, ich muss dich auf den neuesten Stand der Ereignisse bringen."

Der Richter am Landgericht von Limoges, Pascal Gaillard, hatte im Jahr 2011 bei Ermittlungen im Zusammenhang mit einem Heroindeal entdeckt, dass dieser Deal von der ukrainischen Mafia, zusammen mit der türkischen Mafia, die die Drogen beschafft hatte, durchgezogen wurde. Sein Interesse war geweckt worden, weil Mitglieder einer rechtsextremen Organisation mit Sitz in Kiew sowie islamistische Fundamentalisten, Anhänger des Daesh, in den Fall verwickelt waren. Einige Monate später hatte Gaillard, der bei den Ermittlungen von seiner Ehefrau Damienne Roussel, Chefin des Drogendezernats, unterstützt wurde, keine Zweifel mehr, dass die Gewinne aus dem Drogenhandel der Finanzierung einer nazistisch-islamistischen Vereinigung dienten, die wiederum Teil der Bewegung war, die die Unabhängigkeit von Russland anstrebte.

Der Richter hatte Mittel und Personal angefordert, um seinen Ermittlungsradius zu vergrößern. Eine Woche später war er tot: Ein Mann und eine Frau hatten ihn vor seinem Haus mit Kugeln durchsiebt.

Dank der wertvollen Informationen eines Verbindungsmannes beim SBU, dem ukrainischen Inlandsgeheimdienst, war einer der Killer als Manos Lakovidis, ehemaliger Agent des griechischen Geheimdienstes, identifiziert worden. Die offizielle Version lautete, er sei bei einer Mission verschwunden, in Wirklichkeit war er desertiert.

Dieser Spur folgend hatte die Witwe Gaillard die persönlichen Geschichten anderer Mitglieder in Geheimdienststrukturen rekonstruiert, die sich entschieden hatten den Dienst zu quittieren, ohne offiziell um Entlassung zu bitten.

Die Franzosen hatten ihr geholfen, Lakovidis zu jagen, der dann in Barcelona festgenommen wurde. Um seine Haut zu retten, hatte der Killer die Identität seiner Komplizin Ghita Mrani preisgegeben und die Existenz einer Geheimorganisation verraten, deren Mitglieder – alles ehemalige Kollegen – nun auf der Gehaltsliste des organisierten Verbrechens standen. Diese Organisation war von Martha Duque Estrada ins Leben gerufen worden, die zuvor für die Operationen des brasilianischen Nachrichtendienstes auf europäischem Boden verantwortlich gewesen war. Sie hatten sich unter dem Namen *Freiberufler* auf dem freien Markt angeboten.

Die brasilianische Regierung hatte sich geweigert, Informationen über Martha Duque Estrada zu liefern, hatte aber bekundet, dass sie keine Einwände gegen die Beseitigung der Frau hatte.

Die europäischen Geheimdienste hatten sich darauf verständigt, diesem Wink aus Brasilia zu folgen, und den Befehl erteilt, die Frau und sämtliche ihrer Komplizen hinzurichten.

„Und die Frau, die der Tourist umgebracht hat?", fragte Pietro.

„Das war Damienne Roussel, Witwe des Richters und Chef der Struktur. Ein enormer Verlust."

„Gibt es auch Italiener, die daran glauben müssen?"

„Nur ein einziger: Er heißt Andrea Macheda, einer der alten Garde. Man hat ihn aus dem Dienst entfernt, weil er zu sehr in die ‚abtrünnige' Führung verwickelt war, und dann ist er zur Bande der Auftragskiller übergewechselt", erzählte sie, während sie den Speicher ihres Mobiltelefons nach einem Foto durchsuchte. „Eine Überwachungskamera am Flughafen hat ihn gleich nach seiner Ankunft aus Warschau aufgenommen."

Pietro sah sich das Bild eingehend an: ein großer, schlanker Mann, elegantes Auftreten, weißer Bart und weißes Haar, dessen Schnitt auf einen teuren Friseur schließen ließ.

„Er befindet sich also in Venedig."

„Da bin ich mir sicher."

„Und du bist bereit, ihn zu töten?"

„In den letzten Jahren war ich mehrfach in der Situation, auf einen Menschen schießen zu müssen, aber getroffen habe ich nie", antwortete sie. „Allerdings, wenn ich ihn vor mir hätte, würde ich nicht zögern."

Sambo zweifelte nicht daran. „Und was machen wir jetzt?"

„Wir müssen den Stützpunkt von Sacca Fisola unter unser Kommando bringen. Von jetzt an kümmern wir uns darum."

„Aber wenn die anderen Mathis und Cesar ausgeschaltet haben, bedeutet das doch, dass sie ihnen gefolgt sind. Womöglich haben sie den Stützpunkt bereits entdeckt."

„Dieses Risiko müssen wir eingehen", sagte die Polizeirätin, während sie eine Pistole und zwei Reservemagazine aus der Handtasche zog.

Pietro nahm sie prüfend in die Hand. Seit einer ganzen Weile schon hatte er keine Waffe mehr angerührt. Er hatte die Dinger nie gemocht, aber im Unterschied zu Tiziana war er bereits in die Situation gekommen zu töten. Zwei Mal schon. Ein serbischer Killer wollte sich nicht ergeben, und nach einer langen Verfolgungsjagd war er aus dem Auto gestiegen und auf die Polizeibeamten losgegangen. Der andere war ein harmloser Mann, der sich in seiner Wohnung in Mestre verbarrikadiert hatte, nachdem er seine krebskranke Frau im Endstadium und den behinderten Sohn getötet hatte. Sambo hatte ihn schließlich dazu überredet, ihn hereinzulassen, und nach einigen Minuten sinnlosen Wortgeplänkels hatte der Mann das Jagdgewehr auf ihn gerichtet und ihn damit gezwungen, abzudrücken. Die Flinte war nicht geladen gewesen, Sambo hatte so etwas geahnt. Aber gewisse Dinge darf man eben nicht allzu sehr in die Länge ziehen.

„Ich habe die Erlaubnis, sie zu tragen, ja?"

Die Frau schnaubte. „Du bist unantastbar", erwiderte sie, „mehr oder weniger." Er aber dachte, es wäre wohl besser, das Thema nicht zu vertiefen.

Sie verließen das Haus, und Tiziana lenkte ihre Schritte zum nächsten Kanal, wo ein Wassertaxi auf sie wartete. Als Sambo einstieg, erkannte er den Fahrer: Es war der ehemalige Inspektor Simone Ferrari. Irgendwann war er aus dem Dienst ausgeschieden, und alle im Polizeipräsidium hatten sich gewundert, denn er galt als hervorragender Polizist. Auf die Idee, dass er zum Geheimdienst übergewechselt sein könnte, waren sie nie gekommen.

Sie begrüßten sich mit einem kurzen Händedruck. Ferrari startete den Motor und gab Gas. Pietro fiel die Maschinenpistole ins Auge, die der Mann neben dem Steuer liegen hatte, ein Detail, das ihm die operative Funktion des Ex-Kollegen bestätigte.

Venedig war zu dieser nächtlichen Stunde wie verzaubert, so menschenleer und still. Schade nur, dass der Anlass es nicht erlaubte, die Fahrt zu genießen. Sambo spürte das Gewicht der Pistole am Gürtel. Es konnte alles Mögliche passieren, und er war nicht sicher, ob er wirklich bereit war, in Aktion zu treten. Doch wenn das der einzige Weg war, um eine Spur von Würde wiederzuerlangen, dann wollte er ihn bis zum Ende gehen.

Sie legten am Canale dei Lavraneri, zweihundert Meter von dem Palazzo entfernt an. Ferrari blieb als Wachposten zurück, und Sambo und Tiziana machten sich auf den Weg. Sie gingen Hand in Hand, wie ein Paar nach einem romantischen Abendessen. Wenige Meter vor dem Hauseingang stoppte sie schlagartig. „Küss mich", flüsterte sie. „Wenn wir beobachtet werden, müssen wir glaubwürdig sein."

Sie umarmten sich und nutzten die Gelegenheit, um sich ein letztes Mal nach allen Seiten umzuschauen. Der Ort schien tatsächlich einsam und verlassen. Die einzige wahre Überraschung konnte im Haus auf sie warten. Wenn der Franzose und der Spanier den Gegnern in die Hände gefallen waren, hatten sie sie vermutlich über die Schlüssel ausgequetscht, die sie bei sich trugen.

Ein paar Minuten später drückte der Ex-Kommissar das Ohr gegen die Tür. Von innen war nicht das geringste Geräusch zu vernehmen, und so beschlossen sie, sie zu öffnen. Die totale Finsternis im Inneren wirkte bedrohlich und wurde sogleich vom bläulich-kalten Lichtkegel aus Tizianas Taschenlampe entschärft. Die Pistolen im

Anschlag traten sie ein, wohl wissend, dass sie gegenüber erfahrenen und von Spezialkräften ausgebildeten Killern kaum eine Chance gehabt hätten, ihre Haut zu retten.

Zum Glück war niemand da. Als Pietro sich dessen völlig sicher war, schaltete er das Licht im Korridor an.

Eine rasche Kontrolle bestätigte, dass der Stützpunkt nicht angetastet war. Das Material war an seinem Platz. Sambo war beeindruckt von der Menge an Waffen, elektronischem Equipment, Dokumenten und Geld, die für diese Mission zur Verfügung stand.

„Die Fotoausrüstung fehlt", murmelte die Polizistin nachdenklich.

„Na und?"

„Als sie mich anriefen, waren sie unterwegs zur Pension Ada, um sie zu holen. Vom Fenster des Zimmers aus überwachten sie damit den Palazzo, in dem Ghita Mrani wohnte", erklärte sie. „Sie müssen sie dort oder in der Nähe geschnappt haben."

„Morgen früh werde ich hingehen und das überprüfen", sagte Pietro und ergriff zum ersten Mal die Initiative.

Sie sah ihn mit einem zufriedenen Lächeln an. „Endlich bist du zurück im Dienst."

„Unter welchem Namen waren sie registriert?"

„Ferrand und Aguirre."

Sambo stellte fest, dass die beiden Doppelbetten nie benutzt worden waren und sich auch keine Wäsche und Kleidungsstücke in den Schränken befanden. Cesar und Mathis lebten nicht in der Wohnung.

Die Polizeirätin informierte ihn, dass sie eine andere, abgelegene Bleibe in Giudecca hätten, aber der würden sie sich nicht nähern. Zu gefährlich und kaum zweckdienlich.

„Ich werde die Schlösser auswechseln lassen", verkündete Pietro. „Ich kenne da einen Schlosser, der mir noch ein paar Gefallen schuldet und den Mund halten wird."

Die Frau reichte ihm ein nagelneues Mobiltelefon und schickte ihm eine SMS mit einer Telefonnummer. „Wir werden ausschließlich darüber kommunizieren. Und wir werden die Karten jede Woche durch neue ersetzen."

Tiziana kam näher. „Vorhin, als wir uns geküsst haben, schienst du mir der Geschichte nicht gewachsen zu sein. Vielleicht könntest du ein wenig Praxis gebrauchen."

Sie leckte erst seine Lippen, bevor sie ihre Zunge zwischen ihnen durchschob. Pietro war nicht besonders enthusiastisch bei der Sache, aber die Frau gab sich nicht geschlagen und begann, sich an seinem Gürtel zu schaffen zu machen. Er ließ sie gewähren, bis sie seinen voll erigierten Schwanz in der Hand hielt.

„Findest du das nicht ungebührlich, Frau Vicequestore? Zwei Kollegen im Einsatz …"

„Hier machen wir die Regeln", entgegnete sie und streichelte weiter.

„Ich werde dir nie verzeihen können, Tiziana."

„Dann fick mich, bis du mir wehtust."

„Dazu habe ich keine Lust."

„Und warum nicht?", fragte sie und löste sich von ihm.

„Ich habe es dir gesagt: Ich kann nicht vergessen, und außerdem war es nie mein Ding, im Beruf aufgestaute Spannung beim Sex zu entladen."

Die Polizistin zuckte nur mit den Schultern und ging zur Tür. Pietro war sich sicher, dass so etwas nicht noch einmal vorkommen würde. Er fühlte sich unwohl. Es war eine halbe Ewigkeit her, seit er mit einer Frau im Bett gewesen war, aber die Polizeirätin Basile war die Letzte auf der Welt, mit der er Sex haben wollte.

Außerdem war er enttäuscht. Er fand ihr Verhalten ziemlich unprofessionell. Und er war ganz und gar nicht glücklich darüber, ihre offenkundige Verletzlichkeit hautnah miterlebt zu haben. Diese ständig hervorgekehrte Einsamkeit – der Preis für ihr Opfer auf dem Altar der Pflicht – hatte sie letztendlich so weit gebracht, sich zu erniedrigen.

Er blieb noch eine gute Stunde in der Wohnung, um mehr über das Vorgehen der beiden Agenten herauszufinden, von denen Tiziana behauptete, sie seien tot.

Ich werde nicht das gleiche Ende nehmen, dachte er, während er den Riemen eines Achselholsters neuester Machart passend einstellte.

Bevor er am nächsten Morgen in die Bar frühstücken ging, überprüfte er im Spiegel, ob man die Pistole unter der Kleidung bemerkte. Die Dienstmarke fehlte ihm, aber in seiner neuen Welt war sie entbehrlich.

Wieder ein schöner Sonnentag. Venedig räkelte sich wie eine betagte Dame am Strand des Lidos.

Die Witwe Gianesin war schlecht gelaunt. Sie wetterte gegen die Kreuzfahrtriesen, die den Canal Grande schändeten. Sie nannte sie Monster. Wie viele andere Venezianer musste sie sich damit abfinden: Die Stadt wurde von Industriellen und Geschäftemachern regiert, die nur an ihren Profit dachten. Sie war ein Monument, das Berge von Geld abwarf, und wen kümmerte es schon, wenn sie dem schlimmsten Massentourismus zum Fraß vorgeworfen wurde.

Er genoss die wortgewandten Schimpftiraden der Frau in reinstem Dialekt, während er ein Stück Sauerkirschkuchen aß, und wie immer verabschiedete er sich anschließend mit einem Wangenkuss von ihr.

Als er sich der Pension Ada näherte, wurde er vorsichtig: Er nahm die Passanten, die Schaufenster und die Fenster ins Visier. Er kannte jeden Meter wie seine Westentasche, und sein Instinkt sagte ihm, dass für ihn keinerlei Gefahr bestand.

Die Besitzerin, eine ältere Dame, warf ihm einen verdutzten Blick zu. Sie hatte sofort begriffen, dass es sich bei ihm nicht um einen neuen Gast handelte, da er weder Gepäck trug noch einen Koffer hinter sich herzog. Und kurz darauf hatte sie ihn auch erkannt.

„Was wünschen Sie?", fragte sie misstrauisch.

„Ich suche die Herren Ferrand und Aguirre."

„Die haben das Hotel verlassen."

„Und wann?"

„Dazu müsste ich das Register kontrollieren, aber Sie haben nicht mehr die Befugnis, mich dazu zu verpflichten."

Pietro lächelte. „Sie haben recht, Signora. In der Tat, ich bitte sie hier um einen Gefallen."

„Den ich Ihnen leider nicht erfüllen darf."

Der Kommissar a. D. rief die Polizeirätin Basile an und reichte das Mobiltelefon an die Frau weiter, die nach wenigen Sekunden ganz blass wurde.

Tizianas Worte hatten die Besitzerin offensichtlich überzeugt, denn mit einem Schlag zeigte sie sich entgegenkommend.

So erfuhr Pietro, dass die beiden das Zimmer am selben Tag aufgegeben hatten, an dem sie auch verschwunden waren.

„Sie haben Ihnen keine Rechnung ausgestellt", bemerkte Sambo.

„Sie haben bar im Voraus bezahlt, und außerdem habe ich sie nicht weggehen sehen", rechtfertigte sie sich. „An diesem Morgen gab es ein Durcheinander wegen eines Filmteams, das das Zimmer neben dem der zwei Herren gemietet hatte, um von dort aus einige Aufnahmen zu machen. Aber ich habe mich gewundert, dass die beiden sich nicht bei mir verabschiedet haben, sie waren doch sonst immer so höflich gewesen."

„Ein Team?"

„Ja, der Produzent hat mir nahegelegt, nicht allzu viel herumzuerzählen, der Regisseur wollte nämlich nicht, dass man schon vor dem Kinostart von dem Dreh in Venedig erfährt. Aber er hat mir versprochen, dass der Name der Pension im Abspann erscheinen wird."

„Können Sie mir den Mann beschreiben?"

„Gut aussehend, elegant, weißes Haar und weißer Bart."

Andrea Macheda, dachte der Ex-Kommissar und streckte die Hand aus. „Die Schlüssel der beiden Zimmer."

„Zum Glück sind die noch frei", sagte die Frau mit Nachdruck und händigte ihm die Schlüssel aus.

Die Nummer 9, die zuvor von den ominösen Filmleuten besetzt war, erwies sich als wertlos. Das Zimmer Nummer 8 hingegen, das Cesar und Mathis benutzt hatten, um von dort aus Ghita Mrani zu beobachten, verströmte im Türbereich einen starken Geruch nach

Chlorbleiche. Das hätte jeden anderen täuschen können, nicht aber den ehemaligen Chef der Mordkommission. Jemand hatte Blutspuren beseitigt. Sambo besah sich eingehend den Fußboden und die Wand und bemerkte gleich hinter dem Türrahmen eine bräunliche Spur. Die Farbe war nicht klar zuzuordnen, aber die Umrisse waren unmissverständlich. Ein Blutspritzer.

Sie haben sie hier ermordet, dachte er schmerzlich berührt. Und verdammt besorgt. Die Freiberufler stellten ihr Können und ihre Gefährlichkeit unter Beweis.

Als er die Schlüssel zurückgab, bat die Frau ihn, doch bitte der Polizeirätin Basile auszurichten, dass sie bereitwillig mitgeholfen hätte und es nicht nötig gewesen wäre, so bedrohlich und unangenehm aufzutreten.

Der Kommissar a. D. hörte ihr nur mit halbem Ohr zu. Er dachte an die nächsten Schritte. Nun galt es, nicht nur auf den Touristen und die Frau in seiner Begleitung Jagd zu machen, sondern auch auf Andrea Macheda, ehemaliges Mitglied des italienischen Geheimdienstes.

Er rief Nello Caprioglio an. „Ich habe einen weiteren Auftrag für dich."

Sechs

Abel war beim Frühstück, als er hörte, wie die Tür aufging, und er dachte, dass seine neuen Freunde wohl nicht die Angewohnheit hatten, ihr Eintreffen anzukündigen, geschweige denn anzuklopfen.

Der Schmerz infolge der Misshandlungen war vergangen, aber er fühlte sich nicht besser. Er war wütend – besser gesagt, außer sich vor Wut – darüber, wie sie ihn behandelt hatten. Vor allem aber lebte er seit Tagen in einem Zustand der Ungewissheit, was er nicht gewöhnt war.

Es war ihm noch nicht klar, mit wem er es zu tun hatte, und der sibyllinische Satz aus dem Mund des Geschniegelten, der ihn verhört hatte – „Widerstehen Sie der Versuchung zu morden, wir werden Ihnen nämlich Ihr nächstes Opfer besorgen" –, ging ihm weiterhin durch den Kopf.

Er trat doch nicht auf Kommando in Aktion. Und er war ein Einzelgänger. Jedenfalls hatte der Zufall, der einzige legitime Herrscher des Universums, ihn in diese Situation gebracht, und er musste nun einen Weg finden, um aus ihr herauszukommen oder sie zu seinem Vorteil nutzen.

An diesem Morgen hatte er masturbiert und dabei seine Opfer Revue passieren lassen, und er hatte auch an die Frau, die ihn gefoltert hatte, einen kleinen Gedanken verschwendet. Er hatte seine Pläne mit ihr, aber er war auch überzeugt, dass es ziemlich schwierig sein würde, sie wiederzufinden.

An der Tür tauchten die beiden üblichen Typen auf. Der Weißhaarige mit dem weißen Bart trug eine Schirmmütze aus weißem Baumwollstoff und um den Hals ein Foulard von Tommy Hilfiger. Zusammen mit dem blauen Anzug wirkte er wie einer, der soeben ein Luxushotel verlassen hatte. Der andere trug noch immer die gleiche Montur, vielleicht hatte er sich nicht einmal umgezogen.

„Guten Morgen, Signor Cartagena", begrüßte ihn der erste. Sein Begleiter schwieg, wie üblich.

„Haben Sie auch einen Namen?", fragte der Tourist.

„Sie können mich Abernathy nennen."

„Und Ihren Freund?"

„Das ist Norman."

„Haben Sie die Namen gerade frei erfunden?"

„Gestern Abend. Sie stammen von Figuren aus einer Fernsehserie, die ich besonders mag. Die Namen dienen lediglich der Kommunikation, und wir müssen auf organische Weise eine Beziehung zueinander aufbauen."

Abel zuckte mit den Schultern und ließ sich weiter Brot mit Butter und Marmelade schmecken.

Die ganze Zeit über behielt der Geschniegelte ihn im Auge. Der Serienkiller zeigte keine Reaktion. Er war sich sicher, dass der Typ früher oder später anfangen würde zu reden.

„Heute stellen wir Ihnen eine Agentin zur Seite", informierte ihn Abernathy. „Auch sie ist eine kriminelle Psychopathin, und wir gehen davon aus, dass ihr gut zusammenarbeiten werdet."

Der Tourist begehrte auf. „Ich will so nicht definiert werden."

Norman grinste und hatte sein Vergnügen, während der andere erstaunt tat. „Sie dürfen nicht beleidigt sein. In unserem Umfeld genießen die Psychopathen ein großes Ansehen, sie sind die perfekten Killer, bei Verhören erzielen sie Ergebnisse, von denen andere nur träumen können, und sie geben die besten Kerkermeister in den geheimen Hochsicherheitsgefängnissen ab."

Abel wollte um jeden Preis das Thema wechseln. „Einverstanden, ich werde für euch arbeiten, aber könnten Sie zumindest so freundlich sein und mir erklären, für welche Regierung das dann sein soll?"

„Wir haben keine Herren über uns, deshalb nennen wir uns ja auch Freiberufler", sagte er schließlich. „Wir haben Staaten und Königreichen gedient, wir haben dazu beigetragen, zu verhindern, dass dieser Planet der Raffgier korrupter, unmoralischer Menschen zum Opfer fällt. Menschen, die vorgeben, Demokratien zu repräsentieren. Menschen, die oft nichts weiter sind als Psychopathen, genau wie Sie, Signor Cartagena. Doch dann waren wir es leid, im Namen nicht existierender Ideale geopfert zu werden oder schlimmer noch für eine Riesenheuchelei, genannt Staatsräson, und so haben wir uns selbstständig gemacht."

Der Tourist war sich sicher, dass der Mann ihn mit dieser aufgeblasenen Rede verschaukeln wollte, aber er beschloss mitzuspielen. „Und worin besteht euer Business?"

„Wir liefern Beratung, Dienstleistungen, Personal", antwortete der andere mit einem Lächeln. „Ich weiß, dass Sie das jetzt nicht alles begreifen können, aber in diesem historischen Moment bekommt das organisierte Verbrechen ein immer bedeutenderes soziales, politisches und wirtschaftliches Gewicht. Es zahlt besser, und die Arbeitsbeziehungen gestalten sich korrekter."

„Du verarschst mich doch", platzte Abel heraus.

„Nein. Ich will mich nur klar und unmissverständlich ausdrücken."

„Ich bin kein geschulter Agent, wozu braucht ihr so einen wie mich?"

„Unterschätzen Sie sich nicht. Ihre persönliche Geschichte beweist, dass Sie in der Lage sind, sich perfekt in der Öffentlichkeit zu tarnen. Niemand würde je argwöhnen, dass Sie der Tourist sind."

„Genau. Ich bin der Tourist", entgegnete Abel genervt. „Jemand anderes kann ich nicht sein."

„Sie werden überrascht sein, wie viele Talente noch unentdeckt in Ihnen schlummern", sagte Abernathy. „Sie sind gefühllos, Sie verspüren weder Empathie noch Gewissensbisse oder gar Schuld. Sie sind der König der Lüge und der Manipulation. Wenn Sie kein Mörder geworden wären, hätten sie auch als Chef eines Großunternehmens Karriere machen können. Wo, glauben Sie, angeln sich die Multis ihre Firmensanierer? Wir bieten Ihnen eine Zukunft auf dem Gebiet, auf dem Sie bereits ein richtiger Profi sind. Wir werden Sie unter unseren Schutz stellen und wir werden Sie bezahlen."

„Andernfalls werdet ihr mich töten."

„Das sind die Spielregeln, aber wenn Sie sich an die halten, können Sie weiterhin ihre musikwissenschaftlichen Arbeiten veröffentlichen und mit Hilse zusammenleben, die Sie glücklich machen und ihr den Wunsch nach Mutterschaft erfüllen werden. Es muss Ihnen unbedingt gelingen, sie bei der Stange zu halten. Zu eurer beider Wohl."

„Und Kiki?"

„Die ist ohne jeden Nutzen. Die Beziehung müssen Sie beenden, mit Taktgefühl, aber es muss sein."

Bisher war es ihm immer gelungen, zu vermeiden, dass andere Menschen über sein Leben bestimmten, dachte Abel. Jetzt aber gab es da einen Söldner, der ihm vorschrieb, wie er zu leben hatte.

Er zerbrach sich den Kopf, fand aber keine Lösung. Selbst wenn er die gesamte Organisation an eine Regierung verkaufte, würden sie ihn zumindest wegsperren oder gleich ganz beseitigen. Er könnte es mit einem gegnerischen Geheimdienst versuchen, auch wenn in dem Fall das Risiko bestand, unter der Knute eines anderen Abernathy zu landen.

Der Geschniegelte schaltete sein Tablet ein und zeigte ihm das Foto einer Frau um die fünfunddreißig, vierzig, die über eine kleine Brücke in Venedig ging. „Schauen Sie auf die Handtasche, ist die nach Ihrem Geschmack?"

Der Kerl war einfach widerlich. Der Tourist blieb ihm die Antwort schuldig, sein Blick aber klebte an dem Modell von Anya Hindmarch aus schwarzem, gehämmerten Leder, geschmückt mit einem perforierten Smiley auf der Vorderseite. Einmal, in Malmö, war er über eine Stunde einer Frau gefolgt, die genau die gleiche besaß, und am Ende hatte er verzichten müssen, weil sie unterwegs ihren Riesenköter aus dem Hundesalon abgeholt hatte.

„Wer ist das?"

„Ihr nächstes Opfer."

„Das habe ich begriffen."

„Sie ist die Ehefrau eines Mannes, den wir beseitigen müssen, aber einfach nicht finden können. Wir haben nun Folgendes überlegt: Wenn der Tourist seine Frau umbringt, würde er keine Falle wittern, sondern aus seinem Loch kriechen, in dem er sich versteckt hält, und um seine tote Gattin trauern."

„Und dann?"

„Ein paar Tage später werden Sie nach Kopenhagen zurückkehren und warten, bis man wieder Kontakt mit Ihnen aufnimmt."

Norman, der Schweigsame, erhob sich und verließ die Wohnung. Abernathy zeigte Cartagena noch viele weitere Fotos der Frau. Dieser Dreckskerl begriff einfach nicht, dass er seine Opfer nicht auf diese Weise aussuchte, aber er musste zugeben, dass die Zielperson ganz und gar nicht übel war. Nicht besonders groß, mit Kurven, schwarzem Bubikopf und regelmäßigen Gesichtszügen, ja fast einem Dutzendgesicht, wären da nicht die großen blauen Augen gewesen.

„Sie gefällt Ihnen, stimmt's?"

Abel schnaubte ungeduldig: „Ist das wichtig, wenn ich keine Wahl habe?"

Der andere lächelte zufrieden. „Sie haben recht, aber ich muss Sie darauf hinweisen, dass wir nicht immer in der Lage sein werden, Ihnen Ziele von dieser ästhetischen Qualität anzubieten."

Geräusche von Schlüsseln, die Tür wurde geöffnet und wieder geschlossen. Der Gorilla war zurück, aber er war nicht allein. Bei ihm war eine Frau, die einen Trolley hinter sich herzog. Sie war jung und wirklich hübsch mit ihrer rebellischen, tizianroten Haarpracht. Sie trug ein kurzes Kleid und Cowboystiefel.

Ihr Lächeln entblößte eine Reihe weißer, perfekter Zähne. „Ciao", sagte sie zu dem Touristen gewandt. „Ich bin Laurie."

Sie trat näher und schüttelte ihm die Hand. „Ich fühle mich geehrt, deine Bekanntschaft zu machen, du bist ein Mythos."

Der Wettlauf, wer wen schneller manipulierte, war also schon im Gange, dachte der Serienkiller und warf Abernathy einen raschen Blick zu, und der versetzte der Begeisterung der Agentin gleich einen Dämpfer. „Du wirst Signor Cartagena auf den neuesten Stand bezüglich der Einzelheiten der Operation bringen, die nach unserem Wunsch in wenigen Tagen abgeschlossen sein soll."

„Sicher doch", erwiderte sie, ohne Abel aus den Augen zu lassen.

Abernathy und Norman verabschiedeten sich. Die Frau drehte eine Runde durch die Zimmer und machte sich daran, ihren Koffer auszupacken, hängte ihre Kleidung aber recht unordentlich in den Schrank. Dann ging sie unter die Dusche, und Abel sah sie anschließend nackt in der Wohnung herumlaufen. Sie war schlank und muskulös.

Er wusste nicht, was er von seiner neuen Mitbewohnerin halten sollte. „Es gibt nur ein Bett", sagte er, um ihre Reaktion zu testen.

„Du wirst sehen, wir werden einander nicht stören", gab sie seelenruhig zurück.

Abel fiel der starke französische Akzent in ihrem Englisch auf. „Du weißt alles von mir, während ich von dir nur deinen falschen Namen kenne."

Sie zuckte mit den Achseln. „Was willst du wissen? Ich darf dir nicht zu viel erzählen."

„Dann sag mir einfach, was du mir sagen darfst."

„Das, was du ganz einfach auch im Internet finden könntest: Ich stamme aus Québec und war früher Polizistin."

„Abernathy behauptet, dass du eine kriminelle Psychopathin bist."

„Das ist richtig."

„Stört dich das nicht?"

„Nein, warum sollte es? Ich bin so gemacht. Wichtig ist nur, sich dessen bewusst zu sein und sich danach zu richten. Überdies können wir nützlich sein, und das manchmal auf ganz entscheidende Weise."

„Wie bist du denn unter die Spione geraten?"

„Es gab eine Reihe von Todesfällen in meinem beruflichen Umfeld, die meine Vorgesetzten dazu gebracht haben, mich aus dem

Korps zu werfen", erwiderte sie mit einem undurchschaubaren Lächeln auf den Lippen. „Ich habe in einem Gefängnis gearbeitet, und bei der zweiten Leiche wollte man mir den Prozess machen. Zum Glück ist einer von *denen* aufgetaucht und hat mir eine Alternative zu lebenslänglich Knast vorgeschlagen."

„Du bist eine Serienkillerin!", rief Cartagena überrascht aus.

„Ja, aber ich bin nicht so berühmt wie du. Und jetzt Schluss mit der Fragerei, wir müssen anfangen, unsere Zielperson ins Visier zu nehmen."

Sie entdeckten ihr Opfer auf dem Markt von Rialto. Sie nannte sich Maria Rita Tenderini, aber ihr richtiger Name war Alba Gianrusso, und bis vor einigen Jahren hatte sie Mathematik in einem Gymnasium in Brindisi unterrichtet. Ihr Ehemann, Ivan Porro, war ein Offizier der Guardia di Finanza, der Finanzpolizei, und war als Kurier bei der montenegrinischen Mafia eingeschleust worden, die Waffen übers Meer nach Italien schmuggelte. Mithilfe seiner Informationen war es möglich gewesen, den Waffenhandel in die Knie zu zwingen und rund dreißig Mitglieder der Organisation zwischen Apulien und Podgorica zu verhaften. Während der Razzia wurde im Hafen von Bar an der montenegrinischen Adriaküste ein gewisser Mladen, Sohn von Blazo Kecojević, des unumstrittenen Bosses der lokalen Unterwelt, bei einem Feuergefecht getötet.

Kurz darauf verschwand ein mittlerer Funktionär der montenegrinischen Spezialeinheit für Verbrechensbekämpfung, der mit den Beziehungen zu den italienischen Sicherheitskräften beauftragt war. Einige Tage später wurde sein Leichnam entdeckt, der grauenvolle Folterspuren aufwies. Porro musste davon ausgehen, dass der Kollege seinen Namen verraten hatte, und so machte er sich aus dem Staub. Tatsächlich hatte er die Ermittlung aber nie aufgegeben: Sein Wissen über die Organisation war weiterhin von grundlegender Bedeutung, und er war bei der Finanzpolizei geblieben, um andere Kandidaten für ihre zukünftige Rolle als V-Leute auszubilden.

Als Schutzmaßnahme wurde seine Ehefrau nach Venedig versetzt, wo sie eine neue Identität und eine ruhige Wohnung in der Nähe der Fondamenta della Misericordia bekam.

Der Vater des jungen Mafioso hatte Rache geschworen und sich an die Freiberufler gewandt, die sich gegen eine beachtliche Geldsumme auf die Suche nach dem Verräter gemacht hatten. Ein korrupter Finanzoffizier hatte sie auf die Spur der Ehefrau gebracht. Einige Monate lang hatten sie sie überwacht in der Hoffnung, auf diesem Weg den Ehegatten aufzuspüren. Jetzt hatten sie entschieden, die Entwicklung zu beschleunigen. Der Tourist mit seinem unverwechselbaren Modus Operandi würde den Mann vielleicht hinters Licht führen können. Wie auch immer, der Kunde hatte auch für den gewaltsamen Tod der Frau im Voraus bezahlt.

Alba Gianrusso verhandelte wortreich mit der Fischverkäuferin, bis sie sich endlich dazu durchrang, einen Umber zu kaufen. Sie machte auch beim Gemüsehändler und beim Bäcker halt, dann trat sie den Heimweg an. Unterwegs nahm sie am Tischchen einer Bar Platz und schlürfte in der warmen Sonne ihren Prosecco.

„Es ist elf Uhr vormittags", sagte Laurie.

„Ja und?"

„Wenn sie um diese Uhrzeit bereits trinkt, muss sie sich echt einsam fühlen. Ihre Tage dürften schon schwierig zu bewältigen sein, die Nächte aber müssen für sie die Hölle sein: die andere Betthälfte leer, und die Natur, die ihren Tribut verlangt. Du wirst sehen, sie wird dir dankbar sein, wenn du sie erwürgst."

Der Tourist drehte sich um und sah sie an. Sie lächelte, aber ihre schwarzen Augen waren leer, eisig.

„Ein netter Leckerbissen, findest du nicht?", fragte seine Partnerin.

„Gefällt sie dir?"

„Sagen wir mal so, mein Geschmack in Sachen Sex ist nicht so eingleisig getaktet."

„Das habe ich dich nicht gefragt, aber wenn du willst, kannst du dich ja ihrer annehmen."

„Oh, ja", erwiderte sie in verändertem Ton. „Aber auf meine Weise. Ich hab's weniger eilig, meine Spielsachen müssen mir in jeder Hinsicht Genuss bringen, wenn du verstehst, was ich meine?"

Abel fand sie in diesem Moment ausgesprochen sexy. Aber seine Empfindungen waren widersprüchlich. Auf der einen Seite hatte die Aussicht, mit einer „Kollegin" Erfahrungen zu teilen, seine Neugier geweckt; auf der anderen Seite hätte es ihm gefallen, sie zu töten. Er senkte den Blick auf ihre Handtasche: Es war eine ziemlich schlechte Imitation einer Beuteltasche von Alexander Wang. Aber in ihrem Inneren musste es viele interessante Dinge geben, vielleicht sogar irgendeinen Fetisch ihrer Verbrechen.

Als er aufsah, merkte er, dass Laurie ihn mit einem nicht zu deutenden Gesichtsausdruck musterte. Er kam sich nackt vor, so als hätte sie einen direkten Zugang zu seinen Gedanken.

Ihre Zielperson zahlte und setzte trägen Schrittes ihren Weg fort. Die Frau öffnete das schwere Holzportal einer zweistöckigen Villa am Campiello dei Trevisani.

„Sie wohnt im zweiten Stock", sagte Laurie.

„Also muss ich es schaffen, vor ihr einzutreten", meinte Cartagena. „Sie zu zwingen, zwei Treppenabsätze hinaufzugehen, könnte ein Problem werden."

„Du bestimmst, wo und wann, da gibt es kein Problem", entgegnete sie und überreichte ihm zwei Schlüssel.

„Ich werde drin im Dunkeln auf sie warten", flüsterte er und dachte, dass er immer schon von einer solchen Gelegenheit geträumt hatte, und im Grunde fing er an, Gefallen an dem ferngesteuerten Verbrechen zu finden.

„Auch ich werde dabei sein", stellte die Frau klar.

Auf dem Gesicht des Touristen machten sich Überraschung und Verärgerung breit.

„So lauten die Anordnungen", fügte sie in ernstem Ton hinzu.

„Und du schaust mir dabei zu, wie ich sie töte?"
„Ich kann's kaum erwarten."

Sieben

Nello Caprioglio hatte Pietro zum Teufel gejagt, weil er es satt hatte, keine Erklärungen zu bekommen und nach Leuten ohne Namen suchen zu müssen.

Sambo hatte sich schwer ins Zeug gelegt, um ihn zu einem neuerlichen Treffen zu überreden. Er musste ihm versprechen, mit der Wahrheit herauszurücken. Tatsächlich würde er sich mit einer Teilversion zufriedengeben müssen, das war ihm völlig klar. Was Nello wollte, war die Garantie, dass er keine Unannehmlichkeiten bekommen würde. Auf jede Eventualität vorbereitet und geschützt zu sein, war die unabdingbare Voraussetzung, um weiterhin mit diesem tüchtigen Ex-Kommissar, dem sie das Dienstabzeichen abgenommen hatten, zusammenzuarbeiten. Im Grunde waren auch das nur hohle Worte. Aber Caprioglio war genau wie Pietro in einer längst vergangenen Epoche großgeworden, in der ein Wort unter Männern noch etwas galt.

Sie trafen sich in einer Trattoria in der Calle Lunga San Barnaba. Die Einladung zum Mittagessen gehörte zu den Bedingungen, die Nello gestellt hatte.

Der Experte für Hotelsicherheit traf mit einigen Minuten Verspätung ein und staunte nicht schlecht, als er an einem Tisch die Polizeirätin Tiziana Basile entdeckte, die sich ihren *Risotto con gli asparagi* schmecken ließ und dazu einen Weißwein trank.

Der Mann war viel zu intelligent, um an einen Zufall zu glauben.

„Habt ihr Frieden geschlossen?", fragte er vorsichtig.

„Ich weiß es nicht, aber ich arbeite jetzt für sie", lautete Pietros Antwort. „Gib deine Bestellung auf, dann geh sie ruhig begrüßen."

„Zahlt sie?"

Pietro nickte, und der andere winkte resolut den Kellner herbei. *Tagliolini alle capesante,* eine große Portion frittierten Fisch und eine Flasche Ribolla gialla."

Dann setzte er sich in Bewegung, um dem hohen Tier bei der Polizei seine Ehrerbietung zu erweisen. Minuten später kehrte er zum Tisch zurück.

„Du bist jetzt also kein Ausgestoßener mehr", sagte Nello etwas durcheinander, „sondern ein Berater, der verdeckt gegen einen gefährlichen Serienmörder in der Stadt ermittelt."

„Nun, kann ich auf dich zählen?"

„Sicher doch, aber ich begreife immer noch nicht, warum du mir nicht vertraut hast."

„Ich hatte keine Befugnis, dir irgendetwas zu verraten."

Der Mann brach ein *Bussolà chioggiotto* entzwei, tunkte eine Hälfte in den Wein und steckte sie sich in den Mund. Pietro musste daran denken, dass auch sein Großvater das immer getan hatte.

„Es muss hart für dich sein, auf diese Weise zu arbeiten", meinte Nello.

Der Kommissar a. D. zuckte mit den Schultern. „Das sind die Folgen einer Fehlentscheidung", antwortete er bitter. „Aber ich hoffe, diesen Mörder zu fassen, nicht nur, weil er aus dem Verkehr gezogen werden muss, sondern auch weil das für mich eine Gelegenheit der Wiedergutmachung wäre, zumindest in den Augen unserer Mitbürger."

Mit skeptischer Miene enthielt der andere sich jeden Kommentars und wechselte das Thema. „Zeig mir mal das Foto des anderen Mannes, nach dem ihr sucht."

Einige Augenblicke später erschien die Nahaufnahme von Macheda auf dem Display von Sambos Mobiltelefon.

„Wer ist das?", fragte Caprioglio.

„Laut Interpol ein Komplize des Serienkillers."

„Auch er hält sich in Venedig auf?"

„Die Aufnahme stammt von einer der Überwachungskameras am Flughafen Marco Polo."

In dem Moment erhob sich Tiziana Basile und kam auf dem Weg zur Kasse an ihrem Tisch vorbei. Sie machte Nello ein Zeichen zum Abschied und warf Pietro einen merkwürdigen Blick zu. Sie schien verlegen zu sein, vermutlich weil sie abgewiesen worden war.

Der Hoteldetektiv deutete mit dem Kinn auf sie. „Ich habe ihr das Problem mit den inoffiziellen Vermietungen erklärt. Sie meinte, sie habe mit ihren Vorgesetzten darüber gesprochen, und wie es aussieht, bereitet die Finanzpolizei gerade eine groß angelegte Operation vor, um diese Unterkünfte zu identifizieren."

„Das könnte die Lösung bringen", kommentierte Pietro und tat so, als wäre er darüber auf dem Laufenden.

„Sie hat mir gegenüber noch einmal bestätigt, dass ich dafür bezahlt werde, aber in einem Ton, als müsste ich mich als Abzocker öffentlicher Gelder fühlen."

„Das musst du falsch gedeutet haben. Verlange, was dir angemessen erscheint."

„Dann muss ich den Preis auf fünftausend Euro erhöhen: Ich brauche nämlich Mitarbeiter, vertrauenswürdige und fähige obendrein, und die kosten heutzutage."

„Einverstanden, ich habe das Geld bei mir."

Sein Gegenüber sah ihn schalkhaft an. „Du bist der erste Vorbestrafte, den ich bewaffnet, mit dem Segen einer Polizeirätin, herumlaufen sehe."

Pietro fasste an die Pistole. „Fällt das so sehr auf?"

„Nein, aber ich werde dafür bezahlt, gewisse Details zu beobachten. Ich würde zu gerne wissen, wieso du eine geladene Knarre bei dir tragen musst. Hier in Venedig wurde seit ungefähr einem Jahrzehnt nicht mehr geschossen."

„Es ist ein gefährliches Pack, das nicht davor zurückschreckt, jemanden umzulegen."

„Wenn du von ihr Gebrauch machst, werden sie dich ans Kreuz nageln."

„Das Risiko muss ich eingehen. Es ist eines von vielen."

Pietro begab sich zur Toilette und klemmte das Geld hinter den Spülkasten. Bevor er ging, verabschiedete er Caprioglio mit einem Handschlag. „Finde die Personen, Nello, die Angelegenheit muss so rasch wie möglich erledigt werden."

„Soll ich die Spur mit der fetten Trulla aufgeben und mich auf den weißhaarigen Typen konzentrieren?"

„Nein, such weiter nach ihr."

„Möglicherweise gibt es in der Latteria Vivaldi am Campo Sacro Cuore eine Zeugin, die etwas zu erzählen hat."

„Und das sagst du mir erst jetzt?"

„Die Nachricht kam per SMS, als du auf dem Klo warst. Ich gehe der Sache jetzt nach, wenn was dran ist, ruf ich dich an."

Pietro kehrte zum Stützpunkt von Sacca Fisola zurück, wo er einen Termin mit dem Schlüsseldienst hatte, um das Schloss der gepanzerten Tür auszuwechseln.

Der Typ war verdutzt. „Das wird Sie einen Haufen Geld kosten, Commissario."

Sambo erwiderte unwirsch: „Commissario bin ich schon seit dem letzten Mal, als ich deinen Bruder verhaftet habe, nicht mehr."

„Entschuldigen Sie, das ist die Macht der Gewohnheit. Jedenfalls, für weniger als zweitausend Euro kann ich Ihnen das nicht machen."

„Einverstanden."

In dem Moment tauchte in der Tür der Nachbarwohnung eine ältere Frau mit dem Kopf voll Lockenwickler auf.

„Sie sind der neue Mieter?"

„Nein, ich benutze die Wohnung nur vorübergehend als Büro."

Die Alte erwies sich als echte Plaudertasche. „Als Büro, wofür genau?", bohrte sie weiter. „Jetzt, da Sie nicht mehr bei der Polizei sind, was treiben Sie eigentlich so? Ich frage Sie das, weil dieses Haus nämlich immer ein anständiges war."

Pietro dachte resigniert, ob es wohl in Venedig einen einzigen Menschen gab, der ihn nicht wiedererkannte und sich nicht berufen fühlte, den erstbesten Blödsinn, der ihm in den Sinn kam, von sich zu geben.

„Keine Sorge, Signora", erwiderte er freundlich. „Ich komme von Zeit zu Zeit hierher, um meine Memoiren zu schreiben."

„Memoiren? Geständnisse!", rief die Mieterin entrüstet.

Der Kommissar a. D. hätte gerne seine gute Erziehung vergessen und ihr entsprechend geantwortet, doch da klingelte sein Telefon. Es war Nello Caprioglio.

„Die Frau, die das Lokal führt, ist sauber", sagte er. „Sie hat den Mann auf dem Foto mit siebzigprozentiger Sicherheit wiedererkannt und erinnert sich an die Frau aufgrund ihrer Statur und des üppigen Frühstücks, das sie sich gönnte."

Sambo überlegte, dass er sich jetzt wohl schlecht von der Operationsbasis entfernen konnte, wo der Techniker gerade mit dem Austausch des Schlosses beschäftigt war. „Sag ihr, dass ich morgen früh mit ihr reden will."

Drei Stunden später fuhr er mit dem Vaporetto nach Hause und erfreute sich an einem prächtigen feuerroten Sonnenuntergang. Das antike Gestein der Palazzi erstrahlte in der Lichterglut. Pietro war gerührt. Hin und wieder widerfuhr ihm das, wenn er sich dem Zauber seines Venedigs überließ. In solchen Momenten glaubte er fest daran, dass es für ihn trotz allem Hoffnung auf ein erfülltes Leben gab.

Als er das Haustor öffnete, tauchte mit einem Mal Tiziana hinter ihm auf. „Lädst du mich zum Abendessen ein?"

„Ich habe nichts eingekauft."

Die Polizistin zeigte auf zwei prallvolle Einkaufstaschen. „Heute Abend wird baresisch gegessen: *Tubettini con le cozze,* das nur mal für den Anfang."

Pietro vermutete, dass es sich um eine Ausrede handelte, um auf gewisse Themen zurückzukommen, aber es gab keinen Weg, dieses traute Wiedersehen zu umgehen. Die Polizeirätin zog das Jackett ihres cremefarbenen Kostüms aus, band sich die Lieblingsschürze von

Sambos Ehefrau um und übernahm das Regiment in der Küche. Sie verstand etwas von der Kunst des Kochens, und Pietro widmete sich der Auswahl des passenden Weines. Er entkorkte eine Flasche San Dordi aus der Kellerei Casa Roma, während Tiziana sich an Herd und Ofen zu schaffen machte.

Sie wich seinem Blick aus, und nach einer Weile war Pietro das Spielchen leid.

„Ich hör dir zu", sagte er ganz einfach.

„Nicht jetzt. Nicht beim Kochen."

„Bitte."

Sie drehte sich um, den Kochlöffel in der Faust. „Ich habe nicht die Absicht, auf dich zu verzichten", gestand sie und ihr erhitztes Gesicht wurde vor Verlegenheit noch röter. „Ich weiß, dass ich mich mehr als schlecht benommen habe. Als sie dich verhaftet haben, bin ich auf dich losgegangen, nur weil du mit der da ins Bett gehüpft bist anstatt in meines zu kommen. Ich habe einen Fehler gemacht. Dir gegenüber habe ich immer Fehler gemacht. Auch neulich, als ich mich dir so vulgär und lächerlich anbiederte. Tatsache ist, ich begehre dich so sehr, dass ich auch sterben könnte. Du hast keine Ahnung, wie oft ich schon hier in der Nähe auf der Lauer gelegen habe, nur um dich wenigstens aus der Entfernung zu sehen. Wie oft ich mich bis zur Klingel geschlichen habe, um mit dir zu sprechen, doch dann hat mir jedes Mal der Mut gefehlt."

Sambo füllte ihr Glas. Und leerte das seine. „Du warst meine Vorgesetzte und eine gute Freundin. Wie alle Männer im Polizeipräsidium habe ich gedacht, dass es schön wäre, dich ins Bett zu kriegen, aber dann hast du deine scharfen Zähne in mein Herz geschlagen und es in Stücke gerissen."

„Du musst mir verzeihen, Pietro."

„Nein. Du bist es, die einen Weg finden muss, um dir vergeben zu lassen."

„Den werde ich finden, das schwöre ich dir, aber versuch doch bitte, mich in einem anderen Licht zu sehen."

Er suchte Zuflucht in einer witzigen Bemerkung. „Wie soll mir das gelingen, wo du doch Isabellas Schürze trägst?"
„Lass mich heute Nacht hierbleiben."
„Hältst du das für eine gute Idee?"
„Ja."
Beide waren bemüht, ihre Unterhaltung auf andere Themen zu lenken. Dann setzten sie sich auf die Couch und sahen fern, genau wie ein Ehepaar, das nach einem Arbeitstag am Abend in trauter Zweisamkeit vereint ist.

Bis Tiziana aufstand, um sich für die Nacht zurechtzumachen. Sambo rauchte am Fenster, den Blick in den Himmel gerichtet, noch ein paar Zigaretten.

Als er unter den Laken lag, spürte er, wie ihr Parfum in seine Gehirnwindungen drang. „Dieses Bett hat schon lange keine Frau mehr beherbergt", sagte er, und Tiziana legte ihm eine Hand auf die Brust, schüchtern und unbeholfen.

„Ich bin nicht mehr der Mann, der ich einmal war", fuhr er fort, nachdem er das Licht gelöscht hatte. „Und ich habe keine Ahnung, was das Leben noch für mich bereithält. Ich lebe in den Tag hinein, in Erwartung eines Zeichens."

Sie nahm sein Gesicht und küsste es. Er gab sich hin und ließ sich treiben, um dieser Nacht, die vielleicht kürzer als die anderen sein würde, ihr Geheimnis zu entlocken.

Als er erwachte, war Tiziana schon gegangen. Im Bad starrte er wie gebannt auf ihre Zahnbürste. Ein unmissverständliches Zeichen, dass sie zurückkommen würde. Der Sex war nicht gerade von der Sorte unvergesslich gewesen. Viel zu viel Eile, Dringlichkeit, Unkenntnis des anderen. Dann hatte er auf einer Ruhepause bestanden, sich dem Geplauder und den Streicheleinheiten des Danach entzogen, um sich in einen unruhigen Schlaf zu flüchten.

Sie hatte beschlossen, ihn zu lieben, während Pietro weiterhin argwöhnte, dass das keine gute Idee war. Mit derlei Gedanken im

Kopf entschied er am Morgen, die Witwe Gianesin zu hintergehen und in der Latteria Vivaldi zu frühstücken.

„Die beiden Deutschen sind jeden Morgen hier gewesen, über gut zwei Wochen, es muss Ende Februar gewesen sein", erzählte Silvana, die junge Besitzerin, die das Geschäft von ihrem Vater geerbt hatte. „Er trank einen Tee, während sie mindestens zwei Krapfen mit einer Riesentasse Milchkaffee in sich hineinstopfte, und beim Bezahlen ließ sie sich noch zwei Croissants einpacken. Schade …"

„Schade, was?"

„Dass diese Frau sich so gehen lässt. Sie hat ein wirklich schönes Gesicht, doch dieses viele Essen, dahinter steckt enormer Frust."

„Ich verstehe", sagte Sambo.

Sie lächelte betreten und fasste sich in die Haare, als wollte sie sich vergewissern, dass sie noch an Ort und Stelle waren. „Nein, Sie können das nicht verstehen. Ich ja. Bis vor einigen Jahren war ich in der gleichen Situation, ich wog vierzig Kilo mehr als heute."

„Kaum zu glauben", meinte der Ex-Kommissar mit ehrlicher Anerkennung. „Jedenfalls, Glückwunsch."

„Ich weiß nicht einmal, warum ich Ihnen so etwas erzähle, aber diese Frau hat mich ganz durcheinander gebracht, denn ihretwegen war ich gezwungen, mich daran zu erinnern, wie ich einmal war."

„Sie haben gut daran getan, jedes Detail kann für mich nützlich sein", beruhigte Pietro sie und beschloss auf solidere und zweckdienlichere Informationen zu sprechen zu kommen. „Worüber unterhielten sich die beiden? Hatten Sie einmal Gelegenheit, etwas aufzuschnappen?"

„Ich verstehe nicht so gut Deutsch, mit den Touristen weiß ich mir aber zu behelfen", erklärte sie. „Doch einmal haben sie gestritten, und die Wörter, die sie häufig wiederholen, waren Musik und etwas wie Komponisten."

„Wissen Sie, wo sie wohnten?"

„Nein. Aber ich vermute, dass sie die Latteria gezielt ansteuerten, denn einmal, als es regnete, kamen sie ziemlich durchnässt an, als hätten sie einen längeren Weg hinter sich."

Ausgezeichnete Beobachterin, dachte Sambo. „Was für eine Art Touristen waren sie Ihrer Meinung nach?"

Die Frau antwortete nicht sofort, denn sie musste einem Herrn im mittleren Alter einen Cappuccino und ein Stück Kuchen servieren; er war vermutlich Amerikaner und trug eine hübsche Fliege, die farblich genau auf die Streifen seines Oberhemds und die Hosenträger abgestimmt war.

Dann wandte sie sich wieder mit präzisen Auskünften an Pietro. „Sie kannten sich aus in Venedig, denn ich habe nie gesehen, dass sie Stadtpläne oder Reiseführer studierten", sagte sie und deutete dabei auf die Tischchen, die vorwiegend von Ausländern besetzt waren, die ihre Nasen tief in papierne und elektronische Medien gesteckt hatten, um so viel wie möglich über die Stadt in Erfahrung zu bringen. „Während sie mit Essen beschäftigt war, las der Mann zuweilen Bücher, aber die hatten nicht die Einbände, wie Romane sie normalerweise haben."

„Glauben Sie, Sie können noch etwas anderes beisteuern, was von Nutzen sein könnte?", fragte der Ex-Kommissar. Das war der Standardsatz, den er jahrelang in einer solchen Situation verwendet hatte.

„Nein. Nur eine Frage hätte ich noch, wenn Sie mir die beantworten könnten. Darf ich wissen, warum Sie nach ihnen suchen?"

Der Kommissar a. D. strengte sich an, um eine akzeptable Lüge zu finden. „Weil diese Frau etwas Besseres verdient hat."

Sambo blieb unweit der Latteria an der Balustrade einer Brücke stehen und lehnte sich dagegen, um in Ruhe eine Zigarette zu rauchen. Dann rief er Nello Caprioglio an, um zu hören, ob er Neuigkeiten für ihn hatte. Von der Antwort enttäuscht telefonierte er mit Tiziana. „Wenn der Tourist und Macheda sich in einer schwarz vermieteten Wohnung verstecken, wovon wir längst überzeugt sind, dann müssen wir einen Weg finden, um sie aufzuspüren."

„Die Absicht besteht", sagte die Polizeirätin. „Aber man ist noch dabei, die Daten der verschiedenen Webseiten zu sammeln, und es sind Hunderte von Seiten."

„Hast du keine Möglichkeit, die Sache etwas zu beschleunigen?"
„Ich werde es versuchen."

Acht

Die Freiberufler achteten penibel auf jedes Detail. An diesem Morgen hatte Laurie einen Anruf von dem Typen erhalten, der sich Abernathy nannte, und dann hatte sie darauf bestanden, dass Cartagena sowohl Kiki als auch Hilse anrief.

Gegenüber der Geliebten musste er sich ab sofort kalt und abweisend geben, gegenüber der Ehefrau hingegen bereit, ihren Wunsch nach Mutterschaft zu erfüllen.

Die Kanadierin hatte die Telefonate mit ihm geprobt, indem sie abwechselnd in die Rolle der beiden Frauen geschlüpft war, und sie hatte mitgehört, als er mit ihnen sprach.

Die bedauernswerte Kiki hatte das Gespräch unter Tränen abgebrochen, nachdem er ihr zu verstehen gegeben hatte, dass er sie in nächster Zeit nicht sehen wollte.

„Du hast eine andere, stimmt's?"

„Klar. Meine Frau!", hatte Abel gezischt. „Außerdem steht es dir nicht zu, bestimmte Fragen zu stellen."

„Ich verstehe nicht, warum du mich so behandelst. Ist es vielleicht wegen dem, was ich über deine Forschungen zu Galuppi gesagt habe?"

„Auch. Auf jeden Fall habe ich jetzt keine Lust mehr, deine Stimme zu hören. Wenn es mir passt, rufe ich dich an."

Der Tourist pfefferte das Mobiltelefon aufs Sofa. „Es ist ein Fehler, Kiki in die Wüste zu schicken. Sie ist nützlich und außerdem harmlos."

„Gewöhn dich besser daran, dass die Zeit der Heißluftballons vorbei ist", gab Laurie zurück.

„Was zum Teufel soll das nun wieder heißen?"

„Wir haben die Fotos gesehen: Sie ist zu auffällig. Nicht nur wegen ihres Umfangs, sondern auch wegen ihrer Art sich zu kleiden", antwortete sie trocken. „Mag sein, dass du auf so was stehst, aber du musst dich mit Frauen umgeben, die unseren Standards entsprechen."

Abel seufzte und ging in die Küche, um die dritte Tasse Tee an diesem Vormittag zu trinken. Laurie gesellte sich zu ihm. Sie hatte die Angewohnheit, sich lautlos wie eine Katze zu bewegen, aber er hatte sich schon daran gewöhnt, dass sie urplötzlich hinter ihm auftauchte.

„Welcher Typ bist du im Bett?", fragte sie.

„Wieso?"

„Ich kann dich nicht einordnen. Wir schlafen im Doppelbett, aber du hast noch kein einziges Mal einen Finger nach mir ausgestreckt. Das soll nicht heißen, dass es mir gefallen würde, aber ich bin viel schöner und sinnlicher als deine Frauen."

„Ach ja?"

„Hilse ist ein adrettes Ehefrauchen, aber die Fantasielosigkeit steht ihr ins Gesicht geschrieben. Und Kiki ist nur ein nerviger Fick, mit dem du dir eine ahnungslose Komplizin verschaffst."

Abel machte ein empörtes Gesicht. „Achtung, Laurie, jetzt redest du wie eine Psychopathin."

„Im Moment sind wir ja unter uns. Tu mir den Gefallen und gib zu, dass ich deinen Liebschaften körperlich überlegen bin, und erklär mir, warum du noch keinen Versuch unternommen hast, mit mir zu vögeln. Diese Situation macht mich nervös, und das gefällt mir nicht."

„Das kannst du dir auch nicht erlauben", erwiderte Abel und erinnerte sie an zwei wichtige Punkte der Psychopathie-Checkliste: „Bedürfnis nach Nervenkitzel und mangelnde Verhaltenskontrolle."

„Eben! Gerade weil wir wissen, wovon wir reden, erwarte ich von dir mehr – um nicht zu sagen: totale – Einsatzbereitschaft."

„Okay. Ich hatte mir keine Gedanken darüber gemacht. Außerdem weißt du genau, dass unsere Gefühlsarmut nicht gerade hilfreich ist."

„Einigen wir uns also auf Folgendes: Wenn einer von uns ein Bedürfnis hat, gibt er Bescheid, und der andere versucht, ihn zufriedenzustellen, in Ordnung?"

„Einverstanden", antwortete Abel entgegenkommend. „Willst du jetzt Sex machen?"

Sie tat so, als würde sie darüber nachdenken. „Nein. Außerdem musst du dein Frauchen noch anrufen."

Im Gegensatz zu Kiki war Hilse außer sich vor Freude. Er überschwemmte sie mit kitschigen Banalitäten über Liebe und Vaterschaft, die er im Internet gefunden hatte.

Laurie verfolgte das Telefongespräch mit großem Interesse und am Ende beglückwünschte sie ihn. Sie musste zugeben, dass sie ihm nicht das Wasser reichen konnte, was seine manipulative Wortgewandtheit anging.

„Unsereins muss darauf achten, bei dem, was wir sagen, und in unseren persönlichen Beziehungen die eigene Oberflächlichkeit zu verbergen", erklärte er in verschwörerischem Ton. „Sobald du gelernt hast, dich tiefgründig zu geben, wirst du automatisch als geistig gesund wahrgenommen."

„Das Geheimnis?"

„Sich klarmachen, dass alle etwas vortäuschen. Die Menschen verbergen ihr wahres Gesicht hinter einer Maske, denn die Lüge ist die einzige Tauschwährung, die für sie zählt. Nur dass wir sie besser beherrschen müssen als die anderen."

„An dir ist ja ein Philosoph verlorengegangen", bemerkte sie anerkennend.

Doch Abel war mit seinen Gedanken bereits woanders. „Hat Abernathy dir gesagt, wie es weitergehen soll?"

Die Kanadierin schürzte keck die Lippen. „Ja, er möchte, dass die Frau heute noch stirbt."

„Dann sollten wir ein letztes Mal schauen, was sie so treibt."

„Nicht nötig, darum kümmern sich andere. Gegen Abend geben sie uns Bescheid, wann wir in ihre Wohnung können."

„Ich muss sie aber beobachten, ich brauche das."

„Keine Sorge, du wirst deinen Nervenkitzel schon bekommen, während du hinter der Tür versteckt auf sie wartest, aber bis dahin bleibst du hier und kümmerst dich um deine Recherchen über diesen Komponisten. Du hinkst mit der Arbeit ein bisschen hinterher."

Laurie hatte recht. Er konnte es sich nicht leisten, auch noch mit dem Verleger Schwierigkeiten zu bekommen. Seine neuen Freunde hatten ihm zwar versprochen, ihn zu bezahlen, aber die berufliche Tarnung durfte er trotzdem nicht gefährden.

Er setzte sich an den Schreibtisch, schaltete den Computer ein und begann, das Kapitel über *Il Caffè di Campagna* zu schreiben, eine heitere Oper nach einem Libretto von Pietro Chiari, einem erbitterten Rivalen von Carlo Goldoni und seines Zeichens Hofdichter von Francesco III., Herzog von Modena.

Cartagena hatte im Laufe der Jahre gelernt, sich auf seine Arbeit zu konzentrieren, auch wenn ihm der erregende Gedanke an die Jagd auf ein neues Opfer durch den Kopf ging. Als die Kanadierin ihm mitteilte, dass der Moment gekommen war, las er gerade zufrieden den Text durch, den er geschrieben hatte.

Alba Gianrusso hatte sich zu ihrem Nachmittagsspaziergang aufgemacht. Die Monate vergingen, und sie versank in abgrundtiefer Einsamkeit. Nicht nur, weil Ivan weit weg war und ständig Gefahr lief, getötet zu werden. Auch die erzwungene Trennung von ihrer Familie und den Freundinnen, von ihrer Stadt und ihren Schülern machte ihr zu schaffen.

Sie war verzweifelt. Wenn sie morgens aufwachte, erfüllte sie der Gedanke an einen weiteren sinnlosen Tag mit Grauen. Sie hatte die Stadt durchstreift, sämtliche Museen und Kirchen besucht. Sie war ins Theater und ins Kino gegangen. Doch am Ende war Venedig zu einem goldenen Käfig geworden.

Sie hatte angefangen zu trinken. Noch hielt sich ihr Konsum in Grenzen, aber der Weg in die Sucht war bereits vorgezeichnet.

Außerdem missachtete sie nun häufiger die Sicherheitsvorschriften und rief zuerst die Mutter und die Schwester und dann die Freundinnen an. Nicht mit dem Mobiltelefon, über das sie einmal in der Woche für wenige Minuten mit ihrem Mann kommunizierte, sondern von einem öffentlichen Münzfernsprecher in der Nähe des Postamts von Castello.

An diesem Tag hatte sie mit Rossella geplaudert. Sie kannten sich seit Kindheitstagen und waren eng befreundet. Sie hatte von ihrer Niedergeschlagenheit erzählt, und die Freundin hatte sie aufgemuntert. Sie solle Geduld haben – Ivan würde zurückkommen und sie würden wieder so glücklich sein wie früher.

Die Freundin erkannte nicht, dass Alba am Ende war. Es half nicht mehr, rational über die Notwendigkeit zu sinnieren, die restliche Zeit in der Vorhölle in Erwartung der Auferstehung zu ertragen.

„Nie hätte ich mir träumen lassen, dass ich dir einmal so viel Leid zufügen würde", hatte Ivan zu ihr gesagt.

Aber er hatte auch in keinem Moment daran gedacht, die Mission abzubrechen und ihr zu Hilfe zu eilen. Er hatte es für selbstverständlich gehalten, dass sie stark war und in dieser Bonbonniere von Stadt ausharrte, um ihre Pflicht zu tun. Mit ihren sechsunddreißig Jahren hatte sie schon viel zu viele Opfer gebracht.

Tante Elvira, die von den Männern nur betrogen und belogen worden war, wie sie zu sagen pflegte, hatte es ohne Umschweife formuliert: „Er hat es nicht eilig, zurückzukommen – nicht etwa, weil er vergessen hat, dass er dich einmal vor den Altar geführt hat, sondern weil er nur an seinen eigenen Vorteil denkt. Und glaub bloß nicht, dass er aufgehört hat zu vögeln, denn darauf verzichten die Männer nie."

Bevor sie nach Hause ging, machte sie noch einen Abstecher zu einer neuen Bar, die mit einem Spritz und diversen Häppchen für einen Aperitif in entspannter Atmosphäre warb. Die nüchtern-zynischen Worte ihrer Tante schwirrten ihr durch den Kopf und machten sie durstig. Sie bestellte einen weiteren Drink. Dann bemerkte sie, wie zwei Männer ab und zu diskret zu ihr herübersahen. Die beiden wirkten wie Berufssoldaten, die sich Venedig anschauten und die Sonne und die Lokale genossen. Alba empfand eine gewisse Genugtuung darüber, dass sie offenbar immer noch anziehend auf andere wirkte. Sie hatte nicht bemerkt, dass die Männer ihr seit dem Morgen gefolgt waren und lediglich in Erfahrung bringen wollten, wann sie in ihre Wohnung zurückkehrte.

Kurz nach Sonnenuntergang beschloss sie, die Bar zu verlassen. Es war ihr nicht gelungen, ihrer Hölle zu entfliehen, aber immerhin war ihr etwas leichter ums Herz. Sie würde das Abendessen zubereiten und anschließend fernsehen, mit der Flasche Amaro in Reichweite.

Die Wohnung, die man ihr zur Verfügung gestellt hatte, war hübsch. Bevor sie konfisziert worden war, hatte sie einem Kokain-Dealer gehört, der die Luxushotels belieferte, und anschließend hatte man sie einigermaßen geschmackvoll renoviert.

Den anderen Mietern begegnete sie nur selten. Im Stockwerk unter ihr wohnte eine ältere Universitätsdozentin, die fast nie ausging, und über ihr ein österreichischer Maler, der nur im Sommer auftauchte, beladen mit Ölgemälden von Venedig, die er in Klagenfurt gemalt hatte und nun auf verschiedene Kunstgalerien verteilte, wo sie Scharen von potenziellen Käufern anzogen.

Als sie die Wohnungstür öffnete und hinter sich wieder schloss, war sie sicher, eine flüchtige Bewegung im Wohnzimmer wahrgenommen zu haben. Vielleicht war ja eine Taube oder eine Möwe am Fenster vorbeigeflogen, dachte sie. Sie legte die Handtasche ab, zog die Schuhe aus und hängte den Seidenschal, das letzte Geschenk von Ivan, an den Kleiderständer. Als sie sich umdrehte, stand eine Frau vor ihr und lächelte. Sie war dunkel gekleidet und hatte die Haare zusammengebunden.

Auf den ersten Blick wirkte sie nicht bedrohlich, doch dann bemerkte Alba, dass sie Latexhandschuhe trug. Ihr blieb keine Zeit, um zu reagieren, denn jetzt packte sie jemand von hinten an den Schultern, hielt ihr den Mund zu und zwang sie zu Boden.

Sie haben mich gefunden, dachte sie, den Tod vor Augen. Mehr als einmal war ihr in den Sinn gekommen, dass es passieren könnte, und jetzt hoffte sie nur, dass es schnell gehen würde.

Ein Mann drückte ihr die Arme auseinander und hielt sie mit den Knien fest, bevor er die Hände um ihren Hals legte und langsam zudrückte.

Ihr Mörder murmelte etwas auf Englisch, und sie schnappte einen Satz auf, den sie mühelos übersetzte: „Du bist die Auserwählte." Dann hörte sie nicht mehr zu. Sie war starr vor Angst und musste noch zu viele Gebete sprechen und Dinge aufzählen, die sie bedauerte, um mit diesem Unsinn Zeit zu verlieren.

Laurie hockte sich neben den Touristen auf den Boden und begann seinen Gürtel zu öffnen.

„Was machst du da?", fragte er.

„Ich sorge dafür, dass deine venezianische Mission ein unvergessliches Erlebnis wird", antwortete sie, während sie ihre Hand in seine Hose schob und sich an seinem prallen Geschlechtsteil zu schaffen machte. „Gefällt dir das?"

Er nickte und wandte sich wieder dem Opfer zu.

„Lass dir Zeit", meinte die Kanadierin, „wir haben es nicht eilig."

Ja, dachte der Serienmörder. Dieses Mal kann ich es langsam angehen.

Er lockerte den Griff und ließ die Frau wieder zu sich kommen. Er streichelte ihr Gesicht und ordnete ihr Haar, dann drückte er erneut zu.

Laurie ließ von seinem Penis ab. „Mach sie jetzt alle."

Kurz darauf hauchte Alba Gianrusso ihr Leben aus. Sauerstoffmangel und unzureichende Blutversorgung des Gehirns.

Der Tourist stand auf und brauchte einen Moment, um sich zu sammeln. Laurie umarmte ihn. „Das war toll. Du warst große Klasse."

Der Serienmörder schob sie beiseite und nahm die Handtasche der Frau. Er packte sie in den Rucksack und ging zur Tür, gefolgt von seiner Kumpanin, die einen Beutel mit Gegenständen trug: die hatten sie eingesteckt, während sie auf die Frau warteten und die Wohnung durchsuchten.

Als sie das Haus verließen, sahen sie Norman und einen anderen Mann in der Nähe stehen und so tun, als interessierten sie sich für die Fassade einer entweihten Kirche. Die beiden Männer gingen voran und führten sie über eine Route, die sie zuvor ausgekundschaftet hatten, zu ihrem Versteck.

Dort angekommen, schloss Abel sich im Schlafzimmer ein, um den letzten Teil des Rituals zu vollziehen. Er breitete ein sauberes Laken auf dem Bett aus und schenkte sich einen guten Wein ein. Als Hintergrundmusik wählte er die 10. Symphonie von Gustav Mahler, „die Unvollendete", die Deryck Cooke nach dem Tod des Komponisten vervollständigt hatte. Dann machte er sich daran, die Gegenstände aus der Handtasche in Augenschein zu nehmen und sorgfältig zu ordnen.

Laurie störte ihn nicht, obwohl es ihr gefallen hätte, auch diesen Moment mit ihm zu teilen. Das Einzige, was er ihr aushändigen musste, war das Mobiltelefon von Alba Gianrusso. Die Techniker der Freiberufler würden es gründlich auf Verbindungen zum Ehemann untersuchen.

Die Handtasche der Frau entpuppte sich als ein wahres Schatzkästchen. Fotografien, Zettel, kleine Erinnerungen. Abel war erregt. Normalerweise hätte er über der Beute masturbiert, aber das Handanlegen seiner Komplizin, als er die Frau erwürgte, hatte ihm gefallen.

Er zog sich aus und ging ins Wohnzimmer, wo Laurie gerade dabei war, ihre Pistole zu reinigen. Sie betrachtete seine Erektion. „Du willst vögeln."

„Das auch", antwortete er geheimnisvoll. „Ich bin in der kreativen Phase."

„Mal sehen, was dir so einfällt", gab die Kanadierin zurück und fing an, ihre Bluse aufzuknöpfen.

Seine Partnerin war stark. Cartagena wurde sich dessen bewusst, als er in sie eindrang und sie, quer über dem Inhalt der Handtasche liegend, Arme und Beine um ihn schlang. Ihre Umklammerung fühlte sich an wie ein behaglicher Schraubstock. Als er zum Höhepunkt kam, ließ Laurie sich gehen und flüsterte ihm Dinge ins Ohr, die er mit ihr machen sollte.

Noch nie war er so erregt gewesen. „Ich werde dir wehtun. Und wie."

„Worauf wartest du noch, kleiner Mistkerl", erwiderte Laurie und drehte sich auf den Bauch.

Neun

Vace Jakova, eine illegale Einwanderin aus Albanien, die unter der Hand für eine Reinigungsfirma arbeitete und einmal in der Woche das Treppenhaus des Palazzos putzte, hatte die Wohnungstür jener sympathischen Signora sperrangelweit offen vorgefunden und den Leichnam auf dem Boden des Flurs entdeckt.

Das hatte sie zumindest der Polizei gegenüber behauptet. In Wirklichkeit hatte sich das Ganze ein klein wenig anders abgespielt. Der Tourist und seine Komplizin hatten die Tür zwar offen gelassen, damit man die Tote rascher finden würde, aber sie hatten sie angelehnt.

Die Putzfrau hatte diesen ungewöhnlichen Umstand bemerkt und nach einer guten halben Stunde geklingelt. Als keine Antwort kam, war sie davon ausgegangen, dass die Signora beim Verlassen der Wohnung vergessen hatte, die Tür zu schließen. Eine einmalige Gelegenheit, um etwas mitgehen zu lassen. Schließlich hatte sie sich mit ihren fünfundfünfzig Jahren genug den Rücken krumm gemacht, und das für ein paar Euro die Stunde. Doch als sie um ein Haar auf die Leiche getreten wäre, hatte sie so gellend angefangen zu schreien, dass die Nachbarn das Schlimmste befürchtet und die Ordnungskräfte gerufen hatten.

Zusammen mit der Spurensicherung war auch Tiziana Basile am Tatort eingetroffen. Sie hatte alles mit dem Mobiltelefon gefilmt und das Video an Pietro Sambo geschickt, nachdem man ihr mitgeteilt hatte, dass die Handtasche der Frau fehlte.

Dann war ein Offizier der GICO erschienen, der Spezialeinheit für organisierte Kriminalität, einer Eliteabteilung der Finanzpolizei. Er hatte die Polizeirätin beiseitegenommen und ihr die Identität des Opfers enthüllt. Außerdem hatte er sie darum gebeten, die Ermittlungen zunächst inoffiziell durchführen zu dürfen, denn im Moment wollte er die Sache noch nicht publik machen. Vor allem wollte er zuerst den Kollegen, den Ehemann der Toten, abfangen, der überdies schon in den nächsten Stunden in Venedig erwartet wurde.

Tiziana war einverstanden gewesen und hatte ihm jedwede Unterstützung zugesichert. Dann war sie hinunter auf die Straße gegangen, um Sambo anzurufen. „Eine Frau wurde erwürgt in der Calle Trevisan bei der Fondamenta della Misericordia", sagte sie. „Die Handtasche fehlt."

„Der Tourist."

„Nun, das Opfer ist die Frau eines Leutnants der GICO, den die montenegrinische Mafia zum Tode verurteilt hat."

„Eine Racheaktion."

„Das erscheint mir am wahrscheinlichsten. Aber was ich nicht verstehe, ist, warum sie ausgerechnet den Touristen benutzt haben, wo sie doch über genügend Männer und Mittel verfügen. Und die Botschaft ist auch nicht klar. Übrigens, außer uns hat noch niemand durchschaut, dass der Serienmörder der Täter ist."

Sambo war nicht nur deswegen zum Leiter der Mordkommission aufgestiegen, weil er ein guter Ermittler mit großer Erfahrung war, sondern auch weil die Natur ihn mit einer außergewöhnlichen Intuition ausgestattet hatte. Oft gelang es ihm, den Sinn der Handlungen zu begreifen, die am Ende zu einem Mord geführt hatten.

„Es ist eine Falle", folgerte Pietro. „Sie wollen den Ehemann aus der Deckung locken. Sie haben keine Ahnung, dass wir über die Beziehungen zwischen den Freiberuflern und dem Serienmörder Bescheid wissen, und sein Modus Operandi ist eine falsche Fährte, die glauben machen soll, dass die Frau einem gewöhnlichen Mord zum Opfer gefallen ist."

Tiziana dachte nach. „Du könntest recht haben", sagte sie nach einer Weile. „Das Problem ist nur: Wir können es uns noch nicht erlauben, mit der Wahrheit herauszurücken, aber wir müssen diesen Mann warnen, der, so wurde mir gesagt, auf dem Weg nach Venedig ist."

„Wer ist der Offizier von der GICO, mit dem du gesprochen hast?"
„Warum?"
„Du kannst nicht mit offenen Karten spielen. Daher werde ich mit ihm reden."
„Und wenn er dich nach deinen Befugnissen fragt? Und überprüfen will, ob die kleine Geschichte, die du ihm da erzählst, auch stimmt?"
„Mir wird schon was einfallen."
„Du könntest dich in Schwierigkeiten bringen, und ich weiß nicht, ob ich dir dann so schnell aus der Patsche helfen kann."
„Sag mir den Namen."
„Oberst Maurizio Morando."

Pietro begab sich zum Regionalkommando der Finanzpolizei auf dem Campo San Polo und verlangte den Oberst zu sprechen. Der Unteroffizier an der Pforte erkannte ihn und gab sich keine Mühe, sein Erstaunen zu verbergen.

„Ich wette, du bist gekommen, um ein paar korrupte Ex-Kollegen zu verpfeifen", sagte er laut, um auch ja alle Anwesenden auf ihn aufmerksam zu machen.

Sambo war nicht in der Stimmung. „Sie irren sich, Maresciallo, da wäre ich bei den *Fiamme Gialle* an der falschen Adresse."

Der Mann schwieg betreten, und die anderen widmeten sich wieder ihrer Arbeit. Korruption war auch in ihrer Truppe eine Plage, und solche Frotzeleien waren fehl am Platz.

Kurz darauf führte man den Kommissar a. D. in das Büro des Obersten.

„Was willst du?", fragte Morando barsch.

„Reden Sie gefälligst in einem anderen Ton mit mir", sagte Pietro drohend.

Der Oberst sprang auf. „Von einem Stück Scheiße wie dir lasse ich mir das nicht gefallen."

Sambo tat so, als wäre er die Ruhe selbst, und ließ sich auf dem Stuhl vor dem Schreibtisch nieder. „Ich muss Sie über einige Details im Zusammenhang mit dem Mord an der Frau eines eurer Offiziere informieren. Also, setzen Sie sich wieder hin und hören Sie mir zu."

„Woher weißt du von dieser Sache? Was hast du damit zu tun?"

Der ehemalige Chef der Mordkommission überhörte die Frage. „Wir sind sicher, dass es in dieser Stadt ein Killerkommando gibt, das für die montenegrinische Mafia arbeitet. Sie haben die Frau ermordet und ihre Handtasche mitgenommen, damit es wie ein gewöhnlicher Raubmord aussieht", erklärte er und mischte den Fakten bewusst ein paar Unwahrheiten bei. „Das eigentliche Ziel ist jedoch, euren Offizier aus der Deckung zu locken."

Morando war nicht dumm und stellte die richtige Frage. „Für wen arbeitest du?"

„Darüber darf ich Ihnen keine Auskunft geben."

„Und woher weiß ich, dass du mir keine Märchen erzählst?"

„Ich kenne zu viele Einzelheiten, um mir das alles ausgedacht zu haben."

„Du bist der ehemalige Leiter der Mordkommission. Es könnte doch sein, dass du noch Kontakt zu den richtigen Leuten hast, die dir Informationen aus erster Hand verschaffen."

Sambo seufzte. „Wie lange sollen wir dieses dumme Spielchen noch spielen? Ich bin hergekommen, um Sie zu warnen: Sorgen Sie dafür, dass Ihr Mann einen Bogen um Venedig macht."

Morando warf einen Blick auf seine Uhr. „Er sitzt bereits im Flieger. Er wird in ein paar Stunden eintreffen."

„Dann halten Sie ihn auf, sobald er gelandet ist, und setzen Sie ihn ins nächste Flugzeug."

„Das werde ich veranlassen, aber ich will sämtliche Informationen über diese Gruppe von Killern."

„Wir nehmen an, dass sie sich in einer oder mehreren Wohnungen aufhalten, die unter der Hand vermietet werden. Die einzige Möglichkeit sie zu finden ist diese Blitzaktion, die ihr schon seit Längerem plant."

Der Oberst breitete entschuldigend die Arme aus. „Wir sind noch nicht so weit und wir müssen uns mit der Stadtpolizei absprechen."

„Dann rettet ihr eben den Leutnant, aber die Mörder seiner Frau schnappen wir so nicht."

Der Oberst hatte dem nichts entgegenzusetzen. Er nahm ein Blatt Papier aus dem Drucker und reichte es Pietro. „Gib mir deine Telefonnummer, deine Anschrift, die E-Mail-Adresse … Ich glaube, wir werden uns in den nächsten Tagen noch mal treffen."

Während der Ex-Kommissar seine Kontaktdaten notierte, konnte Morando sich die abgedroschene Warnung nicht verkneifen: „Wenn du mich verarschst, kommt dich das teuer zu stehen."

„Jetzt enttäuschen Sie mich aber, Colonnello", meinte Sambo gelassen, während er zur Tür ging.

Der andere rief sofort die Polizeirätin Basile an. „Soeben hat mir Pietro Sambo einen Besuch abgestattet."

„Was wollte er?", fragte Tiziana und tat überrascht.

„Er verfügt über Informationen zum Fall Alba Gianrusso. Und nicht nur das."

„Wie ist das möglich?"

„Genau das wollte ich Sie fragen. Womöglich hat er Freunde im Polizeipräsidium, die ihn über bestimmte Entwicklungen auf dem Laufenden halten."

„Das muss ich auf das Entschiedenste zurückweisen", erwiderte Tiziana pikiert.

„Dann arbeitet er eben für die *Vettern*."

Die Polizeirätin hatte prompt eine Antwort parat. „So etwas ist mir auch schon zu Ohren gekommen, aber offen gestanden habe ich nicht viel darauf gegeben. Immerhin wurde Sambo, wie wir beide wissen, unehrenhaft aus dem Polizeidienst entlassen – warum sollten ihn die Geheimdienste rekrutieren?"

„Die da scheuen doch vor nichts zurück", murmelte der Oberst, bevor er den Hörer auflegte.

Morando ließ sich einen Kaffee bringen. Er hatte Lust auf eine Zigarette, aber seine Frau war um seine Gesundheit besorgt und hatte ihm das Versprechen abgenommen, mit dem Rauchen aufzuhören. Dann rief er den Kommandanten der Polizia Municipale, der Stadtpolizei, an. „Wir müssen die Überprüfung der inoffiziellen Vermietungen beschleunigen."

In Venedig hatte es schon längere Zeit keinen Mord mehr gegeben, daher wurde das Polizeipräsidium nun von Journalisten jeglicher Couleur belagert. Tiziana Basile traf sich mit der Leiterin der Pressestelle, die ihr riet, keine schriftliche Mitteilung herauszugeben, sondern sich direkt an die Medienvertreter zu wenden. Das Verbrechen war zu spektakulär, als dass diese sich mit ein paar läppischen Zeilen begnügt hätten.

Die Polizeirätin war sich jedoch darüber im Klaren, dass sie gezwungen sein würde zu lügen und die volle Verantwortung dafür zu übernehmen. Sollte die Wahrheit ans Licht kommen, würde sie die Hintergründe des Falles nicht enthüllen können, und ihre Karriere würde unweigerlich Schaden nehmen.

Die einzige Möglichkeit war, die Neugier der Medien nicht noch weiter anzuheizen und den Fall so darzustellen, als stünde er kurz vor der Aufklärung. Vor allem musste sie dafür sorgen, dass keines jener perversen Details an die Öffentlichkeit gelangte, die die Fantasie der Leute immer so beflügelten.

Um das zu erreichen, würde sie ein schmutziges Spiel spielen müssen, aber was hatte ihr der Dienststellenleiter eingeschärft, der sie für den Posten vorgeschlagen hatte? „Die Interessen des Staates stehen über denen des Einzelnen. Wenn Sie bereit sind, dem Land zu dienen und mit uns zusammenzuarbeiten, müssen Sie alle Skrupel über Bord werfen."

Daher rief sie kurz vor der Pressekonferenz ihren zuverlässigsten Mitarbeiter, Feldwebel Curtò, an und erteilte ihm einen Auftrag, über den er nicht schlecht staunte.

„Bei dem Opfer handelt es sich um Maria Rita Tenderini, Hausfrau. Sie lebte von der bescheidenen Hinterlassenschaft ihrer Eltern. Eine einsame Existenz ohne nennenswerte Beziehungen." Die Polizeirätin ließ den Blick über das Mikrofon hinweg durch den Saal schweifen. In den Gesichtern der Anwesenden konnte sie erste Anzeichen von Enttäuschung erkennen. „Die Tat wurde zweifellos aus wirtschaftlichen Motiven begangen, da die Handtasche des Opfers gestohlen wurde, ebenso das Mobiltelefon, der Computer und andere Wertgegenstände. Wir können bekanntgeben, dass wir bereits eine Tatverdächtige gefasst haben, und zwar eine albanische Staatsangehörige namens Vace Jakova, fünfundfünfzig Jahre alt, Putzfrau. Ihre Version, wonach sie die Tür zur Wohnung der Signorina Tenderini offen vorfand und so den Leichnam entdeckte, erscheint uns keineswegs glaubhaft. Wir gehen vielmehr davon aus, dass die Verdächtige die Wohnung unter einem Vorwand betreten hat. Dann hat sie versucht, etwas zu stehlen, und wurde von dem Opfer ertappt. Möglicherweise kam es daraufhin zu einer körperlichen Auseinandersetzung, bei der die Wohnungseigentümerin den Kürzeren zog. Ich möchte betonen, dass die Verdächtige Jakova ohne Aufenthaltsgenehmigung in Italien lebt. Sie ist kräftig gebaut und absolut in der Lage, eine zierliche Frau zu überwältigen und zu erwürgen. Außerdem ist es in dem Wohnhaus offenbar schon mehrfach zu ähnlichen Diebstählen gekommen, die jedoch leider nie zur Anzeige gebracht wurden. Die Bewohner verdächtigten aber stets die Albanerin, die häufig an den Türen klingelte und mit fadenscheinigen Begründungen versuchte, sich Zutritt zu den Wohnungen zu verschaffen. Abschließend möchte ich darauf hinweisen, dass die Polizei die albanische Staatsangehörige vor wenigen Minuten vorläufig festgenommen hat. Zu einem späteren Zeitpunkt werden wir Fotos des bedauernswerten Opfers und der mutmaßlichen Täterin zur Verfügung stellen können."

Die Polizeirätin Basile verließ freundlich lächelnd und händeschüttelnd den Saal und tat, als hörte sie die Fragen nicht, die auf sie einstürmten. Immerhin war keine heikle dabei. Da der Fall offenkundig bereits gelöst war, mussten die Berichterstatter die Nachricht noch etwas ausschmücken. Tiziana hatte ihnen auf dem Silbertablett die illegale Albanerin serviert, über die sie sich jetzt hermachen konnten. Viel schwieriger würde es angesichts der spärlichen Informationen sein, sich etwas über die arme Maria Rita Tenderini aus den Fingern zu saugen. Dass irgendein Chefredakteur einen Mitarbeiter auf den Fall ansetzen würde, um gründlicher zu recherchieren, war allerdings unwahrscheinlich. Die beiden beteiligten Frauen waren nicht interessant genug.

Tiziana hatte viel zu tun, und es war fast dreiundzwanzig Uhr, als sie bei Sambo klingelte.

„Harter Tag, was?", fragte Pietro.

„Einer von denen, die du am liebsten so schnell wie möglich vergessen möchtest", antwortete sie und streifte die Schuhe ab.

„Kann ich mir vorstellen. Es kommt ja nicht alle Tage vor, dass man eine Unschuldige hinter Gitter bringt, nur um die Presse zufriedenzustellen."

„Es blieb mir nichts anderes übrig."

„Du machst Witze, oder? Diese Unglückselige riskiert, die nächsten zwanzig Jahre in einer Zelle im Gefängnis von Giudecca zu verbringen."

„Das wird nicht passieren."

„Hast du vergessen, wie das läuft? Wenn man erst einmal im Räderwerk drinsteckt, wird man leicht zermalmt. Du willst mir doch nicht etwa das Märchen erzählen, dass am Ende immer die Gerechtigkeit siegt?"

Sie hatte keine Lust, mit ihm zu diskutieren. „Offen gesagt ist mir diese Vace Jakova vollkommen egal. Ich werde mich um sie kümmern, sobald ich Zeit und Gelegenheit dazu habe. Ansonsten darf ich dich daran erinnern, dass wir andere Prioritäten haben: Wir müssen den Touristen fassen, der schon zwei Mal zugeschlagen hat, und den Freiberuflern das Handwerk legen, und das alles, ohne auf die

Unterstützung und die Mittel der Ordnungskräfte zurückgreifen zu können."

Der Kommissar a. D. ging auf sie zu. „Früher haben wir manchmal geschummelt, um Kriminelle wenigstens für ein paar Jahre aus dem Verkehr zu ziehen – Verbrecher, von denen wir genau wussten, dass sie schuldig waren, die wir aber nicht drangekriegt hätten, wenn wir uns an die Regeln gehalten hätten. Aber dieser Fall ist anders. Die Albanerin hat sich nichts zuschulden kommen lassen."

„Das hast du bereits gesagt, Pietro. Im Moment habe ich einfach nur Hunger."

Er zeigte in Richtung Küche. „Im Kühlschrank steht noch ein Teller *Bigoli in salsa*."

Tiziana schenkte ihm ein versöhnliches Lächeln. „Du hast für mich mitgekocht. Das bedeutet, dass du mich zum Abendessen erwartet hast wie ein verliebter Ehemann in spe."

„Da hatte ich den Beitrag über die Pressekonferenz noch nicht gesehen."

„Hör auf, Pietro. Denk lieber daran, was du bei Oberst Morando erreicht hast. Er betrachtet dich jetzt mit anderen Augen. Daraus könnte eine Zusammenarbeit entstehen, die unser Umfeld vielleicht davon überzeugt, dir eine zweite Chance zu geben."

„Der Preis dafür ist zu hoch."

„Spiel doch nicht den Unschuldsengel, den kaufe ich dir nicht ab", zischte sie wütend. „Außerdem wusstest du, worauf du dich einlassen würdest, als du eingewilligt hast, mit uns zusammenzuarbeiten."

„Du hast recht", gab Sambo zu. „Aber dich dort im Fernsehen zu sehen, wie du diese Frau mit der gleichen Erbarmungslosigkeit zugrunde richtest, mit der du mich seinerzeit in Stücke gerissen hast, hat mir das Blut in den Adern gefrieren lassen."

„Ich bin eben gut. Sogar wenn ich lüge."

„Und was verheimlichst du vor mir?"

„Ich liebe dich", flüsterte sie. „Du bist der einzige Mensch, mit dem ich alles teilen möchte, jeden Gedanken."

„Nicht heute Nacht", erwiderte er und griff nach seiner Jacke.
„Wo gehst du hin?"
„Ich brauche frische Luft."
„Und ich brauche dich. Hier und jetzt."
Tiziana bereute ihren schroffen Ton, aber es war zu spät, um ihn zum Bleiben zu bewegen. Pietro verließ ohne ein weiteres Wort die Wohnung und schlug die Tür hinter sich zu.

Sie wärmte die Pasta auf und öffnete einen Rotwein. Eine Zeit lang wartete sie noch vor dem Fernseher, dann beschloss sie, nach Hause zu fahren und in ihrem eigenen Bett zu schlafen.

Pietro erwachte kurz nach Sonnenaufgang im Stützpunkt von Sacca Fisola. Er hatte noch immer schlechte Laune, und es ärgerte ihn, dass er am Abend zuvor nicht den Mumm gehabt hatte, zu bleiben und sich der Situation zu stellen.

Ein Gedanke ließ ihn nicht los, seit er Tiziana in seiner Wohnung zurückgelassen hatte: Was fing eine erfolgreiche Frau wie sie mit einem Versager wie ihm an? Sollten sie jemals ein Paar werden, würde sie sich dann mit ihm in der Öffentlichkeit zeigen, bei den Diners, den Veranstaltungen mit den Kollegen und Honoratioren der Stadt?

Er hatte da seine Zweifel. Aber um zu verstehen, was sie tatsächlich über ihre Beziehung dachte, musste er diesen Punkt unbedingt klären und dann würde er ihn zum Anlass nehmen, um Schluss zu machen. Pietro wollte sein Leben nicht mit einer so zynischen Frau verbringen. Isabella war anders gewesen. Er hatte sie betrogen und verletzt, hatte alles getan, damit sie sich von ihm abwandte, und jetzt verging kein Tag, an dem er seiner großen Liebe nicht nachtrauerte.

Das Mobiltelefon klingelte, und er dachte, es wäre Tiziana, die das Gespräch fortsetzen wollte, das er am Vorabend so brüsk abgebrochen hatte. Er irrte sich. Es war Oberst Morando.

„Um Punkt acht Uhr werden mehrere gemischte Patrouillen der Finanz- und Stadtpolizei mit der Kontrolle von sechsundneunzig

Wohnungen beginnen", verkündete er kurz und knapp. „Alle Personen, die wir dort antreffen, werden identifiziert und fotografiert. Wir haben nicht genügend Leute für eine so breit angelegte Aktion, daher werden wir die Daten erst gegen Abend zusammenstellen können."

„Wir müssen sie so rasch wie möglich sichten und auswerten."

„Ich lass dir die Dateien zukommen, sobald sie fertig sind."

„In Ordnung."

„Noch etwas, Sambo. Damit das klar ist: Wir gehen nicht auf die Jagd nach einer Verbrecherbande. Die Polizisten, die an dieser Operation beteiligt sind, haben den Auftrag, mögliche Fälle von Steuerhinterziehung aufzudecken."

„Uns geht es im Moment darum, ihre Verstecke ausfindig zu machen, auch wenn wir dort niemanden antreffen", meinte der Kommissar a. D. „In jedem Fall werden uns ihre Aufenthaltsorte nützliche Informationen liefern."

„Wir haben den Leutnant in Sicherheit gebracht", fügte Morando hinzu. „Der Leichnam der Signora wird im Anschluss an die Obduktion in der Gerichtsmedizin aufbewahrt. Sobald es die Situation zulässt, werden wir die Identität der Toten enthüllen und sie zur Bestattung freigeben."

„Die ganze Sache ist bedauerlich und kompliziert, zumal jetzt noch eine weitere unschuldige Frau beteiligt ist."

„Du meinst die Albanerin?"

„Ja."

„Diesen Mist hat die Polizeirätin Basile zu verantworten, damit haben wir nichts zu tun. Soll sie sich darum kümmern."

Mit anderen Worten, Vace Jakova war allen vollkommen gleichgültig.

Obwohl das Lokal nicht gerade um die Ecke war, beschloss Sambo, bei der Witwe Gianesin zu frühstücken. Auf der Fahrt dorthin fiel ihm nichts Außergewöhnliches auf. Die Blitzaktion der Polizei würde in weniger als einer Stunde losgehen, aber auf den Kanälen deutete nichts auf eine verstärkte Präsenz der Ordnungskräfte hin. Sie würden die Kasernen erst im letzten Moment verlassen.

Pietro rief Nello Caprioglio an. Er wusste, dass der Detektiv um diese Zeit bereits fertig rasiert und angezogen war. „Heute Abend brauche ich dich und ich weiß noch nicht, für wie lange."

„Was ist passiert?"

„Das wirst du in Kürze erfahren."

Zehn

Abel Cartagena traute seinen Augen und Ohren nicht, als er im Fernsehen eine Nachrichtensendung nach der anderen verfolgte. „Diese italienischen Bullen sind vollkommen unfähig", platzte er zum hundertsten Mal wütend heraus. „Verflucht, warum begreifen sie nicht, dass es das Werk des Touristen ist?"

Er brachte Laurie zur Weißglut, obwohl sie die Frustration des Partners verstehen konnte. „Vielleicht geht ihnen ja in den nächsten Tagen ein Licht auf. Oder du bittest Abernathy, jemanden zu beauftragen, der den Medien einen Tipp gibt."

„Das ist zu gefährlich."

„Nicht für uns."

In seiner Wut schleuderte er ein Glas gegen die Wand. „Beruhig dich gefälligst und räum diese Schweinerei auf", herrschte ihn die Kanadierin an.

Er schickte sie zum Teufel, aber sie bestand darauf. „Du musst deinen Zorn in den Griff kriegen. Du weißt doch, dass er impulsives Verhalten auslösen kann."

Abel wandte eine Atemtechnik aus dem Yoga an, um sich zu beruhigen, während Laurie sich zum Ausgehen herrichtete. Sie trug schwarze Hosen, eine grüne Bluse und Turnschuhe. Sie schraubte den Schalldämpfer auf die Pistole und verstaute sie in einer Innentasche des Rucksacks.

„Wo gehst du hin?", fragte Abel. „Es ist noch früh."

„Die bessere Hälfte deines gestrigen Dates abservieren. Abernathy will, dass wir uns auf strategische Punkte verteilen, während wir auf Insiderinformationen warten."

„Ein Maulwurf?"

„Es war nicht schwierig, einen zu finden. Der Trick mit den dreißig Silberlingen funktioniert immer."

„Kann ich mitkommen?"

„Du hast in solchen Dingen keine Erfahrung."

„Ich könnte trotzdem hilfreich sein."

„Vergiss es und bleib zu Hause."

Die Stille, die sich über die Wohnung legte, war unerträglich. Innerhalb weniger Minuten wurde ihm klar, dass er dem Befehl, sich in diesen verfluchten vier Wänden zu verkriechen, unmöglich Folge leisten konnte. Ehe er sich's versah, war er als der Tourist zurechtgemacht. Es wurde ihm erst bewusst, als er die Chirurgenhandschuhe, die er immer verwendete, wenn er eine Auserwählte erwürgte, in die Hosentasche steckte.

Diese Stadt hatte eine Lektion verdient, sagte er sich. Er würde weitermachen, bis diese dämlichen Ermittler endlich seine Handschrift erkannten.

Seine neuen Freunde würden diese Unternehmung, die nicht mit ihnen abgesprochen war, gewiss nicht gutheißen. Aber dies war einer jener Momente, in denen der emotionale Stress ihn aus der Bahn warf. Zu viel davon hatte sich angestaut, seit diese Marokkanerin nachts in seiner Wohnung aufgetaucht war, und nun musste er sich auf seine Weise abreagieren. Seit Jahren war er nicht mehr in eine derart tiefe und gefährliche Krise gestürzt. Die rationalen Gedanken waren nur noch Blitze in seinem Kopf. Was er jetzt brauchte, war ein Opfer, und er würde eines finden. Er hatte keine Ahnung, wie die Frau heißen oder wie alt sie sein würde, aber er wollte ihr Leben. Und ihre Tasche.

Mit der Baseballkappe mit dem Logo der Boston Braves und der Sonnenbrille fühlte Abel sich ausreichend verkleidet, um am helllichten Tag auf die Jagd zu gehen. Damit lag er nicht falsch, denn er ging vollkommen unter in den Touristenmassen, die sich auch an diesem Vormittag durch Venedig schoben.

Sein Instinkt führte ihn zu einem Markt in der Via Garibaldi im Stadtviertel Castello. Zwischen den Ständen der Händler wollte er eine Frau finden und ihr nach Hause folgen in der Hoffnung, dass der Ehemann bei der Arbeit und die Kinder in der Schule sein würden.

Auf der Fondamenta Sant'Anna begegnete ihm eine Gruppe Polizisten in unterschiedlichen Uniformen und dann noch eine, nur zehn Minuten später, auf der Riva dei Sette Martiri. Cartagena ließ sich dadurch nicht aus der Ruhe bringen. Er war jetzt lediglich wachsamer und weniger wählerisch bei der Suche nach einem potenziellen Opfer.

Bis zu diesem Moment war er einer Frau um die Dreißig gefolgt, groß und schlank, mit einer Bobbi der Marke Guess über der Schulter. Aber nachdem sie eilig etwas Obst und Gemüse gekauft hatte, war die Zielperson nicht nach Hause gegangen, sondern in ein Architekturbüro, wo sie arbeitete.

Dann eine andere, etwa fünfzehn Jahre älter, die ohne jede Anmut einen Shopper von even&odd in der Armbeuge trug. Die hätte er liebend gern umgebracht, aber die blöde Kuh war mit zwei Freundinnen in einer Bar verabredet.

Abel machte kehrt, und die Suche begann von Neuem. Der Markt war nach wie vor der Ort mit der größten Ansammlung von Kandidatinnen.

Er nahm den Fotoapparat aus dem Rucksack und begann, die Menge mit dem Teleobjektiv zu durchkämmen. Dann sah er sie plötzlich. Und dankte dem Zufall, dem Herrscher des Universums. In dem Moment hätte er sich auch mit viel weniger begnügt, und sie übertraf bei Weitem alles, was er sich erhofft hatte. Lange blonde Haare, ein blasses, fein geschnittenes Gesicht, ein schlanker Hals, lang und glatt. Schmale Hände, wie die einer Pianistin. Die Figur eines Fotomodells. Von der linken Schulter hing eine verführerische Kreation von Gucci in rotem Leder herab. Der Tourist dachte an die Innentaschen aus Baumwolle und Leinen und an ihren verheißungsvollen Inhalt.

Nie zuvor war es ihm vergönnt gewesen, einer solchen Vollkommenheit über den Weg zu laufen. Mit äußerster Vorsicht begann er sie zu beschatten.

Die Frau führte ihn kreuz und quer durch das Viertel. Sie ging einen Cappuccino trinken, dann verschwand sie in einem Schuhgeschäft und kam mit neuen Pumps an den Füßen wieder heraus. Schließlich betrat sie noch einen Tabakwarenladen. Beim Verlassen öffnete sie mit natürlicher Eleganz ein Päckchen Zigaretten, zündete sich eine an und rauchte, während sie auf zehn Zentimeter hohen Absätzen weiterschwebte und dabei die Hüften wiegte.

Die Auserwählte hielt vor einem Palazzo, nur wenige Schritte von der Basilica San Pietro di Castello entfernt. Abel zoomte mit dem Fotoapparat auf den Hauseingang und zählte sechs Klingelschilder. Keine ideale Voraussetzung, aber dass sie nicht klingelte, sondern einen Schlüsselbund aus der Tasche fischte, war ein gutes Zeichen.

Als sie die Eingangstür aufstieß, verlor der Tourist die Kontrolle über sich. Ein paar Schritte noch, und er würde sie einholen und dann würde er sie zwingen, mit ihm in ihre Wohnung zu gehen. Er war sicher, dass sie keinen Widerstand leisten würde, denn in seiner Vorstellung war sie zerbrechlich und hilflos.

Die Frau war bereits im Eingangsbereich verschwunden. In wenigen Sekunden würde die Tür ins Schloss fallen. Der Serienkiller setzte zum Sprung an, doch in dem Moment packte ihn jemand am Arm.

Es war Norman. Hinter ihm tauchte Abernathy auf, zusammen mit ein paar anderen üblen Gestalten.

Der Gorilla tat so, als wollte er ihm die Hand geben, doch mit dem Daumen quetschte er ihm einen Nerv ab. Der Schmerz war unerträglich, und Cartagena sah sich außer Gefecht gesetzt.

„Sie dürfen unsere Anweisungen nicht missachten", tadelte ihn der Geschniegelte. „Der Mord, den Sie gerade begehen wollten, war mit unseren Sicherheitsstandards nicht vereinbar."

Verfluchter Mist, dachte Abel. „Wie habt ihr mich gefunden?"

„Laurie hat einen Sender in Ihrem Rucksack platziert", erklärte Abernathy mit einem Lächeln, das seinen Unmut nicht verbergen konnte.

Von den Aufpassern eskortiert, war Cartagena gezwungen, raschen Schrittes einige Gassen entlangzugehen, die zu einem Kanal führten, wo ein Schnellboot mit laufendem Motor auf sie wartete. Unsanft stießen sie ihn unter Deck. „Sie können sich glücklich schätzen. Ihre Unterkunft wurde vor weniger als einer Stunde von einigen Polizisten durchsucht, die Ihre Personalien aufnehmen wollten", informierte ihn Abernathy. „Ihre Vermieterin war anwesend. Für sie gab es heute Morgen ein böses Erwachen, als sie erfuhr, dass sie ihre Wohnungen nicht mehr am Fiskus vorbei vermieten kann."

„Bin ich in Gefahr?", fragte Abel ganz benommen von dem, was Abernathy ihm da erzählte.

„Wir denken nicht", meinte der andere. „Die Eigentümerin war nicht die Einzige, die überprüft wurde. Die Operation ist noch im Gange, mehrere Dutzend Gebäude in der gesamten Stadt werden kontrolliert. Wichtig ist, dass Sie später mit der Signora sprechen, und zwar zusammen mit Laurie, die Sie als Ihre Freundin ausgeben. Ihr werdet der Dame Fotokopien der Pässe aushändigen, und sie wird sie an die Polizei weiterleiten. Ein bürokratischer Vorgang ohne irgendwelche Folgen."

Der Tourist nickte und versuchte überzeugend zu wirken, aber er war alles andere als bei klarem Verstand. Es gelang ihm nicht, das Bild der Auserwählten aus dem Kopf zu kriegen. Eigentlich wollte er es auch gar nicht. Der Impuls zu töten beherrschte ihn.

Abernathy redete noch immer auf ihn ein, aber er hörte nicht mehr zu. Da gab der Mann Norman ein Zeichen, und der verpasste Cartagena eine gewaltige Ohrfeige.

„Sie haben sich nicht mehr im Griff", stellte der Geschniegelte enttäuscht fest. „Ich dachte, bei Ihrer Vergangenheit wären Sie in der Lage, Ihre hässlichen Momente besser zu beherrschen."

Abel rieb sich die Backe. „Mir ging es blendend, bevor ihr aufgetaucht seid."

„Ich darf Sie daran erinnern, dass Sie es waren, der uns in die Quere gekommen ist, und zwar an dem Tag, als Sie den Fehler begingen, sich an die Fersen einer unserer Agentinnen zu heften."

Norman reichte ihm eine Flasche Wasser und zwei rot-weiße Tabletten.

„Die will ich nicht", wehrte sich Cartagena.

„Kooperieren Sie lieber, andernfalls werden wir Sie zwingen, sie zu schlucken, und das ist doch demütigend, finden Sie nicht? Es sind Medikamente, die Ihr Verlangen mindern, die Nächstbeste zu erwürgen."

Cartagena musterte die Berserker um ihn herum und sah ihnen der Reihe nach in die Augen. Ihm wurde klar, dass er keine Wahl hatte, und er fügte sich dem Befehl.

„Sie müssen sie drei Mal täglich einnehmen, und wir werden uns vergewissern, dass Sie sich genau an unsere Anweisungen halten und die Therapie durchziehen."

„Habt ihr nichts Besseres zu tun?", knurrte Abel. „Wolltet ihr nicht den Ehemann der Tussi ins Visier nehmen, die ich für euch erledigt habe?"

„Der Mann hat sich noch nicht blicken lassen", erwiderte Abernathy. „Wir haben erfahren, dass sie die Falle gewittert haben, aber wir wissen noch nicht, wie. Den Mord haben sie ja dieser Albanerin angehängt …"

„Genau darüber müssen wir reden", unterbrach ihn der Tourist hitzig. „Noch hat mir niemand die Urheberschaft der Tat zugesprochen, und das kann ich unmöglich akzeptieren."

„Laurie hat mir bereits von Ihrer Enttäuschung berichtet, und wir sind gern bereit, Ihnen in dieser Sache behilflich zu sein und die Medien darauf anzusetzen. Aber Sie müssen sich gedulden. Im Mobiltelefon Ihres Opfers haben wir eine interessante Spur gefunden und wir wollen kein Aufsehen erregen, bevor wir diesen Mann nicht aufgespürt und beseitigt haben."

Abel sprang auf, doch Norman sorgte mit einer weiteren kräftigen Backpfeife dafür, dass er sich wieder hinsetzte.

„Auf diese Weise tun Sie sich weh", sagte Abernathy ironisch.

„Sie begreifen wohl nicht, dass ich mir das nicht gefallen lasse. Es ist jetzt schon die zweite Tat, die mir nicht zuerkannt wird."

Der Geschniegelte deutete auf sich selbst und auf seine Leute. „Jeder von uns hat mehr als drei Menschen umgebracht, man könnte uns also getrost als Serienmörder bezeichnen. Der Unterschied ist, dass wir bemüht sind, keine Werbung für uns zu machen, weil wir nicht die Absicht haben, als berühmte Killer in die Geschichte einzugehen. Für uns ist das Morden Mittel zum Zweck, kein aufregender Zeitvertreib. Im Moment müssen Sie sich zusammenreißen und unsere Regeln befolgen. Dann werden Sie zum schlimmsten Alptraum Venedigs aufsteigen, versprochen."

„Ihr werdet mir erlauben, meine Hände um den Hals dieser Frau zu legen?"

„Wir werden sie Ihnen auf dem Silbertablett servieren. Nochmal: Wir wissen genau, was Sie brauchen, aber wir entscheiden, wer, wo und wann."

Das Motorboot legte nahe der Kirche San Simeone Piccolo an, nicht weit von dem Apartment der Signora Cowley Biondani entfernt. Als Abel von Bord ging, tauchte Laurie auf und nahm ihn im Empfang.

„Ich habe den Auftrag, dich zu erschießen, wenn du Scheiße baust."

„Ich werde mich hüten."

Sie blieb stehen und zwang ihn, ihr ins Gesicht zu sehen. „Du hättest mit mir darüber reden sollen. Ich kenne dich noch nicht so gut, aber ich hätte dir geholfen. Abernathy ist ein guter Kerl, aber er hat einen Kontrollwahn und das nächste Mal wird er dich kaltmachen."

„Es ist einfach über mich gekommen", berichtete Abel. „Plötzlich war ich auf der Straße unterwegs, auf der Suche nach einer Beute, und in dieser Situation könnte mich auch eine ganze Schachtel Pillen nicht aufhalten."

„Ich weiß."

„Wie kommst du damit klar?"

Laurie gab ihm einen Klaps. „Hey, sind wir jetzt schon bei Vertraulichkeiten unter psychopathischen Killern angelangt?"

„Ich wette, du hast nie damit aufgehört."

„Das wäre ja noch schöner." Laurie war in Plauderlaune. „Aber ich will nicht in die Zeitungen. Mir liegt nichts daran, berühmt zu werden. Ich fische in der Masse derer, die am Rand leben: Migranten ohne Aufenthaltsgenehmigung, Jugendliche, die von zu Hause ausgerissen sind, Drogenabhängige. Niemand schert sich um sie, niemand macht sich die Mühe, nach ihnen zu suchen. Und selbst wenn die Toten gefunden werden, steckt man sie im Leichenschauhaus in eine Schublade und vergisst sie dort."

„Alles Männer?"

„Nicht ausschließlich."

„Erzähl mir mehr."

Die Kanadierin hob mahnend den Zeigefinger und bewegte ihn hin und her. „So vertraut sind wir noch nicht."

„Aber du hast mich in Aktion gesehen, du weißt alles über mich."

„Ich weiß auch, dass du in der Lage bist, alles zu vermasseln", erwiderte sie frostig. „Und jetzt stellst du mich der Wohnungseigentümerin vor."

Carol Cowley Biondani war außer sich vor Wut, und in diesem Zustand war nicht mit ihr zu spaßen. Sie hatte die Invasion der unhöflichen Polizeipatrouille als eine regelrechte Kriegshandlung empfunden. Sie fühlte sich gekränkt, gedemütigt und vor allen Dingen bestohlen, als sie die Höhe der Strafe erfuhr, die ihr nun drohte.

Die Polizisten hatten sie gezwungen, ihnen die Wohnungen zu zeigen, die sie vermietete. Und diese Barbaren in Uniform hatten die Frechheit besessen, ihre Gäste schlecht zu behandeln. In rüdem Ton und unter Missachtung der grundlegendsten Benimmregeln hatten sie ihre Personalien aufgenommen.

Seit mehr als einer Viertelstunde berichtete die Frau nun schon in allen Einzelheiten, was sich am Morgen zugetragen hatte, und Abel und Laurie taten so, als hörten sie interessiert zu.

„Jedenfalls", sagte die Signora, und ihre Stimme klang jetzt schrill, „als ich das Schlafzimmer betrat, habe ich an der Größe der Damenkleidung gleich gemerkt, dass es nicht Kiki ist, die da in Ihrem Bett schläft, lieber Signor Cartagena, und Sie wissen doch, wie sehr ich sie ins Herz geschlossen habe."

„Ich habe nicht vor, ihn irgendjemandem wegzunehmen", erwiderte die Kanadierin gelassen. „Wir verbringen nur ein paar Wochen zusammen, dann kehre ich zu meinem Mann zurück und er zu seinem hübschen Dickerchen."

„Wir haben uns eine Auszeit genommen", fügte er hinzu. „Kiki macht gerade eine schwere Zeit durch wegen einer besonders strengen Diät."

Der Signora verschlug es die Sprache. Abel nutzte die Gelegenheit, um ihr die Kopien der Pässe zu überreichen und die Mietformulare zu unterzeichnen.

„Ich werde in genau einer Woche abreisen", verkündete er und zückte die Brieftasche.

Die raschelnden Geldscheine hoben merklich die Stimmung der Frau, obschon sie sich zu ihrem Bedauern gezwungen sah, kurzfristig die Miete zu erhöhen, und das nur wegen der unverschämten Habgier des italienischen Staates.

Nachdem das Paar gegangen war, zerriss Carol Cowley Biondani den ganzen Papierkram und stopfte ihn in die Mülltonne. Sie hatte nicht die geringste Absicht, sich noch einmal mit diesen Polizisten abzugeben. Ihr Anwalt hatte ihr versichert, die Chancen stünden gut, ungeschoren davonzukommen, wenn sie gegen den Bescheid Widerspruch einlegte. Sie musste lediglich behaupten, bislang nur gelegentlich vermietet zu haben. Kurzum, wie ihr verstorbener Mann zu sagen pflegte: „Je weniger Dokumente durch die Ämter wandern, desto weniger Steuern sind zu berappen."

Die Daten der bedauernswerten Kiki Bakker, die von ihrem Verlobten so frech betrogen wurde, hatte sie schon weitergegeben.

„Ich hätte ihr am liebsten die Kehle durchgeschnitten, nur damit sie endlich die Klappe hält", sagte Laurie, als sie wieder in der Wohnung waren. „Diese Furie ist unerträglich."

Der Tourist räumte derweil den Rucksack aus, um den Sender zu finden. „Wo hast du ihn versteckt?"

„Im linken Tragegurt. Aber lass ihn nur, wo er ist. Wir haben alle so einen. Er dient unserer Sicherheit."

„Hast du ihn auch dabei, wenn du ‚angeln' gehst?"

Sie neigte den Kopf zur Seite und machte einen Schmollmund. Eine reizende Grimasse, wären da nicht die ausdruckslosen Augen gewesen. „Nein, dann bleibt er unter dem Kopfkissen und macht ein Nickerchen."

„Du bist ein unartiges Mädchen, das nachts unterwegs ist."

„Ich mag die Dunkelheit", sagte sie und ging auf ihn zu. Sie legte die Arme um ihn und leckte ihm den Hals. „Scheint mir kein geeigneter Moment für Sex zu sein", meinte Abel. „Ich bin ganz schön geladen."

Laurie saugte sich an seinem Ohr fest und flüsterte ein paar Fantasien hinein, die er ungemein verlockend fand.

„Ich weiß nicht, ob ich widerstehen kann."

„Ich werde schon dafür sorgen, dass es dir nicht gelingt", meinte sie, nahm seine Hand und zog ihn Richtung Badezimmer.

Elf

Nello Caprioglio traf bei Pietro ein, als der Kommissar a. D. gerade damit beschäftigt war, den neuen Drucker an seinen Computer anzuschließen. Die Gebrauchsanweisung lag in Reichweite.

„Ich sehe schon, in Sachen Technik lebst du noch in der Steinzeit."

„Ich konnte immer auf Mitarbeiter zählen, die sich mit diesen Dingen auskannten."

„Also, ich bin besser. Und teurer", gab der Hoteldetektiv zurück und korrigierte die Fehler, die Sambo gemacht hatte.

Kurz darauf begannen sie, die Dateien, die Oberst Morando geschickt hatte, herunterzuladen und auszudrucken.

Am meisten interessierten sie die Personalausweise der Personen aus den schwarz vermieteten Wohnungen.

Sie verbrachten mehrere Stunden damit, die Passbilder mit dem Foto des Touristen und mit dem von Andrea Macheda zu vergleichen. Keiner der Männer ähnelte auch nur im Entferntesten einem der beiden Gesuchten.

„Versuchen wir es mit dem Pummelchen", schlug Nello vor.

Fünf Passbilder kamen infrage. Drei davon konnten sie ausschließen, weil die Frauen entweder zu alt oder zu jung waren. Die anderen beiden konnten ein Treffer sein. Judith Porter, eine Lehrerin aus Australien, geboren 1977 in Adelaide. Kiki Bakker, deutsche Staatsangehörige, neununddreißig Jahre alt, geboren in den Niederlanden, wohnhaft in einem Vorort von Kopenhagen.

Die erste der beiden Frauen schied aus, nachdem sie ihr Facebook-Profil überprüft hatten. Das Passfoto hatte eine übergewichtige

Person vermuten lassen, aber in Wirklichkeit handelte es sich einfach nur um eine hochgewachsene und kräftig gebaute Frau.

Die andere trat in den sozialen Medien nicht in Erscheinung, aber im Internet wurden sie fündig: Dort wimmelte es nur so von Hinweisen zu Kiki Bakker. Als der Ex-Kommissar las, dass sie eine bekannte Redakteurin der Zeitschrift *Musik und Komponisten* war, fuhr er von seinem Stuhl auf. Er dachte daran, was Silvana, die Eigentümerin der Latteria Vivaldi ihm erzählt hatte: Bei einer Auseinandersetzung des Paares waren diese Begriffe gefallen.

„Klick mal auf die Bilder", sagte Pietro.

Auf dem ersten hatte sie jemand bei einer Preisverleihung verewigt. Sie hielt eine kleine Statue in den Händen, die einen Geiger darstellte. Das hübsche Gesicht lenkte von dem fülligen Körper ab, der in ausgesprochen farbenfrohe Kleider gehüllt war.

„Das ist sie", sagte Sambo, ohne zu zögern.

Nello öffnete eine weitere Datei.

„Offenbar hat sie ein Apartment auf dem Campo de la Lana gemietet. Die Eigentümerin ist eine britische Staatsbürgerin, eine gewisse Carol Cowley, Witwe von Rinaldo Biondani", las er und schmunzelte. „An den Ehemann erinnere ich mich. Er war in ganz Venedig als *Caìa* bekannt."

Sambo griff zum Mobiltelefon, um Tiziana Basile anzurufen, doch dann überlegte er es sich anders. „Besser, wir sprechen zuerst mit den Leuten vom Remieri und mit der Besitzerin der Latteria, um auf Nummer sicher zu gehen."

„Und wir sollten uns mit der Wohnungseigentümerin unterhalten", fügte Caprioglio hinzu. „Ich komme natürlich mit."

„Das geht nicht", erwiderte Pietro. „Ich habe dir doch erklärt, dass es eine Undercover-Operation ist."

„Versuch ja nicht, mich davon abzuhalten", widersprach Nello trotzig.

„Nimm eine Knarre mit", sagte der Ex-Kommissar in der Hoffnung, ihn dadurch abzuschrecken.

Der Detektiv legte die Hand an den Gürtel. „Meinst du, eine Taurus Kaliber 38 Spezial genügt?"

„Das sind Killer, Nello."

„Ich weiß, Pietro. Und genau deswegen brauchst du jemanden, der auf dich aufpasst."

Sandrino Tono versuchte, noch mehr Geld von Sambo zu erpressen. Das Remieri war noch geschlossen, die Angestellten würden erst später eintreffen, und aus der Küche drang der ordinäre Geruch nach Frittiertem und altem Fisch. „Ich könnte mich schon erinnern, wenn dabei etwas für mich herausspringt", grinste er und hielt sich für schlau.

„Du kriegst keinen Cent mehr", schnauzte Sambo ihn an. „Schau dir das Bild genau an und sag mir, ob sie es ist."

„Wie ich schon sagte, der Preis hat sich nicht geändert, und wir verteilen hier keine Almosen", erinnerte Sandrino den Gast.

„Ich könnte dich auch bezahlen, aber ich tu's nicht, weil du ein Stück Scheiße bist und lernen musst, von deinem hohen Ross herunterzukommen", stellte der Ex-Kommissar klar und warf Caprioglio einen Blick zu, der daraufhin die Tür des Restaurants von innen verschloss.

„Verflucht, was machst du da?", brüllte Sandrino.

Sambo rammte ihm ein Knie in die Hoden. Früher, als er noch ein gefürchteter Bulle war, hatte er sich nie gescheut, Schläge unter der Gürtellinie auszuteilen. Er wusste, wie man jemandem Schmerzen zufügte.

Der Besitzer des Remieri ging zu Boden. „Ja, es ist die Frau, die du suchst, ich erkenne sie wieder", stieß er gequält hervor.

„Bist du sicher, oder sollen wir dir Gesellschaft leisten, bis deine Kellner auftauchen?"

Sandrino schüttelte den Kopf. „Ich schwör's dir, sie ist es."

Bei Silvana war die harte Tour nicht notwendig, im Gegenteil, sie bestand darauf, die beiden Männer zum Frühstück einzuladen. „Ja, das ist die Frau", bestätigte sie. „Hält sie sich in Venedig auf?"

„Möglicherweise", antwortete Pietro ausweichend. „Auf jeden Fall haben wir es Ihrem ausgezeichneten Gedächtnis zu verdanken, dass wir jetzt wissen, wer sie ist."

Silvana errötete. Und Sambo wurde zum ersten Mal bewusst, wie hübsch sie war. Wenn er jünger gewesen wäre, hätte er ihr bestimmt den Hof gemacht, dachte er.

Carol Cowley Biondani erwies sich als harte Nuss, die schwerer zu knacken war als Sandrino Tono. „Verschwinden Sie. Wenn Sie irgendetwas wissen wollen, wenden Sie sich an meinen Anwalt." Mehr sagte sie nicht, nachdem sie Sambo zugehört und einen kurzen Blick auf das Foto geworfen hatte. Dann machte sie ihnen die Tür vor der Nase zu.

Die beiden Männer hörten, wie von innen ein Riegel vorgeschoben wurde, als beabsichtigte die Signora, sich in ihrem Haus zu verbarrikadieren.

„Lassen wir's gut sein", sagte der Ex-Kommissar. „Die ist nicht ganz richtig im Kopf und wird uns keine Hilfe sein."

Mit dieser Einschätzung lag Pietro allerdings falsch, denn die Signora hatte, kaum waren sie weg, sofort zum Hörer gegriffen und Kiki Bakker angerufen. Sie erzählte ihr eine Lüge, die ihr spontan in den Sinn gekommen war, von wegen die Polizei würde sie suchen, wahrscheinlich, um Erkundigungen über die andere Frau anzustellen, die hier in Venedig das Bett des Signor Cartagena teilte.

Kiki registrierte nur den letzten Teil der Nachricht, der Rest interessierte sie nicht im Geringsten. Sie fragte sich, ob die mysteriöse Frau wohl Hilse war, aber als sie die Festnetznummer wählte und die rechtmäßige Ehefrau an den Apparat ging, stand fest: Abel hatte eine andere Geliebte.

Die Journalistin lief schnurstracks in die Küche, wo sie sich über eine Packung Kekse hermachte. Bei aller Wut und Bitterkeit wollte die Betrogene nicht auf diesen Mann verzichten. Sie wollte ihn auf keinen Fall verlieren, und die einzige Möglichkeit ihn zurückzugewinnen, war, mit ihm zu sprechen. Von Angesicht zu Angesicht.

Kiki war gut organisiert. Während sie den Trolley packte, kaufte sie ein Flugticket, rief in der Redaktion an, um ihre Termine abzusagen, und meldete sich kurzfristig beim Friseur und anschließend bei der Kosmetikerin an, um noch rasch ein Brazilian Waxing vornehmen zu lassen.

Während es dem Zufall gefiel, in dieser verzwickten Partie einen weiteren Bauern über das Schachbrett zu schieben, setzte Sambo die Polizeirätin über seine Entdeckung in Kenntnis.

Wie er vorausgesehen hatte, vermied sie geflissentlich jedes Kompliment und ging sofort zum praktischen Teil über.

„Ich setze mich gleich mit der dänischen Polizei in Verbindung. Du behältst die Wohnung rund um die Uhr im Auge."

„Wir sind schon dabei."

„Vergiss Caprioglio. Ich schicke dir Ferrari als Verstärkung."

„Nein. Auf Nello kann ich mich hundertprozentig verlassen, Ferrari kenne ich nicht gut genug."

„Du entscheidest hier nicht, wer eingesetzt wird."

„Nello ist ein prima Kerl, das weißt du, und er kann uns sehr nützlich sein."

„In Ordnung, aber ich kann und will mich ihm gegenüber nicht zu erkennen geben."

„Das hast du doch bereits getan. Und er ist nicht dumm."

Die Frau schnaubte genervt. „Ich schicke dir trotzdem Simone."

Als Sambo aufgelegt hatte, begegnete er dem amüsierten Blick des Detektivs. „Soll ich so tun, als hätte ich nicht zugehört?"

Der Ex-Kommissar antwortete nicht. Er legte ihm eine Hand auf die Schulter. „Ich habe dich nicht direkt angelogen, aber ich fürchte, ich habe ein paar Details unterschlagen."

„Ach ja?", tat Nello erstaunt, ohne eine Miene zu verziehen. „Meinst du vielleicht das Märchen von der Undercover-Ermittlung, das du mir aufgetischt hast?"

„Das hast du nicht geschluckt?"

„Ach wo, nicht eine Sekunde", meinte Nello. „Bei der Polizei laufen solche Dinge einfach anders, und außerdem hätte dich dort niemand als Berater hinzugezogen. Definitiv Bescheid wusste ich dann gestern Abend, als ich die Dateien von der Finanzpolizei gesehen habe. Du bist vom Geheimdienst engagiert worden, und wahrscheinlich steckt deine ehemalige Feindin dahinter."

Pietro nickte anerkennend. „Es macht dir also nichts aus, mit uns zusammenzuarbeiten?"

„Überhaupt nicht. Wer weiß, vielleicht könnte mehr daraus werden …"

„Das hängt nicht von mir ab. Ich zähle zu den Entbehrlichen", erwiderte Pietro, um keine falschen Hoffnungen zu wecken.

„Eins nach dem anderen. Ich weiß doch, wie der Hase läuft", meinte Nello weise. „Aber jetzt genehmigen wir uns erst mal eine kleine Stärkung bei Checo Vianello. Ich lade dich ein."

Pietro sah auf die Uhr. Fast Mittag. Keine schlechte Idee. „Und womit habe ich diese Großzügigkeit verdient?"

„Du hast zu deiner Chefin gesagt, dass du mir voll und ganz vertraust, und manche Komplimente müssen einfach gefeiert werden. Abgesehen davon hat man von der Fensterfront der Osteria aus eine gute Sicht auf die Eingangstür, die uns interessiert."

Er hatte recht. Nur wenige kannten Venedig so gut wie Nello, und ihn bei dieser Ermittlung als Partner zu haben, war eine echte Bereicherung.

Bevor sie das Lokal betraten, das im Schatten des Sotoportego dei Squelini lag, hatte er Sambo gezeigt, wie schwierig es war, einen Ort zu finden, von dem aus man das Kommen und Gehen in dem Palazzo beobachten konnte.

„Wir könnten einen Anwohner bitten, das Haus aus einem der Fenster observieren zu dürfen, aber so etwas würde sich sofort im ganzen Viertel herumsprechen, niemand würde den Mund halten, die Leute würden vorbeilaufen und uns zuwinken."

„Dann bleibt uns nur übrig, im Vianello Stellung zu beziehen."

„Wir haben keine andere Wahl, wenngleich wir dort auch nicht unbemerkt bleiben, vor allem du nicht, und die Neuigkeit wird auch der *Arma* zu Ohren kommen."

„Checo ist ein Informant der Carabinieri?"

„Familientradition. Ein Erbe seines Vaters."

„Mir wäre ein vorbestrafter Gastwirt lieber gewesen", meinte Sambo. „Wie dem auch sei, um mögliche Probleme wird sich die Polizeirätin Basile kümmern müssen."

Der Besitzer des Lokals gab sich keine Mühe, sein Erstaunen über den unerwarteten Besuch zu verbergen, und machte allerlei ironische Bemerkungen über das seltsame Paar. Caprioglio, der nicht auf den Mund gefallen war, schoss zurück und unterhielt damit die Stammgäste. Natürlich ließ er Pietro nicht außen vor und sorgte dafür, dass er eine Runde ausgab. Dann zogen sie sich an ein Tischchen zurück, von dem aus man beobachten konnte, was draußen vor sich ging, und bestellten eine warme Vorspeise aus kleinen Tintenfischen und dazu einen Weißen aus den Colli Euganei. Das Apartment schien unbewohnt, aber das musste nichts heißen: Wer sich versteckt, vermeidet es, durchs Fenster gesehen zu werden.

Nach einer Weile kam Checos Bruder aus der Küche, eine dampfende Form mit Fischlasagne vor sich hertragend. Zwei üppige Portionen landeten auch auf ihrem Tisch, obwohl sie sie gar nicht bestellt hatten.

Sambo war gerade dabei, die Saucenreste auf dem Teller mit einem Stück Brot aufzutunken, als das Mobiltelefon klingelte. „Tiziana Basile", flüsterte er Nello zu, bevor er das Gespräch entgegennahm.

„Irgendetwas stimmt hier nicht", rief die Polizeirätin in den Hörer. „Nach Auskunft der dänischen Polizei hat Kiki Bakker soeben in Kopenhagen bei einer norwegischen Fluggesellschaft für einen Flug nach Venedig eingecheckt und ist im Begriff, an Bord zu gehen."

„Das heißt, sie ist gar nicht in der Stadt."

„Offenkundig nicht. Die Vermieterin hat gelogen."

„Vielleicht ist sie ja zwischendurch für ein paar Tage nach Hause geflogen."

„Das habe ich überprüfen lassen. Ihr Name taucht auf keiner Passagierliste auf, weder bei den Flügen noch bei den Kreuzfahrtschiffen. Natürlich hätte sie mit dem Auto fahren können, aber das erscheint mir angesichts der Distanz eher unwahrscheinlich."

„Was sollen wir tun?"

„Nichts Legales", antwortete die Polizeirätin prompt. „Wir fangen sie ab und verhören sie an einem Ort, wo wir ungestört sind. Wir treffen uns alle in einer Stunde am Flughafen."

Pietro glaubte, sich verhört zu haben. „Das ist nicht dein Ernst, oder?"

Sie schwieg einige Sekunden, dann legte sie auf.

„Vielleicht solltest du dich wieder um deine Hotels und Pensionen kümmern und die ganze Sache hier vergessen", sagte Pietro düster.

„Was ist passiert?", fragte Nello.

Pietro erklärte es ihm. „Im Endeffekt bedeutet das: Wir werden eine ausländische Staatsbürgerin entführen", fasste er zusammen. „Das ist eine Straftat, die mit einer langen Gefängnisstrafe geahndet wird."

„So weit wird es nicht kommen", meinte Nello.

„Wie kannst du dir da so sicher sein? Ich erinnere mich an einen ähnlichen Fall in Mailand: Damals landeten Agenten des italienischen Geheimdienstes und der CIA im Gefängnis, nachdem sie einen Imam gekidnappt hatten."

„Aber sie hatten ihn nach Ägypten verschleppt, wo er gefoltert wurde", erwiderte der Detektiv. „Hier wird niemand zu Schaden kommen. Und wenn doch, kenne ich gewisse Orte in den *Barene* …"

Sambo riss entsetzt die Augen auf, und Caprioglio beeilte sich, ihm zu versichern, dass er nur Spaß gemacht hatte.

Eineinhalb Stunden später wartete die Polizeirätin am Flughafen Marco Polo auf Kiki Bakker. Als diese, den Rollkoffer hinter sich herziehend, im Ankunftsbereich erschien, stellte Tiziana sich ihr in den Weg und hielt ihr den Dienstausweis unter die Nase. Die Frau machte keinerlei Sperenzchen und folgte ihr zur Anlegestelle der Wassertaxis, wo bereits der ehemalige Inspektor Simone Ferrari wartete. Die Polizeirätin redete beruhigend auf Kiki ein. Sie erzählte ihr etwas von einer Routineüberprüfung im Zusammenhang mit dem Apartment der Signora Cowley Biondani und brachte sie dazu, in das Motorboot zu steigen. An Bord wurde sie von Sambo und Caprioglio in Empfang genommen, die sie auf einem schmalen, unbequemen Sitzmöbel unter Deck Platz nehmen ließen.

Die ersten Zweifel kamen der Frau, als sie merkte, dass sie Venedig verließen und in Richtung Burano fuhren. So richtig nervös wurde sie aber erst, als sie aussteigen sollte und feststellte, dass sie an einer alten Mole angelegt hatten, die nicht mehr in Betrieb war. Früher hatte sie den Gästen des Palomita als Anlegestelle gedient, doch das Drei-Sterne-Hotel war wegen Zwistigkeiten unter den Erben schon lange geschlossen. Kiki fing wie eine Besessene an zu schreien.

Pietro war gezwungen, ihr die Pistole zu zeigen, damit sie aufhörte und tat, was man ihr sagte. Den Ort hatte Nello vorgeschlagen, weil er die Schlüssel zu dem verlassenen Hotel besaß.

Das Maklerbüro, das schon seit Jahren ohne Erfolg einen Käufer für die Immobilie suchte, bezahlte ihn dafür, dass er nach dem Rechten sah und das Gebäude vor Vandalen schützte.

Die völlig verängstigte Kiki wurde in den ehemaligen Aufenthaltsraum neben der Bar geführt. Die Hitze und der muffige Geruch waren kaum auszuhalten. Sessel und Stühle waren mit Plastikplanen abgedeckt. Auf den Regalen hinter dem Tresen standen noch halbvolle Flaschen. Nello schnappte sich einen Pflaumenschnaps, füllte ein staubiges Gläschen und hielt es der Frau hin.

„Was wollt ihr?", fragte sie in passablem Italienisch, nachdem sie das Glas in einem Zug geleert hatte.

Sie machten sich nicht die Mühe, ihr zu antworten, sondern durchsuchten vor ihren Augen die Handtasche und das Gepäck.

Sambo kümmerte sich um das Mobiltelefon. Auf der SIM-Karte waren Dutzende Fotos von ihrem Geliebten gespeichert, die zu unterschiedlichen Zeitpunkten und in verschiedenen Städten entstanden waren.

Der Kommissar a. D. zeigte ihr ein Foto des Touristen, das in Paris aufgenommen worden war. Im Hintergrund war Notre-Dame zu erkennen. „Wer ist das?"

„Das ist Abel", sagte sie, diesmal auf Englisch, ohne den Sinn der Frage zu begreifen.

„Abel – und weiter?", drängte Pietro sie auf Italienisch.

„Abel Cartagena, ein guter Freund von mir."

„Wie gut?", fragte Simone Ferrari wie aus der Pistole geschossen.

Umgeben von drei bewaffneten Männern, festgehalten an einem abgelegenen Ort, angesichts dieser Lage hielt die Frau es für ratsam, zu kooperieren.

„Wir lieben uns", antwortete sie rasch und verunsichert. „Aber er ist mit Hilse verheiratet. Und jetzt haben die beiden ein Problem: Sie will unbedingt ein Kind."

„Erzählen Sie mir etwas über ihn." Der Kommissar a. D. schlug jetzt einen anderen Ton an und versuchte, ihr die Befangenheit zu nehmen.

„Er ist ein bekannter Musikwissenschaftler. Und er hält sich in Venedig auf, weil er über Baldassare Galuppi recherchiert."

Die drei Männer warfen sich fragende Blicke zu, was Kiki Bakker nicht entging. „Ein Komponist und Organist des 18. Jahrhunderts, genannt *Il Buranello*, weil er hier ganz in der Nähe, in Burano, geboren wurde", erklärte sie ein bisschen von oben herab, was sie sofort bereute.

Pietro hatte hunderte von Verbrechern, einfachen Verdächtigen und Zeugen aller Art verhört. Er wusste, wie man sie zum Reden brachte. Diese Frau gab präzise Antworten, aber von sich aus würde sie nichts erzählen, es sei denn, man lockte sie mit ebenso klaren und eindeutigen Fragen aus der Reserve.

Er fragte sie nach ihrer Arbeit und nach der ihres Liebhabers, danach, wie sie sich kennengelernt hatten, und innerhalb von zehn Minuten lieferte sie ein detailliertes Bild vom Privatleben eines der meistgesuchten Kriminellen Europas.

Dann erkundigte er sich nach den Reisen des Mannes, und die Daten und Orte stimmten mit den Verbrechen des Touristen überein. Pietro fragte sich, wie die Frau wohl reagiert hätte, wenn ihr klar geworden wäre, dass sie eine entscheidende Rolle bei der logistischen Planung eines Serienmörders gespielt hatte, den sie wie verrückt liebte.

Drei Stunden später, die Sonne war längst untergegangen, nahm das Verhör langsam ein Ende. Sie waren allesamt erschöpft und stanken nach Schweiß. Kikis Haare, die bei ihrer Ankunft in Venedig noch perfekt geföhnt gewesen waren, klebten ihr jetzt wie eine formlose Masse am Schädel. Sie hatte einen trockenen Hals und das Sprechen fiel ihr schwer. Mehrmals hatte sie um Wasser gebeten, was ihr mit falscher Freundlichkeit verweigert wurde. Es spielte keine Rolle, dass diese Frau unschuldig war und von den Verbrechen ihres Liebhabers nichts wusste. Um effizient zu sein, müssen Befragungen dieser Art immer mit rücksichtsloser Klarheit durchgeführt werden. Das Einzige, wodurch sie sich voneinander unterscheiden, ist der Grad der angewandten Gewalt.

Pietro wollte wissen, warum sie so überstürzt nach Venedig gereist war. Er fragte nach dem Grundriss des Apartments und nach unzähligen Einzelheiten, die der Frau so nichtig erschienen, dass sie einen Weinkrampf bekam.

Der ehemalige Leiter der Mordkommission wartete, bis sie sich beruhigt hatte, dann machte er weiter.

Simone Ferrari erhielt einen Anruf von Tiziana Basile und verließ die Runde, um sie mit dem Motorboot abzuholen. Als die Polizeirätin in dem verlassenen Hotel eintraf, hatte der Ex-Inspektor sie bereits über die Ergebnisse des Verhörs informiert.

Sie nahm sich einen Stuhl und setzte sich direkt vor die Journalistin. „Das Problem ist jetzt, was wir mit dir machen sollen", begann sie in sachlichem Ton. „Wir können nicht zulassen, dass du eine wichtige Polizeioperation behinderst. Entweder halten wir dich fest, bis alles vorbei ist, oder wir schicken dich zurück nach Hause, aber in diesem Fall müssten wir sicherstellen, dass du nichts ausplauderst."

An diesem Punkt platzte Kiki der Kragen. „Also, von welcher Operation ist hier eigentlich die Rede? Ihr haltet mich unrechtmäßig fest und quält mich seit Stunden mit sinnlosen Fragen über den wunderbarsten Mann, den ich je getroffen habe."

„Abel Cartagena ist nicht das, wofür du ihn hältst", gab Tiziana zurück.

„Das stimmt nicht. Ihr lügt doch."

Die Polizeirätin wandte sich den drei Männern zu, die das Gespräch aufmerksam verfolgt hatten. „Wir können sie nicht laufen lassen. Sie ist total vernarrt in den Typen."

„Hier kann sie nicht bleiben", schaltete sich Nello Caprioglio ein. „Es ist kein sicherer Ort."

Tiziana nahm das Mobiltelefon aus der Handtasche. „Ich werde Anweisungen anfordern."

Entweder ließ sie sich absichtlich Zeit oder das Telefonat dauerte besonders lang, denn sie tauchte erst nach einer knappen Stunde wieder auf. Sie wies die Männer an, ihr nach draußen zu folgen, um nicht in Gegenwart der Gefangenen zu sprechen.

„Offenbar bist du jetzt einer von uns", stellte sie an Nello gewandt fest.

„Stimmt", antwortete der Detektiv.

„Dies ist die letzte Gelegenheit, um auszusteigen, denn das, was ich euch jetzt anvertraue, ist noch viel heikler als alles, was bereits geschehen ist, und ich kann dich für diese Sache nicht rekrutieren, dazu bin ich nicht befugt. Das Einzige, was ich tun kann, ist, dich als eine Art inoffiziellen Mitarbeiter anzuheuern. Sind zehntausend Euro genug für dich?"

Caprioglio gefiel ihr Ton nicht. „Keine Sorge, ich werde meinen Beitrag leisten."

„Was die Signora Bakker betrifft, so wurde gerade ein *T.S.O.* verhängt", teilte die Polizeirätin mit. Sie klang müde. „Wir sollen sie zur Piazzale Roma bringen, wo ein Krankenwagen wartet. Er wird sie in eine Privatklinik fahren, wo man sich um sie kümmert."

„Eine Zwangseinweisung muss von einem Bürgermeister angeordnet werden", gab Pietro zu bedenken.

„In der Tat wird sie vom ersten Bürger irgendeines lombardischen Dorfes unterzeichnet, von dem ich noch nie gehört habe …"

„… und in das die Signora Bakker natürlich noch nie einen Fuß gesetzt hat", schloss der Ex-Kommissar. „Mal ganz abgesehen davon, dass sie nicht verrückt ist."

„Es ist die einzige Lösung, die ich finden konnte", rechtfertigte sich die Polizeirätin gereizt. „Die Alternative wäre, dass du sie mit nach Hause nimmst und bei dir im Klo einsperrst."

„Erst die Albanerin und jetzt sie. Wie viele unschuldige Personen sollen denn noch in diese Geschichte verwickelt werden?"

„So viele, wie notwendig sind, um die Operation erfolgreich zu Ende zu bringen", antwortete Tiziana und zeigte mit dem Finger auf Kiki. „Dieses dicke Miststück hat bis vor Kurzem mit einem Serienkiller gevögelt und ihm die Unterkünfte besorgt, die er brauchte. Ich finde den Gedanken beruhigend, sie für eine Weile aus dem Verkehr zu ziehen und in die fachmännischen Hände von Ärzten und Krankenpflegern zu geben, die sie mit Medikamenten vollpumpen."

„Das kann doch nicht dein Ernst sein", fuhr Pietro sie an.

„Dein Verhalten ist unangebracht", wies ihn Simone Ferrari zurecht. „Du bist hier nicht mehr der Chef, du musst die Befehlskette respektieren."

Sambo sah zu Caprioglio herüber, der nur mit den Schultern zuckte. „Sie haben recht, Pietro. Es gibt hier übergeordnete Ziele, und außerdem hat sich die Frau doch selbst in diese Lage gebracht oder zumindest ist sie nicht ganz unbeteiligt daran."

Der ehemalige Leiter der Mordkommission hob die Hände zum Zeichen, dass er sich geschlagen gab. „In Ordnung, wie ihr meint.

Wechseln wir das Thema", sagte er resigniert. „Wir wissen jetzt, dass Abel Cartagena alias der Tourist in der Wohnung auf dem Campo de la Lana haust, und zwar zusammen mit einer Frau, die vermutlich zu den Freiberuflern gehört. Die Frage lautet: Sind wir in der Lage, sie dingfest zu machen?"

Die Polizeirätin unterbrach ihn mit einer Handbewegung. „Fürs Erste beschränken wir uns darauf, sie zu beschatten."

„Im Grunde geht es hier nur um Macheda und die Freiberufler, stimmt's?", fragte Pietro, der mit einem Mal verstand.

„Ja", antwortete Tiziana. „Auf jeden Fall sind keine Festnahmen vorgesehen. Der Tourist muss ebenfalls ausgeschaltet werden, aber dafür sind wir nicht zuständig: Innerhalb der nächsten achtundvierzig Stunden wird eine Sondereinheit bereit sein, die ihn übernimmt."

Die Polizeirätin betrat wieder den Aufenthaltsraum und ging auf Kiki zu. „Es war alles nur ein Missverständnis", sagte sie und klang dabei völlig ungekünstelt. „Wir bitten Sie, diesen kleinen Zwischenfall zu entschuldigen, aber, wie Sie wissen, leben wir in einer Zeit, in der die Sicherheit an oberster Stelle steht, und mitunter wird dadurch das Leben der Bürger beeinträchtigt. Jetzt begleiten wir Sie, wohin Sie wollen."

Die Frau lächelte verwirrt, erhob sich mühsam von ihrem Stuhl und steuerte benommen auf den Ausgang zu. Sie mussten ihr zu dritt auf das Motorboot helfen. Kaum hatten sie sie unter Deck verfrachtet, stieß Ferrari ihr eine Spritze in den Hals. Sie verlor fast augenblicklich das Bewusstsein, aber zuvor fluchte sie noch kräftig auf Deutsch.

Pietro nahm das Mobiltelefon aus ihrer Handtasche und zeigte es Tiziana. „Wir haben die Nummer des Touristen. Du kannst sein Telefon überwachen lassen."

„Nein", antwortete sie entschieden. „Bestimmt wird es auch von seinen neuen Kompagnons abgehört, und wir können kein Risiko eingehen, entdeckt zu werden."

Sambo und Nello stiegen nahe dem Ponte dell'Accademia aus und überließen es Ferrari und der Polizeirätin, Kiki Bakker ihren neuen Kerkermeistern zu übergeben.

„Du benimmst dich wie eine Pussy", sagte Caprioglio in freundschaftlichem Ton.

„Weil ich mich weigere, auch noch das letzte bisschen Moral und Menschlichkeit zu verhökern, das uns geblieben ist?"

„Bei der Mordkommission hast du doch auch mit schmutzigen Tricks gespielt. Und nicht nur ein Mal."

„Mit denen, die es verdient hatten."

„Mit denen, die es deiner alleinigen, höchstpersönlichen Meinung nach verdient hatten."

„Du hast recht. Manchmal übertreibe ich es mit der Heuchelei. Schließlich habe ich auch nicht mit der Wimper gezuckt, als Tiziana durchblicken ließ, dass der Tourist nie vor einem Gericht landen wird. Ich frage mich nur, wie wir damit klarkommen werden, den Angehörigen seiner Opfer Wahrheit und Gerechtigkeit vorzuenthalten."

„Du wirst dich weiterhin mit Schuldgefühlen herumschlagen, so bist du eben", meinte Nello. „Und ich werde weiter mein Dasein fristen und bedauern, nicht schöner und reicher zu sein. Jetzt gehen wir aber erst mal was essen, um den Touristen kümmern wir uns später."

Pietro deutete auf die erloschenen Reklameschilder der Läden und Lokale. „Wo denn? Du weißt doch, dass Venedig um diese Zeit schläft."

„*Dalle tettone*, bei den Dicktittigen in der Calle dell'Ogio. Dort hat die Küche nur nachts geöffnet."

„Nie gehört."

„Kein Wunder. Das ist kein Ort für Moralapostel und Scheinheilige. Die bleiben zu Hause und wälzen sich einsam und traurig in den Laken."

Zwölf

Stephan Bisgaard, Beamter des Politiets Efterretningstjeneste, des Nachrichtendienstes der dänischen Polizei, war von den Freiberuflern angeheuert worden und hatte von ihnen eine stattliche Summe dafür bekommen, dass er die beiden Frauen, mit denen Abel Cartagena liiert war, im Auge behielt.

Da er mit der Beschattung eines Pakistaners beschäftigt gewesen war, der im Verdacht stand, für eine Gruppe radikaler Islamisten Geld zu waschen, hatte er die Nachricht, dass Kiki Bakker nach Venedig abgereist war, erst mit einigen Stunden Verzögerung weitergeleitet.

Während er mit einem Ohr dem Gejammer eines ehemaligen Agenten der Säpo, der schwedischen Sicherheitspolizei, lauschte, der ihn rekrutiert hatte, schickte er die Aufnahmen der Überwachungskameras, die Cartagenas Geliebte am Flughafen von Kopenhagen zeigten, an seine Kontaktleute.

Macheda alias Abernathy hatte, nachdem die Information bei ihm eingetroffen war, unverzüglich Laurie angerufen, in der Annahme, Kiki Bakker hätte sich bereits mit Abel in Verbindung gesetzt.

„Nein", antwortete die Kanadierin, ohne den Blick von der Erektion des Killers abzuwenden, der ausgestreckt neben ihr auf dem Bett lag. Der Anruf hatte sie in einem besonders intensiven Moment erreicht. „Sie hat nichts von sich hören lassen, und er hat sie auch nicht angerufen."

„Bist du sicher?"

Die Frau erhob sich und kontrollierte das Display von Abels Mobiltelefon. „Ja."

„Möglicherweise haben wir ein Problem", meinte Abernathy, um sie vorzuwarnen. „Gib mir Bescheid, falls sie sich meldet."

Die Kanadierin setzte sich rittlings auf Abel und half ihm, in sie einzudringen, indem sie sich langsam auf und ab bewegte. „Wir haben nicht viel Zeit", kündigte sie an.

„Was ist los?"

„Deine Freundin ist in der Stadt. Wer weiß, vielleicht hat sie ja Lust auf einen flotten Dreier."

Nachdem Macheda mit Laurie gesprochen hatte, kontaktierte er den Unteroffizier Ermanno Santon, den Informanten, den sie vor Kurzem beim Regionalkommando der Finanzpolizei bestochen hatten. „Ich brauche Informationen über eine Passagierin, die heute Nachmittag mit einer norwegischen Maschine aus Kopenhagen eingetroffen ist."

„Was wollen Sie wissen?"

Macheda rollte mit den Augen. „Alles, was ich nicht weiß, aber wissen muss", antwortete er schneidend.

„Im Moment bin ich im Dienst in der Kommandozentrale, aber ich werde versuchen, mich loszueisen."

„Das würde ich sehr begrüßen", erwiderte der Ex-Agent. „Sie finden einen Umschlag mit den Daten in Ihrem Wagen."

Dem Unteroffizier lief es kalt den Rücken hinunter. Diese Leute waren in der Lage, überall einzudringen, und sie ließen keine Gelegenheit aus, um das zu demonstrieren. Grund genug, keine Zeit zu verlieren. Er klopfte an die Tür des Hauptmanns Altobelli und dachte sich rasch eine Geschichte aus von einem Typen, der in der Gepäckausgabe am Flughafen arbeitete und vielleicht nützliche Hinweise über eine Heroinlieferung aus Nigeria geben konnte.

Der Vorgesetzte nickte kaum merklich zum Zeichen der Zustimmung – nicht etwa, weil er die Geschichte des Unteroffiziers überzeugend fand, sondern weil er ihn loswerden wollte. Er hatte Santon nie über den Weg getraut, und nachdem bei den beschlagnahmten Banknoten aus einem chinesischen Lager ein Fehlbetrag von fast zweitausend Euro festgestellt worden war, hatte er ihn auf die Versetzungsliste gesetzt. Altobelli hatte seine Verbindungen beim Ministerium spielen lassen, damit man Santon nach Lampedusa schickte, wo weiß Gott nicht viel Bargeld kursierte.

Im Auto roch es penetrant nach Rasierwasser, aber das war auch die einzige Spur des Mannes, der mit großem Geschick den Alarm deaktiviert hatte. Santon entdeckte den Umschlag unter dem Beifahrersitz. Er enthielt das Foto einer fülligen Frau, die eine Straße entlanglief, und ein Blatt mit den Angaben zur Person.

Am Flughafen angekommen, fragte er die Kollegen von der Finanzpolizei und der anderen Ordnungskräfte, ob etwas Besonderes vorgefallen sei. Es hatte keine Festnahmen gegeben. Ein außergewöhnlich ruhiger Tag. Der Unteroffizier kontrollierte die Ankunftszeit am Terminal und machte sich widerwillig daran, die Aufnahmen der Überwachungskameras im Ankunftsbereich zu sichten. Plötzlich erkannte er Kiki Bakker, die einen kleinen Rollkoffer hinter sich herzog. Aber wer war die Frau, die sich ihr in den Weg stellte? Er suchte eine Aufnahme heraus, die dieselbe Szene aus einem anderen Blickwinkel zeigte, und erst da stellte er verblüfft fest, dass es sich um diese scharfe Braut von der Staatspolizei, Tiziana Basile, handelte.

Er überprüfte die Außenaufnahmen, und als er sah, wie die beiden Frauen auf die Anlegestelle der Wassertaxis zusteuerten, wurde ihm bewusst, dass er seinem Auftraggeber eine Mitteilung machen konnte, die zweifellos bedeutsam war, denn die Polizeirätin hatte sich sehr merkwürdig verhalten und die üblichen Verfahrensweisen missachtet.

Santon ersetzte die SIM-Karte seines Mobiltelefons durch eine andere, über die er direkt zu dem Mann Kontakt aufnehmen konnte, der sich ihm gegenüber als Signor Mario ausgab, beim Einwohnermeldeamt jedoch unter dem Namen Andrea Macheda geführt wurde.

Sein Bericht war weitschweifig. Er verlor sich in Einzelheiten und wurde nicht müde zu betonen, wie schwierig der Auftrag gewesen war und wie geschickt er die diversen Probleme gelöst hatte. Macheda hörte ihm geduldig zu und bat ihn dann, das Ganze noch einmal in einer Kurzfassung vorzutragen.

Sobald er aufgelegt hatte, nahm der Freiberufler die SIM-Karte aus dem Mobiltelefon und zerlegte sie in winzige Einzelteile. Sie würden die Dienste dieses Würstchens von Unteroffizier nicht mehr in Anspruch nehmen. Zwar hatte er eine wichtige Entdeckung gemacht, aber er war absolut nicht vertrauenswürdig. Er übte Verrat, weil er ein mittelmäßiger Mensch war. Die Täuschung hingegen war eine Kunst, die Intelligenz, Fantasie und Opferbereitschaft voraussetzte.

Macheda warf die Plastikschnipsel in den Mülleimer und konzentrierte sich auf Kiki Bakker und Tiziana Basile.

Es ging jetzt nicht mehr nur darum, ein Problem zu lösen: Sie mussten sich für eine echte Krise wappnen.

Spät in der Nacht setzte er sich über FaceTime mit der Frau in Verbindung, die schon immer die Seele und der Kopf der Freiberufler gewesen war: Martha Duque Estrada. Lange Jahre hatte sie die Operationen der Agência Brasileira de Inteligência, des brasilianischen Nachrichtendienstes, in Europa geleitet. Damals war sie allseits beliebt gewesen und bei den britischen und amerikanischen Diensten hoch angesehen. Doch dann hatte sie sich geweigert, bei einem Komplott gegen die eigene Regierung mitzumachen, angezettelt von den üblichen Potentaten, die sich an den enormen Ressourcen des Landes bereicherten und ihm so den verdienten Fortschritt verwehrten. Um sie zu bestrafen, hatten sich ihre Feinde ausgerechnet an jene Geheimdienste gewandt, mit denen sie zusammengearbeitet hatte. Eine Falle, in die sie arglos hineintappte und die zwei ihrer besten Agenten das Leben kostete. Nach dem Ausscheiden aus dem Dienst hatte sie sich mit Sex und Alkohol getröstet. Ein als Gigolo getarnter Killer sollte ihr die Kehle durchschneiden, doch sie schöpfte Verdacht, weil er ein ausgesprochen schlechter Liebhaber war, und als er unter die Matratze griff, wo er ein Messer versteckt hatte, zog sie ihm eine Flasche Armagnac über den Schädel. Bevor sie ihn tötete, verhörte sie ihn, und wie sich herausstellte, war der Auftraggeber der Mann, der bei der Agência ihren Platz eingenommen hatte.

In jener Nacht war Martha Duque Estrada verschwunden, und einige Monate später waren die Freiberufler zum ersten Mal in Erscheinung getreten. Von jetzt an schlugen sie regelmäßig zu.

Andrea Macheda gehörte zu den Männern der ersten Stunde. Genau wie Martha hatte er genug von jenen Kreisen, in denen kranke und perverse Köpfe das Sagen hatten, unschuldige Leben auslöschten und fortwährend Intrigen spannen, um zu verhindern, dass die Welt ein besserer Ort wurde.

Eine kriminelle Gegenbewegung wie die ihre, die planvoll vorging, würde, davon waren sie überzeugt, das System der Geheimdienste zu Fall bringen, das sich immer schon die organisierte Kriminalität – die Mafia und andere kriminelle Banden – zunutze gemacht hatte, sei es als zeitweise Verbündete oder als reine Vollstrecker.

Im Grunde, und darüber waren sie sich im Klaren, waren sie Überlebende, befallen von einer Art romantischem Virus, das sich nur in einer Kultur aus Hinterlist, Misstrauen und Verrat entwickeln konnte.

Er bewunderte ihr mestizisches Aussehen, in dem die Merkmale europäischer Vorfahren mit der afrobrasilianischen Schönheit verschmolzen. Doch seine Annäherungsversuche waren ins Leere gelaufen, denn Martha hatte ihm taktvoll zu verstehen gegeben, dass sie auf jüngere Männer stand. Außerdem gefiel ihr jene Prise Aggressivität, die manche Männer an den Tag legen, wenn sie glauben, eine lebenslange Rechnung mit den Frauen offen zu haben.

„Gut siehst du aus", sagte sie. „Mit dem Bart und den weißen Haaren wirkst du wie ein Mathematiker oder ein Literat."

„Bedauerlicherweise werde ich wohl gezwungen sein, mein Äußeres schon bald zu verändern."

„Unsere venezianische Mission läuft also nicht so, wie sie sollte?"

Macheda zählte rasch die unwiderlegbaren Fakten auf: Die Geliebte von Abel Cartagena befand sich in den Händen ihrer Feinde, und zweifellos hatte sie ihnen alles erzählt, was sie wusste. Das war zwar nicht viel, aber es genügte, um den Touristen in Schwierigkeiten zu bringen, der folglich nicht mehr zu gebrauchen war.

Das Apartment, in dem er mit Laurie wohnte, war nicht länger sicher.

Außerdem hatten sie ein hochrangiges Mitglied der Staatspolizei identifiziert, eine gewisse Tiziana Basile, die offenbar jener Geheimorganisation angehörte, die sie seit Langem bekämpfte.

„Und der Offizier, den wir im Namen der montenegrinischen Mafia eliminieren sollten, ist uns entwischt", folgerte Martha enttäuscht. „Dein Plan, ihn durch den Mord an seiner Frau nach Venedig zu locken, hat sich als äußerst naiv erwiesen."

„Da bin ich anderer Meinung. Auf jeden Fall habe ich eine Spur gefunden, die zu einem seiner Kollegen führt, mit dem er ziemlich regelmäßig Kontakt hält."

„Sende das Dossier nach Berlin. Die werden sich darum kümmern, du musst diese Krisensituation in den Griff bekommen. Wie willst du vorgehen?"

„Wir können erst jetzt reagieren, weil uns die Informationen nicht rechtzeitig zugespielt wurden."

„Und?"

„Jetzt müssen wir als Erstes den Touristen beseitigen, um eine gefährliche Verbindung zu kappen. Wir müssen Laurie da rausholen und jede Spur ihres Aufenthalts in dieser Wohnung verwischen. Und dann werden wir die Stadt verlassen."

„Kommt nicht infrage, wir werden Venedig nicht aufgeben, es ist ein strategisch wichtiger Stützpunkt für unsere Geschäfte."

„Wir können zurückkommen, sobald sich die Wogen geglättet haben. Im Augenblick gibt es hier nichts für uns zu tun."

„Du irrst dich", erwiderte die Brasilianerin. „Wir können diese Polizistin entführen und verhören. Wir dürfen uns die Gelegenheit nicht entgehen lassen, Daten zu sammeln, die für unser Überleben entscheidend sind."

„Das wird nicht leicht sein", meinte Macheda. „Auf der anderen Seite kann sie nicht wissen, dass wir sie identifiziert haben, was es einfacher macht, an sie heranzukommen."

„Und genau dafür wirst du den Touristen und Laurie als Köder benutzen. Dass man sie noch nicht verhaftet oder getötet hat, bedeutet, dass sie uns auf die Spur kommen wollen, indem sie die beiden beschatten."

„Ihn müssen wir uns dann aber trotzdem vom Hals schaffen."

„Besser alle beide. Auf die Kanadierin können wir ebenfalls verzichten."

„Das wäre schade. Sie ist sehr diszipliniert und fähig."

„Die Erfahrung lehrt uns: Wenn ein Psychopath zu vertrauenswürdig wird, hat er eine Möglichkeit gefunden, um uns hereinzulegen. Seit wann geht sie nicht mehr ihrem Hobby als Serienkillerin nach?"

„Seit mindestens einem Jahr."

„Das ist nicht glaubhaft, sie ist einfach nur schlau geworden", erwiderte sie vorwurfsvoll. „Du hast dich von ihr austricksen lassen und hast sie nicht kontrolliert."

„Ich kann mich nicht um alles kümmern", gab er zurück, wohl wissend, dass es zwecklos war, ihr zu widersprechen. „Schon gut, ich werde sie loswerden."

Die Frau schlug jetzt einen anderen Ton an und wechselte das Thema. Macheda war nicht dumm, und es bedurfte keiner weiteren Vorwürfe. „Hast du genügend Leute? Oder soll ich dir Verstärkung schicken?"

„Ich kann auf meine komplette Mannschaft zählen."

„Dann quetsch diese Polizeitussi aus wie eine saftige Zitrone und sorge dafür, dass man sie in Einzelteile zerlegt auf dem Markusplatz findet."

„Eine starke und eindeutige Botschaft?"

„Diese verfluchten Bürokraten müssen endlich begreifen, dass wir keine weiteren Verluste hinnehmen werden."

Martha beendete die Verbindung, ohne sich zu verabschieden. Solche Höflichkeitsfloskeln betrachtete sie als Zeitverschwendung. Macheda fühlte sich dadurch nicht gekränkt, er war an den rüden Ton und die schlechten Manieren von Leuten gewöhnt, die Macht ausübten. Echte Macht – eine, die über Leben und Tod entschied.

Er wusste aber auch, dass die Frau deshalb so kurz angebunden gewesen war, weil sie mit seiner Arbeit in Venedig nicht zufrieden war. Tatsächlich hatte er alles getan, damit die Freiberufler die Stadt verließen, nachdem ihnen der Offizier von der GICO, Ivan Porro, nicht ins Netz gegangen war. Und der Grund dafür war das luxuriöse Loft in der Calle dello Zuccaro, wo er wohnte. Während Martha den logistischen Teil der Organisation noch fester in Venedig verankern wollte, hätte er am liebsten die ganze Truppe von der Lagune ferngehalten. Das Loft hatte der italienische Geheimdienst etwa zwanzig Jahre zuvor erstanden. Dann hatten interne Streitigkeiten, getarnt als Reformen, mehrere Male die grün-weiß-rote Intelligence zerschlagen, und immer hatte jemand davon profitiert und sich irgendein Erinnerungsstück als Abfindung unter den Nagel gerissen. Es war ihm gelungen, die Existenz dieser Immobilie allen – auch der Organisation – zu verheimlichen. Sie war einer von mehreren privat verwalteten Zufluchtsorten, an denen er sich verstecken konnte, sollte es die Situation erfordern.

Dass dieser Fall eines Tages eintreten würde, stand für ihn außer Frage. Und ebenso sicher war er sich, dass Martha Duque Estrada und die anderen erfahrenen Ex-Agenten entsprechend vorgesorgt hatten.

Daher war er nicht darüber erfreut, dass sich die venezianische Operation in die Länge ziehen würde.

Er konnte sich jetzt keine Fehler oder Fehleinschätzungen leisten. Die Freiberufler waren ein internationaler Konzern und als solcher mussten sie Gewinne und Verluste genau kalkulieren. Das Einzige, was sie von anderen Unternehmen unterschied, war die Entlassungsmethode.

Er schlief ein paar Stunden, bevor er die Kanadierin anrief. „Ich lade dich auf einen Kaffee ein", sagte er nur. Entschlüsselt bedeutete das: in dreißig Minuten in der Bar des Hotels Negresco. Allein. Sonst hätte er den Plural verwendet.

„Wer war das?", fragte Abel.

„Abernathy", antwortete Laurie. „Ich soll ihn treffen."

Seitdem er wusste, dass Kiki in Venedig war, hatte ihn die Neugier gepackt. Er konnte sich nicht erklären, wo sie abgeblieben war. Laurie hatte versucht, ihm ein paar mehr oder weniger plausible Szenarien schmackhaft zu machen: Sie hatte sich ein Hotelzimmer genommen; ihr Gepäck war verlorengegangen; sie fand nicht den Mut, ihn zu treffen …

Cartagena hatte die Vermieterin angerufen, doch Carol Cowley Biondani hatte nichts von „diesem armen Mädchen" gehört und sie hütete sich, ihm zu erzählen, dass sie Kiki angerufen und ihr von der anderen Frau berichtet hatte.

Sollen die doch sehen, wie sie zurechtkommen, hatte die Megäre gedacht und den Hörer aufgelegt.

Der Tourist beobachtete die Kanadierin, während sie sich anzog und schminkte.

Sie gefiel ihm. Sehr sogar, obwohl er manchmal mit dem Gedanken spielte, sie umzubringen. Der Sex mit ihr machte Spaß und war befriedigend. Sie verstanden einander ohne große Worte, und wenn einer von ihnen das Bedürfnis hatte, etwas loszuwerden oder sich abzureagieren, konnte er sich dem anderen ohne jede Scheu offenbaren.

In den ersten Tagen ihres Zusammenlebens hatten sie noch versucht, sich gegenseitig zu manipulieren, doch dann hatten sie damit aufgehört. Sie gingen ungezwungen miteinander um. Ehrlichkeit war nicht Teil ihres Wesens, und obwohl sie beide chronische Lügner waren, hatten sie ein Gleichgewicht gefunden, eine gemeinsame Ebene, auf der sie sich treffen konnten.

„Hat er dir gesagt, warum er dich sehen will?", fragte er.

Laurie kicherte amüsiert. „In der Welt der Spione dient das Telefon allein dazu, Verabredungen zu treffen, hast du das noch nicht begriffen?"

„Vielleicht will er dir etwas mitteilen, was Kiki betrifft."

„Möglich."

„Weißt du, was ich wirklich seltsam finde?"

„Dass sie dich noch nicht angerufen hat", mutmaßte die Frau, während sie ein Paar Sandalen mit einer dicken Gummisohle anzog. „Die Frage ist nicht, wo sie sich aufhält, sondern wie du reagieren wirst, wenn sie hier auftaucht und feststellt, dass du mit einer wunderschönen Frau Extremsex praktizierst."

„Daran habe ich auch schon gedacht", meinte Abel. „Kiki ist vernünftig und wird das tun, was ich ihr sage. Sie wird keine Schwierigkeiten machen."

„Andernfalls kann ich mich ja um sie kümmern", provozierte sie ihn.

„Das würde dir gefallen, was?"

„Grundsätzlich schon. Das Problem ist das Danach. Eine Leiche ihres Umfangs verschwinden zu lassen, könnte ganz schön lästig sein", meinte sie ernsthaft.

Abel begriff, dass sie bereits mit dem Mord an seiner Geliebten geliebäugelt und ihn sich ausgemalt hatte. Das fand er erregend.

„Wenn sie sich meldet, gib mir sofort Bescheid", mahnte die Kanadierin, während sie Abel dabei beaufsichtigte, wie er die Tabletten einnahm. „Und komm ja nicht auf die Idee, sie zu suchen. Halte dich an die Anweisungen."

Abel spähte aus dem Fenster und sah Lauries Hintern nach, bis er aus seinem Blickfeld verschwunden war. Dann rief er Kiki an. Das Mobiltelefon klingelte lange, aber sie antwortete nicht.

Er kannte sie gut. Zu gut, um nicht zu begreifen, dass etwas Außergewöhnliches passiert sein musste. Und er war sicher, dass Abernathy darüber Bescheid wusste.

Der Geschniegelte hatte Laurie aus der Wohnung beordert, weil er nicht wollte, dass er die Wahrheit erfuhr. Doch Abel war nach eigener Überzeugung nicht dafür geschaffen, nach der Pfeife anderer Leute zu tanzen. Als er jung war, hatte er sich auf andere verlassen oder sich ihnen untergeordnet, und sein Leben war dadurch zu einer einzigen Hölle geworden.

Deswegen schickte er nun eine SMS an Kikis Nummer: „Antworte oder ruf an. Wer immer du bist."

Er wartete ein paar Minuten, dann rief er ein weiteres Mal an.

Keine Antwort. Doch gleich darauf traf eine SMS ein: „Wir reden, wenn der richtige Zeitpunkt gekommen ist. Kiki."

Abel lächelte. Er schrieb zurück und sprach dabei laut und deutlich die Worte aus, die er tippte: „Wann du willst, *Kiki*."

Er ging ins Schlafzimmer, um sich im Spiegel zu betrachten. In diesem Moment brauchte er Bestätigung. Das Klingeln seines Mobiltelefons riss ihn aus seinen Gedanken.

Es war sein Lektor. Er nahm den Anruf gern entgegen – ein bisschen Ablenkung würde ihm guttun.

Dreizehn

Pietro saß an einem der Tischchen in der Osteria von Checo Vianello und fragte sich, ob es clever gewesen war, dem Touristen zu antworten. Cartagena wusste, dass die SMS nicht von seiner Geliebten stammte, und er hatte Wert darauf gelegt, es ihm mitzuteilen. Das war eine interessante Tatsache, die er richtig deuten musste – schließlich konnte es ein erstes vorsichtiges Signal sein, dass der andere einen Kommunikationskanal eröffnen wollte. Immerhin war er ein krimineller Psychopath, und nach allem, was Pietro in den Akten gelesen hatte, hielten die Profiler, die seine Taten analysiert hatten, eine Kontaktaufnahme durchaus für denkbar. Dabei stützten sie sich auf Persönlichkeitsmerkmale wie Egozentrik, ein übermäßiges Mitteilungsbedürfnis, den Drang, andere zu manipulieren und die Impulsivität.

Der nächste Schritt würde sein, ungefiltert mit ihm zu sprechen, aber dazu war Pietro noch nicht bereit. Er war kein Experte in solchen Dingen und befürchtete, die ganze Operation zu gefährden. Außerdem hatte er keine Ahnung, was er ihm sagen sollte.

Zum x-ten Mal fragte er sich, warum sich Abel Cartagena nicht zusammen mit der Frau aus dem Staub gemacht hatte, die er und Caprioglio beim Verlassen des Hauses beobachtet hatten. Der Detektiv hatte sich an ihre Fersen geheftet in der Hoffnung, sie würde sie zu den Freiberuflern führen. Die Wahl war auf Nello gefallen, weil er mehr Erfahrung mit der Personenbeschattung hatte. Nach Jahren der Ermittlungsarbeit war er darin geübt, Dieben, Betrügern, heimlichen Geliebten und allen möglichen Leuten, die nicht entdeckt werden wollten, unauffällig hinterherzuspionieren.

Sambo nahm einen Schluck Wein, ohne wirklich Lust darauf zu haben. Er hatte eine unruhige Nacht hinter sich. Schuld daran war zum einen das schwere, wenngleich ausgezeichnete Essen in dem Restaurant gewesen, in das ihn sein Partner geschleift hatte und wo hauptsächlich Prostituierte und Transvestiten verkehrten, die in den Hotels anschaffen gingen. Viel mehr noch hatte ihm aber etwas anderes den Schlaf geraubt – etwas, was er bislang verdrängt hatte und was nun umso dringlicher nach einer Antwort verlangte, nämlich die Frage, ob er seine Einstellung zu dem Fall nicht grundlegend ändern musste. Vermutlich war er die ganze Sache völlig falsch angegangen, weil die Bürde seines Versagens noch immer schwer auf ihm lastete. Es musste ihm gelingen, das alles beiseitezuschieben und der Realität ins Auge zu sehen, der einzigen, die er kannte, als er noch Chef der Mordkommission war. Sie ließ sich mit einem Satz zusammenfassen, den er seinerzeit wie ein Mantra wiederholt hatte, wenn er die Grenzen überschritt: Der Kriminelle bestimmt, auf welchem Niveau gespielt wird.

Um es mit dem Touristen und den Freiberuflern aufzunehmen, musste er sich damit abfinden, dass Unschuldige wie die Albanerin oder Kiki Bakker mit hineingezogen und geopfert wurden.

Er beschloss, sich von nun an ausschließlich auf sein vorrangiges Ziel zu konzentrieren – sein Ansehen wiederherzustellen und wieder den Beruf auszuüben, für den er geboren war. Manchmal, so dachte er, musste man im Leben eben Kompromisse machen, auch wenn sie noch so schrecklich waren. Er besiegelte den Pakt mit sich selbst, indem er das Glas hob und einen stillen Toast ausbrachte.

Kurz darauf kehrte Nello zurück. Er war dunkelrot im Gesicht.

„Du hast sie verloren", sagte Sambo.

„Schlimmer. Sie hat mich abgehängt", zischte er wütend. „Irgendwann ist sie in eine Bar gegangen und nicht mehr herausgekommen."

„Eine Hintertür."

„Genau. Neben den Toiletten", bestätigte der Detektiv. „Der Besitzer schwört, dass sie abgeschlossen war. Du weißt, was das bedeutet?"

„Dass sie überall in Venedig Fluchtwege ausgekundschaftet und vorbereitet haben. Nicht umsonst werden sie Freiberufler genannt."

„Tja. Ich fürchte, sie übersteigen unsere Möglichkeiten", meinte Nello und hielt ihm das Mobiltelefon hin. „Schau, bevor sie mir entwischt ist, habe ich sie noch auf dem Vaporetto fotografiert."

„Eine schöne Frau."

„Ich bin ganz deiner Meinung, aber könnte man das Foto nicht jemandem schicken, der uns helfen kann, sie zu identifizieren?"

„Es gibt da ein Personenerkennungsprogramm, auf das ich Zugriff habe."

„Na also, worauf wartest du noch?"

„Ich kann damit nicht umgehen."

„Ich schaffe das schon."

„Dann müsste ich dich aber an einen bestimmten Ort mitnehmen, und dazu brauche ich die Erlaubnis von Tiziana."

Nello war gekränkt. „Machst du Witze? Die hält mich doch für irgend so einen scheiß Söldner. Du hast wohl vergessen, mit wem du es zu tun hast."

Pietro hob warnend die Hand. „Nicht so laut. Sonst kann Checo seinen Kumpels bei den Carabinieri eine Menge interessanter Dinge berichten."

„Und wenn schon."

„Wenn wir beide gehen, ist der Posten hier nicht besetzt", sagte er und zeigte auf den Palazzo, in dem der Tourist wohnte.

„Soll sich Ferrari drum kümmern."

Sambo hielt das für eine ausgezeichnete Idee und rief die Polizeirätin an.

„Die Frau hat uns abgehängt, und wir glauben, dass sie uns entdeckt hat. Es wäre gut, wenn Simone hier übernehmen könnte."

„Ich rufe ihn gleich an", sagte sie. Dann fügte sie müde hinzu: „Nimm es mir nicht übel, Pietro, aber für so eine Operation reichen ein paar Leute einfach nicht aus. Ich kann es kaum erwarten, dass die Einsatztruppe zur Verstärkung anrückt, dann können wir weiteres Chaos vermeiden."

„Du hörst dich merkwürdig an. Gar nicht wie die übliche knallharte Chefin", scherzte Sambo.

„Der Kommandant der Flughafenpolizei, den ich vorsichtshalber darüber informiert hatte, dass wir an Kiki Bakker interessiert sind, hat mir mitgeteilt, gestern habe ein Unteroffizier der Finanzpolizei, ein gewisser Ermanno Santon, nach der Frau gefragt und sich die Aufnahmen der Überwachungskameras angeschaut", erklärte die Polizeirätin. „Daraufhin habe ich mit Oberst Morando gesprochen und ihn über meine doppelte Funktion in dieser Sache in Kenntnis gesetzt, was sich nicht vermeiden ließ. Er hat mir berichtet, dass der Unteroffizier auf eigene Faust gehandelt hat. Außerdem wird er der Unterschlagung verdächtigt."

„Und jetzt steht er auch auf der Gehaltsliste der Freiberufler."

„Das ist die einzige plausible Erklärung. Das bedeutet aber auch, dass sie mich entdeckt haben und wissen, dass wir die Identität des Touristen kennen."

Pietro spürte, wie ihm ein Schauder über den Rücken lief. Er machte sich Sorgen – nicht um sich, sondern um Tiziana. „Du musst untertauchen."

„Das kann ich nicht."

„Du schläfst bei mir."

„Aber nur, wenn wir zusammen schlafen."

„Mach keine Witze."

„Ich mache keine Witze. Ich brauche dich."

Er gab sich geschlagen. „Darüber reden wir noch. Aber du musst Simone als Leibwächter nehmen."

„Und der Tourist? Und die mysteriöse Frau?"

„Zum Teufel mit ihnen. Soll sich die Einsatztruppe um sie kümmern", sagte er ungeduldig. „In der Zwischenzeit knöpfen wir uns dieses korrupte Arschloch von der Finanzpolizei vor."

„Meinst du, das ist eine gute Idee?"

„Wir müssen zum Gegenschlag ausholen."

Tiziana Basile dachte kurz nach. Er hörte sie am anderen Ende der Leitung atmen, und in dem Moment hätte er Lust gehabt, sie zu küssen.

„Ich gebe dem Oberst Bescheid", sagte sie und legte auf.

Pietro sah Nello Caprioglio an. „Wir müssen etwas Dringenderes erledigen."

Morando gab dem Detektiv die Hand, ohne sein Erstaunen zu verbergen. „Ich hätte nie gedacht, dass auch du für die *Vettern* arbeitest", sagte er. „Und ich hätte meine Hand dafür ins Feuer gelegt, dass Sambo von sämtlichen Staatsdienern geächtet wird. Auch von denen, die nicht zimperlich sind, wenn es darum geht, eine Operation geheim zu halten. Es sei denn, die Sache mit dem Prozess damals war nur inszeniert …"

Der Oberst der GICO schwafelte in der Hoffnung, etwas in Erfahrung zu bringen. Doch die beiden Männer, die ihm am Schreibtisch gegenübersaßen, gingen nicht darauf ein und verzogen keine Miene.

Schließlich gab er es auf. „Was wollt ihr?"

„Mit dem Unteroffizier Santon reden", erwiderte Pietro. „In Ihrem Beisein, selbstverständlich."

„Ich nehme an, es geht um die Sache am Flughafen", sagte der Oberst.

„Nicht nur."

„Es versteht sich von selbst, dass ich alles, was mir in diesem Raum zu Ohren kommt, so behandeln werde, wie es mein Dienstgrad verlangt."

„Ich bin Ihnen dankbar, dass Sie den offiziellen Charakter des Gesprächs betont haben", erwiderte Pietro, der sich in der Zwischenzeit eine Version aus Vermutungen und Halbwahrheiten zurechtgelegt hatte, von der anzunehmen war, dass der Offizier sie schlucken würde.

Ein paar Minuten später betrat Santon den Raum. Er war mittelgroß, hatte einen leichten Bauchansatz, und seine Haare waren viel kürzer geschnitten, als es das Reglement vorschrieb.

Morando bedeutete ihm mit einer Handbewegung, sich zu setzen. „Beantworten Sie ihre Fragen."

„Wozu? Ich kenne die beiden, die haben nicht mal das Recht, mich nach der Uhrzeit zu fragen."

„Du bist korrupt und ein Verräter", sagte Sambo ruhig. „Wir haben Beweise."

„Das sagt der Richtige! Und von welchen Beweisen redest du überhaupt, wo du doch nichts mehr zu melden hast?", verteidigte sich der Unteroffizier einen Tick zu lasch, um glaubwürdig zu sein.

Der Kommissar a. D. wandte sich an den Oberst. „Er war es, der die Informationen über Alba Gianrusso an die Killer weitergegeben hat, die von der montenegrinischen Mafia angeheuert worden waren. Er sollte sie auch über die Bewegungen des Ehemanns in Venedig informieren, und gestern hat er für eben jene kriminelle Bande Nachforschungen zu einer Ausländerin angestellt, die ein Verhältnis mit einem der Mörder hat."

Morando sprang auf. Er war bleich im Gesicht. „Bist du sicher?", fragte er Pietro.

„Wir haben nicht den geringsten Zweifel."

„Dafür gehst du lebenslänglich ins Gefängnis", knurrte er an den Unteroffizier gewandt.

„Vielleicht kommt er ja ein bisschen früher raus, wenn er kollaboriert", schaltete Nello sich ein. Er zeigte Santon die Aufnahme von der Frau, die mit dem Touristen zusammenlebte.

Der Unteroffizier schüttelte den Kopf. „Die habe ich noch nie gesehen. Ich hatte nur mit einem Mann mit weißem Bart und weißen Haaren zu tun. Einmal persönlich und dann immer telefonisch", gab er unverzüglich zu.

Jetzt hielt Pietro ihm ein Foto vors Gesicht.

„Ja, das ist er. Das ist Signor Mario."

„Mario – und weiter?", fragte Morando.

„Das ist nicht sein wirklicher Name", erklärte der Kommissar a. D., der die Identität von Andrea Macheda nicht preisgeben konnte. „Aber er ist der Anführer der Gruppe, die euren Leutnant ausschalten wollte."

Santon hatte begriffen, dass dies der Moment war, um auszupacken. Er gab Pietro die SIM-Karte, die er verwendete, um die Freiberufler zu kontaktieren, und erzählte alles, was er wusste, bis ins letzte Detail. Viel war es nicht.

Der Oberst der GICO war angewidert und zutiefst verbittert darüber, dass ausgerechnet einer von seinen Leuten den Tod der Frau eines Undercover-Offiziers mit verschuldet hatte. Er verständigte die Sicherheitskräfte und ließ Santon in eine Arrestzelle führen.

„Jetzt muss ich bei der Staatsanwaltschaft anrufen und einen Anklagevertreter hinzuziehen."

Pietro erhob sich, und Caprioglio tat es ihm gleich. „Wir sind nur die Informanten, die Sie auf die richtige Spur geführt haben", sagte er mit Blick auf das weitere Vorgehen. „Und auf das Foto des Signor Mario könnt ihr euch nicht verlassen, er kann jetzt schon ganz anders aussehen."

Morando nickte. Er hatte verstanden, wie weit er gegenüber dem Staatsanwalt gehen konnte. „Die Ermittlung im Zusammenhang mit der Telefonnummer fällt in unseren Zuständigkeitsbereich", stellte er klar. „Wir wissen natürlich, dass das nirgendwo hinführt, aber irgendetwas müssen wir ja liefern."

„Bleibt das Problem mit den Medien", fügte Sambo hinzu. „Wir dürfen da auf keinen Fall in Erscheinung treten."

„Wir auch nicht", gab Morando zurück. „Wir können die Hintergründe des Mordes an Alba Gianrusso nicht publik machen. Die Ermittlungen werden geheim bleiben, und Santon klagen wir für andere Vergehen an. Besser, wenn er ebenfalls den Mund hält. Zum Glück sitzt diese Albanerin im Gefängnis, und die Journalisten gehen davon aus, dass der Fall abgeschlossen ist."

Pietro war schlechter Stimmung. „Dieser Santon ist nur ein kleiner Fisch, er weiß einen Scheiß", meinte er, während sie sich einen Weg durch eine Schar polnischer Pilger bahnten, die zum Markusdom unterwegs war.

„Immerhin haben wir ihn aus dem Verkehr gezogen", räumte Nello ein.

„Hoffentlich haben wir mit der Frau, die dir entwischt ist, mehr Glück. Wir müssen zu einer Wohnung in Sacca Fisola."

„Wem gehört die?"

„Im Grunde genommen uns", antwortete Sambo. „Es ist ein echter Stützpunkt. Zwei sympathische Typen, ein Franzose und ein Spanier, haben ihn betrieben, bevor sie von jetzt auf nachher verschwanden. Das Einzige, was von ihnen übriggeblieben ist, sind ein paar Blutspuren in einem Zimmer der Pension Ada."

„Willst du mir Angst machen?", fragte der Detektiv.

Der andere zuckte mit den Schultern. „Ich erzähle dir nur ein paar Dinge, die du wissen solltest."

„Schon gut. Aber um diese Zeit setzen sich die Leute für gewöhnlich an den Mittagstisch, und die einzigen Gesprächsthemen, die heute erlaubt sind, sind Frauen und die Reyer Venezia."

„Ich interessiere mich nicht für Basketball."

„Dann reden wir eben nur über Frauen. Das heißt, ich werde über Frauen reden, während du dich weiter bestrafst, indem du auf jedes Vergnügen verzichtest."

„Nicht immer."

„Ich nehme an, diese kryptische Bemerkung ist auf Tiziana Basile gemünzt, aber der sieht man doch schon von Weitem an, dass sie zu verklemmt ist, um sich einen richtig scharfen Fick zu genehmigen."

Pietro fühlte sich unbehaglich, zumal er diesen Eindruck teilte. „Du glaubst doch nicht im Ernst, dass ich mich auf dieses Gespräch einlasse, oder?"

„Nein, aber ich habe dich gestern bei den *Tettone* beobachtet. Du hast den Kopf kaum vom Teller gehoben, um dich ja nicht von dieser

Riesenauswahl an Muschis um uns herum verrückt machen zu lassen."

„Dir hingegen ist wohl keine entgangen."

„Ganz recht – keine einzige. Um genau zu sein, habe ich mich ‚fleischlich vereint', falls du mir folgen kannst, und zwar mit der Schönsten im ganzen Lokal."

„Und welche soll das sein?"

„Das dürfte ich dir eigentlich nicht sagen, weil ich ein Gentleman bin, aber jetzt, da wir unser Leben gemeinsam aufs Spiel setzen, kann ich genauso gut damit rausrücken: Die Glückliche ist eine gewisse Signorina Betta."

„Etwa *Bettona la Tettona*, die jüngere der beiden Besitzerinnen des Restaurants?"

„Genau die."

„Seit wann läuft das schon?"

„Leider noch nicht lange. Ich musste mich gedulden, bis ein Platz in ihrem Herzen und in ihrem Bett frei wurde."

„Wenn ich mich recht erinnere, ist deine Frau von der eifersüchtigen Sorte."

„Eine Heilige, die mich seit Jahren regelmäßig betrügt. Aber ich werde sie nie verlassen. Wir passen gut zusammen."

Sambo dachte an seine Isabella und ihm verging die Lust zu scherzen. Nello verstand und hielt den Mund. Schweigend legten sie den Weg zu Checos Osteria zurück. Simone Ferrari saß an einem der Tischchen und war gerade dabei, einen Teller geschmorte Kutteln zu vertilgen.

„Solltest du nicht Tiziana beschützen?", fragte Pietro besorgt.

„Doch. Wir haben vereinbart, dass sie mich anruft, bevor sie das Polizeipräsidium verlässt", erklärte der Ex-Inspektor und lud sie ein, sich zu ihm zu setzen.

„Etwas Neues von unserem Freund?", fragte Caprioglio in Anspielung auf den Touristen.

„Nichts."

„Ist die Frau zurückgekehrt?"

„Du meinst die, die dich abgehängt hat?", erwiderte Ferrari mit einem spöttischen Lachen. „Ich bin erst seit ein paar Stunden hier und in dieser Zeit habe ich niemanden gesehen."

Der Kommissar a. D. nutzte das Mittagessen, um Simone ein bisschen auf den Zahn zu fühlen. Er hatte ihn nie näher kennengelernt und wusste nicht, was für ein Typ er eigentlich war. Er machte einen umgänglichen und sympathischen Eindruck, blieb aber stets förmlich. Sambo versuchte, ihm durch geschickte Fragen etwas Persönliches zu entlocken, aber der Agent des Geheimdienstes hatte eine undurchdringliche Mauer um sich errichtet.

Er verhalte sich eben professionell, das sei doch begrüßenswert, meinte Nello, als sie mit dem Vaporetto über den Canal Grande fuhren.

Damit hatte er recht, aber Pietro war an die Kameradschaft bei der Polizei gewöhnt, der er immer noch nachtrauerte.

Er überprüfte das Mobiltelefon von Kiki Bakker. Es waren zahlreiche Nachrichten und Anrufe eingegangen, aber der Tourist hatte sich nicht mehr gemeldet. Er überlegte kurz, ob er Caprioglio von dem SMS-Austausch mit Abel Cartagena erzählen sollte, aber er wollte sich keine Vorwürfe oder wütende Kommentare anhören – dafür war er nicht in der Stimmung. Er machte sich immer noch Sorgen um Tiziana und hoffte inständig, dass Simone seiner Aufgabe gerecht wurde.

Das Apartment in Sacca Fisola roch nach Schimmel und abgestandener Luft. Die Schwüle war erdrückend. Pietro riss sämtliche Fenster auf, um Durchzug zu schaffen, während Nello sich mit dem Programm zur Gesichtserkennung vertraut machte und den Suchlauf startete.

Am späten Nachmittag verschwand die Sonne hinter einer bedrohlichen Wand aus schwarzen und grauen Wolken, und ein heftiges Gewitter braute sich zusammen. Aber noch schien der Himmel unentschlossen, ob er Blitz und Donner über der Lagune entladen sollte.

Die ersten dicken, schweren Tropfen fielen just in dem Moment, als das Programm einen Treffer meldete: Es hatte das Gesicht der Mitbewohnerin des Touristen erkannt und identifiziert.

Caprioglio rief Sambo, der in einem anderen Zimmer ein paar Pistolen säuberte, um die Wartezeit zu überbrücken. „Ich habe sie gefunden."

Auf dem Foto, das ein Viertel des Bildschirms einnahm, war sie um einige Jahre jünger, aber es handelte sich zweifellos um dieselbe Person.

Sie hieß Zoé Thibault, geboren im Juni 1979 in Sherbrooke, einer Stadt im äußersten Süden der kanadischen Provinz Québec.

In der Kartei war von einer komplizierten Familiengeschichte die Rede. Zoés Schullaufbahn war durch häufiges Sitzenbleiben und ständige Schulwechsel gekennzeichnet gewesen. Dann hatte sie sich erfolgreich bei der Sûreté du Québec, der Polizeibehörde der Provinz, beworben und wurde in der Umgebung von Maniwaki eingesetzt, wo überwiegend indigene Ureinwohner leben und es früher schon zu gewalttätigen Übergriffen durch die Polizei gekommen war. Es gab undementierte Berichte über sogenannte Starlight Tours, bei denen eine oder zwei Personen in einen Streifenwagen geladen und mitten im Winter irgendwo in der Wildnis ausgesetzt wurden.

Einige kamen dabei ums Leben, und es kursierten erste Gerüchte in den Medien. Dann wurden Leichen gefunden, die gefoltert und zu Tode geprügelt worden waren und deutliche Zeichen sexueller Gewalt aufwiesen.

Gegen Zoé und ihren Streifenpartner Ignace Gervais wurde ein Ermittlungsverfahren eingeleitet, nachdem mehrere Zeugenaussagen sie belastet hatten, doch die Behörden waren offenbar bemüht, einen Skandal zu vermeiden, der zahlreiche Karrieren zerstört hätte, und die Verdächtigen wurden freigesprochen, mit der Auflage, den Dienst in Maniwaki zu quittieren.

Daraufhin versetzte man sie nach Montreal in den Strafvollzug, was sich als verhängnisvoller Fehler erweisen sollte, denn einige

Monate später wurde ein Häftling getötet, und die Vorgehensweise war die gleiche wie in Maniwaki. Das Opfer, ein Mitglied der Hells Angels, war bei den Aufsehern und bei der Gefängnisleitung allerdings so verhasst gewesen, dass die Tat kurzerhand als Abrechnung zwischen rivalisierenden Bandenmitgliedern abgetan wurde.

Als nächstes musste ein Indianer von den Chipewyan daran glauben. Doch dieses Mal bekam die Presse Wind von dem Fall, was zur Folge hatte, dass die Ermittlungen gründlicher ausfielen. Während die beiden ehemaligen Polizisten der Sûreté ins Fadenkreuz gerieten, rächten sich die Hells Angels für den Mord an ihrem Bandenmitglied und griffen die Wärter zeitgleich in verschiedenen Bereichen der Haftanstalt mit Messern an. Zoé hatte Glück und kam ohne einen Kratzer davon, was sie ihrer raschen Reaktionsfähigkeit verdankte, aber auch ihrer Kraft, denn offenbar gelang es ihr, dem Mann, der sie töten sollte, mit dem Schlagstock das Messer aus der Hand zu schlagen und ihn unschädlich zu machen. Ignace Gervais wurde hingegen sechsundzwanzig Mal getroffen und erlag noch vor Eintreffen des Notarztes seinen Stichverletzungen.

Die Frau wurde daraufhin sofort aus dem Dienst entfernt. Alle Insassen hielten sie für eine Mörderin, und einen weiteren Angriff hätte sie wohl kaum überlebt.

Am Ende beschloss die Polizei, sie wegen Mordes an dem Indianer festzunehmen, aber jemand hatte sie rechtzeitig gewarnt, und als die Beamten bei ihr eintrafen, fanden sie nur eine höhnische Abschiedskarte vor.

Von da an zählte Zoé zu den gefährlichsten Serienkillern und wurde mit internationalem Haftbefehl gesucht. Laut der Royal Canadian Mounted Police hatte sie sich wahrscheinlich in die subarktische Zone zurückgezogen, wo es leichter war, Opfer zu finden, vor allem unter den Ureinwohnern, die sie offenbar besonders gern tötete.

„Sie suchen sie also noch immer dort oben in der Tundra", seufzte Pietro.

„Diese durchgeknallten Freiberufler rekrutieren offenbar den schlimmsten Abschaum, den sie kriegen können", meinte Nello schockiert.

„Der sich aber als verdammt zweckdienlich und wirksam erweist", fügte Sambo hinzu. „Anscheinend agiert diese Zoé am liebsten zu zweit, weswegen sie ihr den Touristen zugewiesen haben."

„Wie es aussieht, muss sie zusammen mit ihrem neuen Freund unschädlich gemacht werden."

„Zum Wohle der Menschheit. Keine Therapie der Welt kann solchen Subjekten das Verlangen austreiben, erneut zu töten."

Vierzehn

Laurie wollte sich die Dinge zurechtzulegen, die sie Abel mitteilen sollte. Abernathy war deutlich gewesen und hatte ihr die Situation geduldig auseinandergesetzt, aber es fiel ihr schwer, zwischen den Zeilen zu lesen und Nuancen im Tonfall ihres Gegenübers zu unterscheiden. Sie beschloss, noch einen Kaffee und einen Whisky zu trinken und steuerte ausgerechnet Checos Lokal an. Um diese Zeit waren nur wenige Gäste dort, und ausschließlich Männer. Das lag auch am Regen, der auf die Stadt niederprasselte, wie auf einen staubigen Teppich. Die Männer beäugten sie, und schon gingen die deutlich hörbaren Kommentare los. Nicht ausgesprochen vulgär, eher voller Bewunderung. Nur einer löste den Blick nicht von dem Kreuzworträtsel, mit dem er sich die Zeit vertrieb, und sie wusste gleich, dass es einer von denen war, die hinter dem Touristen her waren, und folglich auch hinter ihr, wie Abernathy ihr kurz zuvor zu verstehen gegeben hatte.

Sie fotografierte ihn unauffällig mit dem Mobiltelefon und linste dann mehrmals zu ihm hinüber, um sich besondere Merkmale einzuprägen. Auf diese Weise würde sie ihn auch dann wiedererkennen, wenn er sein Äußeres veränderte. Um die vierzig oder etwas jünger, mittelgroß, kleine Füße, regelmäßiger Kunde im Fitness-Studio, leichte Adlernase, helle Augen, die Haare im Nacken etwas länger. Sie musterte ihn genauer, um herauszufinden, ob er bewaffnet war, und als sie aufsah, kreuzten sich ihre Blicke. Eine Sekunde, nicht länger, doch das genügte, um beiden klarzumachen, dass das Spiel vorbei war.

Laurie zahlte und bevor sie das Lokal verließ, lächelte sie dem Typen frech ins Gesicht. Sie hoffte, irgendwann die Gelegenheit und die Zeit zu haben, sich mit seinem Körper zu vergnügen und ihm beim Sterben zuzusehen.

Sobald sie im Eingang des Palazzos verschwunden war, schickte sie Abernathy das Foto des Unbekannten und den Namen des Lokals, von dem aus er das Gebäude beobachtete, wohl wissend, dass der Typ in dem Moment das Gleiche tat und ebenfalls seine Leute benachrichtigte. So sahen es die Bestimmungen vor. Es waren immer dieselben.

Abel empfing sie mit demonstrativer Gleichgültigkeit. „Ich bin dabei, meine Recherchen über Galuppi abzuschließen. Mein Lektor hat mir Feuer unterm Hintern gemacht", erklärte er, während er fortfuhr, seine Aufschriebe aus einem dicken Notizbuch mit rotem Ledereinband in das Notebook zu übertragen.

„Ich glaube, das wird deine letzte Veröffentlichung sein", sagte sie, ihre Worte abwägend.

„Was soll das heißen?", fragte Abel und tat so, als hätte er den Ernst der Lage noch nicht erkannt.

„Hast du es immer noch nicht kapiert?"

„Was denn?"

„Die wissen, wer du bist", antwortete sie ruhig, genau wie ihr Boss es ihr aufgetragen hatte. „Gestern haben sie Kiki geschnappt und wer weiß wo hingebracht. Und bestimmt hat sie alle Fragen beantwortet, und jetzt wissen die, dass du der Tourist bist."

„Um die Polizei kann es sich aber nicht handeln, denn sonst hätten sie die Wohnung längst gestürmt, und wir beide würden nun Handschellen tragen."

„Nein, deine Identität ist noch nicht offiziell, weil unsere Gegner vorhaben, durch uns an die anderen Mitglieder der Organisation heranzukommen."

„Sie wollen uns ausschalten, stimmt's?"

„Abernathy meint, es sei ein Überlebenskampf. Wer am Leben bleibt, hat gewonnen."

„Und warum sollte diese bemerkenswerte Arbeit meine letzte Veröffentlichung sein?"

Laurie warf ihm einen resignierten Blick zu. Sie versuchte, die Lage wieder in den Griff zu bekommen und Gelassenheit zu demonstrieren. „Während wir den Köder spielen, kümmern sich Abernathy und die anderen um den Feind. Dann verschwinden wir aus Venedig, aber du wirst nie mehr nach Hause zu deiner Frau zurückkehren. Du wirst einen anderen Namen annehmen und in einem anderen Land leben, wahrscheinlich sogar auf einem anderen Kontinent. Abernathy sagt, es sei nicht das erste Mal für dich."

„In der Tat, ich weiß, was das bedeutet, auch wenn es mir schon lange nicht mehr passiert ist. Ich habe viel investiert, um der angesehene Musikwissenschaftler Abel Cartagena zu werden, und die Aussicht auf ein Leben, über das ich nicht Herr bin, gefällt mir ganz und gar nicht."

„Irgendwann, wenn du genügend Geld zusammen hast, kannst du dich von der Organisation trennen, dir einen Ort suchen, der dir zusagt, und ein ruhiges Leben führen. Man sagt, dass wir kriminellen Psychopathen mit zunehmendem Alter nicht mehr so aktiv sind."

„Wie lange lebst du schon so? Seit wann fahnden sie nach dir?"

„Seit drei Jahren und ein paar Monaten."

„Und hat dir das Leben, das du vorher geführt hast, gefallen?"

„Es war beschissen", sagte sie aufrichtig.

Abel lächelte. „Siehst du? Du hast davon profitiert, dich mit Abernathy und seinen Leuten zusammenzutun. Mir bringt es überhaupt nichts, wenn ich mich ihnen anschließe."

„Im Moment bleibt dir wohl nichts anderes übrig."

„Das ist nicht gesagt."

„Wenn ich das weitergebe, bist du erledigt."

„Und wirst du es weitergeben?"

„Nein."

„Warum nicht?"

„Ich bin gern mit dir zusammen."

„Möglicherweise gefällt es mir auch, mit dir zusammen zu sein. Ich weiß es noch nicht genau", sagte Cartagena. Er erhob sich und ging auf die Frau zu. „Du bist gut im Bett, du bist sympathisch, aber noch habe ich dir nicht beim Töten zugesehen."

„Ich hab's dir doch gesagt, ich traue dir noch nicht."

„Und ich traue Abernathy nicht."

„Wie meinst du das?"

„Die Köder werden immer gefressen. Sie entkommen nie, wenn der Fisch anbeißt. Die einzige Möglichkeit, um sich zu retten, ist, rechtzeitig vom Haken zu springen."

„Ich darf dich daran erinnern, dass ich hier mit dir in der Wohnung bin, und in dem Lokal gegenüber liegt schon einer auf der Lauer."

„Wenn hier jemand die Arschkarte gezogen hat, dann ja wohl ich", schimpfte Abel. „Bislang hat mich niemand gesucht. Ich habe mich lediglich mit der falschen Frau eingelassen, deshalb wurde ich entdeckt. Man hat mich nicht eliminiert, weil mein Modus Operandi die italienische Polizei an der Nase herumführen sollte. Aber der Plan ist kläglich gescheitert."

„Oh bitte, fang nicht wieder mit dieser Leier an, von wegen, der Mord wurde dir nicht zuerkannt", unterbrach ihn die Kanadierin und hob den Blick und die Hände gen Himmel.

Der Tourist schüttelte den Kopf. „Nein. Ich will dir lediglich klarmachen, dass ich entbehrlich bin. Jederzeit. Und du bist es auch."

Die Frau machte ein verdutztes Gesicht, als habe sie über diese Möglichkeit noch nie nachgedacht.

„Wie kommst du darauf? Sie wollten mich, sie haben mich trainiert."

„Wie einen Soldaten, dem das Töten nichts ausmacht", erwiderte Cartagena. „Du bist eine Psychopathin, sie werden dir nie richtig trauen und sie werden dich nie beschützen wie eine von ihnen, weil du anders bist."

„Blödsinn. Du versuchst mich zu manipulieren, aber in diesem Spiel bin ich ebenfalls gut."

„Als sie mich erwischt haben, kurz bevor ich das schönste Opfer, dem ich je begegnet bin, in die Finger bekam, hat Abernathy mir den

Unterschied zwischen unserer und ihrer Art zu töten dargelegt. In dem Moment war ich nicht bei klarem Verstand, aber in den letzten Tagen ist mir das wieder in den Sinn gekommen: wir und sie. Sie betrachten uns als problematische Subjekte, und das sind wir zweifellos."

Die Kanadierin verschränkte die Arme vor der Brust und lachte. „Magst du Vampirfilme?"

„Du meinst die mit den Typen, die nachts ihre spitzen Eckzähne in einen Hals schlagen und Blut saugen?"

„Ich schaue mir immer diese Serien im Fernsehen an, und manchmal versammeln sich dort die Klügsten der Vampir-Clique, um über ihr Verhältnis zu den Menschen zu diskutieren. Du wirkst wie einer von denen."

Abel wollte sich schon echauffieren, doch dann begriff er, worauf Laurie hinauswollte. „Du magst den Geschmack von Blut?", provozierte er sie.

Sie spielte mit. „Ich lecke es gern ab."

„Aber auf diese Weise hinterlässt du DNA-Spuren."

„Sie haben mich nie entdeckt."

„Wenn sie dich suchen, bedeutet das, dass du irgendwann einen Fehler gemacht hast."

„Ich nicht, aber Ignace, mein Partner. Zum Glück haben sie ihn umgebracht. Er hatte keinen Stil, und es war klar, dass er irgendwann so enden würde", seufzte sie. „Aber ich werde ihm ewig dankbar dafür sein, dass er mir klargemacht hat, wer ich bin. Andernfalls säße ich noch immer in diesem scheiß Loch fest und würde es mir selbst besorgen. Wahrscheinlich hätte ich nie den Mut gefunden, kreativ zu sein."

„Du vergnügst dich also gern zu zweit."

„Warum hätte ich dir das sonst erzählen sollen?"

„Auf die Idee bin ich noch gar nicht gekommen."

„Weil du noch keine wie mich getroffen hast."

„Das hätte ich auch nicht für möglich gehalten."

Abel wurde sich bewusst, dass er noch nie so gesprächig gewesen war, als das Telefon der Kanadierin klingelte. Es war Abernathy.

Laurie hörte zu, ohne ein Wort zu sagen. „Ein Einsatz. Ich muss los", sagte sie zu Abel und nahm die Pistole aus der Schublade.

„Und der Typ, der uns beobachtet?"

„Ist nicht mehr auf seinem Posten. Sie überwachen ihn."

„Und ich muss hier bleiben. Wie du siehst, werde ich nicht als nützlich erachtet."

Sie ging nicht darauf ein. „Vergiss nicht, deine Tabletten zu nehmen."

„Sie töten die Kreativität", warf Abel ein.

„Aber sie retten dir das Leben."

Der Tourist sah ihr nach. Ihm gefiel ihre resolute Art, mit dem Hintern zu wackeln. Als sie verschwunden war, blieb er am Fenster stehen und beobachtete die Passanten. Er wollte Frauen und ihre Handtaschen sehen.

Doch keine von denen, die vorübergingen, konnte es mit der Auserwählten aufnehmen, die sie ihm vorenthalten hatten. Der Geschniegelte hatte zwar versprochen, sie würden sie ihm auf dem Silbertablett servieren, aber noch immer stopften sie ihn mit den Pillen voll.

Das war ein weiterer Beweis dafür, dass sie ihm, sobald er nicht mehr als Köder benötigt wurde, den Laufpass geben würden, und zwar in Form einer Kugel. Für Abernathy und seine Leute war es besser, wenn er nicht verhaftet wurde, denn sonst bestand die Gefahr, dass er eine interessante kleine Geschichte über eine gewisse Organisation erzählte.

Er nahm das Mobiltelefon und schickte eine Nachricht an Kikis Nummer: „Lass uns reden."

In der Wohnung war es jetzt totenstill. Die Minuten verstrichen, und je länger die Stille andauerte, desto unerträglicher fand er sie. Dann erklang auf einmal eine engelsgleiche Stimme aus dem Choir of King's College, die zur Musik von Giovanni Gabrieli sang: *In ecclesiis benedicite Domino. Alleluia*. Es war der Klingelton, den Kiki als Erkennungsmelodie für ihre Anrufe gewählt hatte. Der Tourist nahm das Gespräch entgegen.

„Ciao Abel", sagte eine männliche Stimme auf Italienisch.

„Sprichst du Englisch?"

„Ein wenig."

„Wer bist du?"

„Auf jeden Fall kein Freund."

„Das ist mir klar. Wie heißt du?"

Der Mann zögerte, bevor er antwortete. „Pietro."

„Was ist aus Kiki geworden?"

„Wir haben sie in Sicherheit gebracht, solange du noch auf freiem Fuß bist."

„Ich habe nicht vor, mich schnappen zu lassen."

„Du bist ausgesprochen optimistisch. Nun da wir dich gefunden haben, wirst du uns nicht entkommen."

„Meine neuen Freunde sind in der Lage, mir zu helfen."

„Venedig ist eine Rattenfalle. Keiner von euch wird hier rauskommen."

„Ich denke, du bist so aggressiv, weil du nervös bist. Bin ich dir lästig, Pietro?"

„Das kann man wohl sagen. Ich frage mich, was dieses Gespräch überhaupt soll."

„Ich bin dabei, eine Lösung zu suchen und diverse Optionen abzuwägen, aber wie mir scheint, bist du der falsche Ansprechpartner."

„Keineswegs. Wenn du verhandeln willst, bin ich dazu bereit. Ich nehme an, du willst am Leben bleiben und deine lebenslange Freiheitsstrafe in einem einigermaßen angenehmen Gefängnis absitzen."

Der Tourist lachte. „Du bist ein Scherzbold, Pietro. Ich will Immunität."

„Du bist ein Serienkiller, Abel. Wir können nicht zulassen, dass du weiterhin wehrlose Frauen umbringst."

„Ich hingegen möchte wetten, dass deine Vorgesetzten bereit wären, den Vorschlag in Erwägung zu ziehen, denn ich kann euch eine äußerst nützliche Gegenleistung anbieten."

„Zum Beispiel Zoé Thibault, die Serienmörderin, mit der du zusammenwohnst?"

Cartagena nahm die Information über Lauries richtigen Namen zur Kenntnis und fuhr fort, das Terrain zu sondieren. „Zum Beispiel."

„Die interessiert uns nicht."

„Ich habe noch Besseres zu bieten."

„Du lieferst uns die Freiberufler, und ich verspreche dir eine komfortable und unbeschwerte Zukunft in einer Klinik."

Abel schnaubte verächtlich. „Pietro?"

„Ja?"

„Fick dich", sagte er, beide Silben deutlich betonend, ins Telefon, bevor er die rote Taste drückte.

Dann stellte sich der Tourist vor den Spiegel und skandierte mehrere Male „Fick dich" in unterschiedlichen Stimmlagen.

Er war mit sich zufrieden. Es war nicht schlecht gelaufen. Dieser Pietro, oder wie immer er hieß, musste ein Fußsoldat auf der untersten Ebene der Befehlskette sein. Auf jeden Fall war er kein würdiger Verhandlungspartner. Er selbst hatte alles gelesen, was es über das Thema Verhandlungsgeschick zu wissen gab, während dieser Typ alles falsch gemacht hatte, was man nur falsch machen konnte. Vom ersten Satz an. Ein verdammter Dilettant.

Fünfzehn

Sambo starrte perplex das Mobiltelefon an. Vielleicht hatte er übertrieben und sich zu unnachgiebig gezeigt, aber der Tourist musste eines begreifen: Am Leben zu bleiben und den Rest seines Daseins innerhalb von vier Wänden zu verbringen, war das Höchste, wonach er streben konnte.

In dem Moment klingelte das andere Mobiltelefon, über das er mit der Polizeirätin Tiziana Basile kommunizierte. „Wo bist du?", fragte die Frau.

„In Sacca Fisola."

„Dann bleib dort und warte auf die Einsatztruppe. Wir sehen uns dann bei dir zu Hause."

„Wäre es nicht sicherer, wenn du hier bei den anderen Agenten bleiben würdest?"

„Wenn du mich nicht willst, schlafe ich eben in meinem eigenen Bett", gab sie gereizt zurück.

„Ich habe nur überlegt, welche Lösung die beste wäre."

„Bestimmt nicht die, uns alle am selben Ort zusammenzupferchen", fauchte sie, bevor sie auflegte.

Pietro ging in das Zimmer, wo Nello Caprioglio sich gerade einen Überblick über die verschiedenen Computer und die einzelnen Programme verschaffte.

„Du hast nicht die leiseste Ahnung, was für Ermittlungsschätze in diesen elektronischen Wunderwerken aufbewahrt werden", rief der Detektiv begeistert. „Wenn ich darauf Zugriff hätte, könnte ich das gesamte Hotelnetz der Provinz beschützen."

„Hör auf, mit offenen Augen zu träumen", tadelte ihn Sambo im Spaß. „Du musst jetzt gehen, die Einsatzleute sind im Anmarsch."

„Gebt acht, ihr Verbrecher, es nahen die Rächer", frotzelte Nello, um einen halbwegs passablen Reim bemüht, und machte sich daran, die Rechner herunterzufahren.

Zehn Minuten später war der Kommissar a. D. allein. Der Regen hatte nachgelassen, und die Luft war jetzt deutlich frischer. Er rauchte ein paar Zigaretten am offenen Fenster und sah zu, wie der Wind die Wolken vor sich her trieb und den Himmel in unterschiedliche Farben tauchte. Dann klingelte es an der Tür.

Der Erste, der eintrat, war ein Italiener Mitte fünfzig, müdes Gesicht, zerknitterter beigefarbener Anzug und ein Akzent, der ihn als Apulier outete. „Alles klar?", fragte er. „Ist die Luft rein? Kann ich die anderen rufen?"

„Ja", antwortete Sambo einsilbig.

Der Unbekannte telefonierte kurz, und ein paar Minuten später stapften vier weitere Personen in die Wohnung: zwei Männer und zwei Frauen zwischen dreißig und vierzig. Sie wirkten wie Touristen. Rollkoffer mit deutlich sichtbaren Aufklebern von diversen Hotels und Reisebüros, Freizeitkleidung von der Stange, knallige Farben, Panamahüte und Baseballkappen zum Schutz vor dem Regen, Sandalen und Turnschuhe.

Sie begrüßten Pietro mit einem Kopfnicken und nahmen das Apartment in Besitz. Untereinander verständigten sie sich auf Französisch und Spanisch.

Der Italiener hielt die Hand auf. „Die Schlüssel."

Sambo gab sie ihm, und der andere fragte, wer die Ersatzschlüssel habe. „Nur die Polizeirätin Basile", antwortete der Ex-Kommissar.

„Du kannst gehen", sagte der Typ und wies auf die Tür. „Gegebenenfalls setzen wir uns mit dir in Verbindung."

„Soll ich euch denn nicht über die Lage informieren?", fragte er und dachte an das, was er gerade über die Komplizin des Touristen herausgefunden hatte.

„Das ist nicht nötig."

Sambo verließ die Wohnung, ohne sich zu verabschieden. Die Enttäuschung stand ihm ins Gesicht geschrieben. Hochnäsigkeit hatte er noch nie ertragen, obgleich er sich eingestehen musste, dass er früher ebenfalls überheblich gewesen war, wenn er mit Kollegen zu tun hatte, die nicht zum unmittelbaren Kreis der Mordkommission gehörten. Kaum war er in die Calle Lorenzetti eingebogen, stand Caprioglio vor ihm.

„Ich war neugierig", rechtfertigte er sich. „Ich konnte der Versuchung nicht widerstehen, einen Blick auf diese Superhelden zu werfen."

„Und was hältst du von ihnen?"

„Ein alter Hase des italienischen Geheimdienstes und vier ausländische Racker, mit denen nicht zu spaßen ist."

„Ich hatte denselben Eindruck."

„Sie haben dich abserviert, stimmt's?"

„Da warst du dir offenbar sicher, sonst hättest du ja wohl kaum hier draußen auf mich gewartet."

„Sagen wir, ich habe es geahnt", brummte Nello. „Und sie haben dir gesagt, du sollst dich zur Verfügung halten."

„Genau. Ich kann nur hoffen, dass ich mit diesen Schnöseln nichts mehr zu tun haben werde. Unsere Bezugsperson bleibt Tiziana Basile."

Caprioglio spreizte den Zeige- und Mittelfinger seiner rechten Hand zu einem V und machte damit eine Bewegung, als würde er rauchen. Er wollte eine Zigarette, und Pietro hielt ihm das Päckchen hin. „Ich dachte, du hättest längst damit aufgehört."

„Ein echter Raucher hört niemals auf", erwiderte der Detektiv philosophisch, „denn es gibt Momente, in denen das einfach dazugehört, um etwas zu zelebrieren."

„Und was zelebrierst du jetzt gerade?"

„Die Ratlosigkeit."

Pietro schüttelte den Kopf und schickte ihn im schönsten venezianischen Dialekt dahin, wo der Pfeffer wächst.

Nello ließ sich davon nicht beirren. „Bis jetzt hat es vier Opfer gegeben: zwei Frauen, die auf das Konto des Touristen gehen, und zwei Agenten aus dem Umfeld der Basile. Nur einer der Morde ist an die Öffentlichkeit gedrungen, nämlich der an der Frau des Leutnants von der GICO, aber die Tat wurde einer illegalen Albanerin in die Schuhe geschoben, die nichts damit zu tun hat. In dieser armen Stadt, durch die sich die Kiele der Kreuzfahrtriesen schieben und den Canal Grande bei ihrer Durchfahrt verdunkeln, bevor sie Heerscharen von Touristen ausspucken, stehen sich nun also zwei Geheimorganisationen gegenüber, die sich gegenseitig auslöschen wollen. Bald wird Blut fließen."

„Komm zum Punkt", unterbrach ihn Sambo, „ich will nach Hause."

Doch Nello war jetzt in Fahrt. „Es geht mir um Venedig", ereiferte er sich. „Diese Stadt ist kein Schauplatz für Bandenkriege. Wir haben alles getan, um zu verhindern, dass das Gesindel hier Wurzeln schlägt. Wir haben aufgeräumt, auch mit unsauberen Mitteln, damit die alte Dame in Frieden ihren wohlverdienten Ruhestand genießen kann. Aus diesem Grund habe ich mich in diese Geschichte hineinziehen lassen. Ich bin bereit, meinen Arsch zu riskieren, um dafür zu sorgen, dass diese Leute woanders James Bond spielen, denn das Blut auf der *Pietra d'Istria* geht nicht mehr weg. Es bleibt für immer."

Pietro bot ihm noch eine Zigarette an. „Diese Leute bringen einander für gewöhnlich ohne großes Aufsehen um die Ecke", meinte er. „Wenn sie nicht gerade Bomben in Banken oder Zügen hochgehen lassen, töten sie zwar, machen aber hinterher sauber. Ich glaube nicht, dass sie Aufmerksamkeit erregen und ihr Tun an die große Glocke hängen wollen. Immerhin sind sie bereit, Unschuldige ins Gefängnis beziehungsweise ins Irrenhaus zu schicken. Ich bin ganz deiner Meinung, wenn du sagst, dass sie damit aufhören müssen. Auf der anderen Seite hatte ich den Eindruck, dass du ausgesprochen scharf darauf warst, dich rekrutieren zu lassen."

„Du hast recht, aber du, ich und Ferrari, wir sind Venezianer, und die Polizeirätin kommt zwar aus dem Süden, hat aber beschlossen hier zu leben. Die Einheimischen gegen die bösen Fremden. Aber als ich diese fünf Typen gesehen habe, ist es mir kalt den Rücken runtergelaufen."

„Ich weiß, was du meinst. Aber jetzt sind sie es, die das Spiel bestimmen. Wir stehen am Spielfeldrand und sammeln die Bälle auf."

„In letzter Zeit wirfst du mit Plattitüden nur so um dich, ist dir das aufgefallen?", bemerkte Caprioglio.

Sambo zuckte mit den Schultern. „Na und?"

„Du musst aufpassen. Für gewöhnlich klammert man sich an die Bälle am Spielfeldrand, wenn man nicht weiß, was man sagen soll, oder wenn einem andere Dinge durch den Kopf gehen. Und das hier ist nicht der richtige Augenblick dafür."

„Ich schwöre feierlich, dass ich darüber nachdenken werde", sagte Pietro, um das Thema zu beenden.

Während sie schweigend auf das Vaporetto warteten, begann es erneut zu schütten. Der Regen trommelte auf das Metalldach und machte einen Höllenlärm. Nello stieg an der Ca' Tron aus und verschwand im Dunkel einer Gasse. Sambo fuhr weiter Richtung San Giobbe.

Simone Ferrari stand am Herd und bereitete eine *Carbonara di pesce* zu. Pietro grauste es. In Stücke geschnittener Lachs, Thunfisch und Schwertfisch anstelle von gewürfeltem Speck. In seinen Augen war es eine Geschmacklosigkeit der Moderne, die kulinarische Tradition so leichtfertig verkommen zu lassen, nur weil es schick war.

Was ihn aber noch mehr störte, war die Selbstverständlichkeit, mit der Ferrari seine Küche in Beschlag nahm. Schließlich war sie ein intimer Ort, der Erinnerungen an die verschiedensten Momente in einem Leben wachrief.

Er verschanzte sich hinter einer Mauer formeller Höflichkeit, schenkte sich ein Glas Manzoni Bianco Piave von Casa Roma ein und gesellte sich zu Tiziana, die auf dem Sofa im Wohnzimmer lag und sich ausruhte.

Sie hatte die Schuhe abgestreift, der Rock war leicht nach oben gerutscht und enthüllte ihre nackten Schenkel.

„Alles klar mit der Truppe?", fragte sie, nachdem sie ihn mit einem Lächeln begrüßt hatte.

„Ja. Sie haben mir die Wohnungsschlüssel abgenommen."

„Reine Routine", spielte sie den Vorgang herunter.

„Wie geht es jetzt weiter?"

„Morgen früh treffe ich sie zu einer Besprechung. Dann treten sie in Aktion."

„Mehr wollte ich gar nicht wissen", erwiderte Sambo ironisch.

Tiziana streckte die Hand aus und schnappte sich sein Weinglas. „Sie haben mich von dem Auftrag entbunden", teilte sie ihm mit. Ihre Stimme klang erschöpft. „Sie sind der Auffassung, dass mein Handeln dem Ernst der Lage nicht angemessen war."

„Wie soll ich das verstehen?"

„Sie meinen, der Tourist und seine Freundin hätten rund um die Uhr beschattet werden müssen, und der Umstand, dass ihr aufgeflogen seid, deute auf schlechte Führungsqualitäten im Feld hin, aber das ist nur ein Vorwand, um mich von dem Fall abzuziehen. In Wirklichkeit sind Neid und Missgunst auch in dieser Parallelstruktur, die sich aus Mitarbeitern dreier europäischer Geheimdienste zusammensetzt, an der Tagesordnung. Sie stellen dir ein Bein und fahren die Ellenbogen aus."

„Du hast zwei Männer verloren", warf Pietro ein. „Solange du nicht wusstest, ob der Stützpunkt von Sacca Fisola ein sicherer Ort war, hast du dir Sorgen um sie gemacht, dann hast du sie unter ‚Auftrag erledigt' zu den Akten gelegt."

„Ich denke gar nicht daran, mich auch noch dafür zu rechtfertigen", schoss die Polizeirätin zurück. „Ich habe es satt, für alles, was ich tue, von dir kritisiert zu werden. Ich habe getan, was ich konnte, mit den spärlichen Mitteln, die mir zur Verfügung standen. Die Truppe ist verspätet eingetroffen."

Dem Ex-Kommissar platzte der Kragen. „Du hast einen Fehler nach dem anderen gemacht. Das bisschen, was wir herausgefunden haben, verdankst du Nello und meiner Wenigkeit."

Sie seufzte, während sie den Kopf zurücklehnte und die Augen schloss. „Was ist bloß los mit dir?"

„Ich habe versucht mich zu arrangieren und für alles, was wir in dieser Sache unternommen haben, eine Rechtfertigung zu finden, auch für das, was mir zuwider war, aber als ich die Wohnung betreten habe und diesen Typen dort in meiner Küche vorfand, ist mir das gehörig auf den Sack gegangen. Von jetzt an werde ich kein Auge mehr zudrücken."

Noch ein tiefer Seufzer. Sie war enttäuscht. „Das ist keine gute Erklärung. Klingt eher nach einer Laune."

„Ich weiß. Aber sei unbesorgt, in Zukunft werde ich besser argumentieren. Der Punkt ist: Diese ganze Geschichte hat etwas durch und durch Krankes an sich."

Tiziana richtete sich auf. Sie massierte ihre Füße und zog die Schuhe wieder an. Dann erhob sie sich, und als sie an Pietro vorbeilief, legte sie ihm eine Hand auf den Kopf und fuhr mit den Fingern durch sein Haar. „Du bist ein armer Kerl", flüsterte sie. „Zu nichts zu gebrauchen."

Sie ging in die Küche, und er hörte, wie sie mit Ferrari tuschelte. Dann verließen beide die Wohnung.

Der Topf mit kochendem Wasser und der halbgaren Pasta stand noch auf dem Herd. Sambo drehte das Gas ab, ging ins Schlafzimmer und warf sich aufs Bett. Das Einzige, was er jetzt brauchte, war die Dunkelheit. Sie half ihm sich einzugestehen, dass nichts von dem, was er Tiziana vorgeworfen hatte, der Grund für sein Unbehagen gewesen war, sondern das Gespräch mit dem Touristen. Seine Stimme, seine Worte, die provozierende Ruhe, mit der er Verhandlungsmöglichkeiten auslotete, obwohl er mit dem Rücken zur Wand stand. Leben gegen Leben im Tausch gegen den Tod. Die Killer von Mathis und Cesar als Gegenleistung für die getöteten Frauen. Macheda anstelle von Abel Cartagena.

Er hatte niemandem davon erzählt, um nicht zum Komplizen eines obszönen Deals zu werden, denn er war sicher, dass der Vorschlag des Touristen in Betracht gezogen worden wäre. In diesen Kreisen, wo selbst das Gewissen unergründlich war, gab es keine Grenzen, und alles war erlaubt.

Wenig später brach erneut ein Gewitter los, und Windböen peitschten den Regen frontal gegen die Fensterläden. Das Geräusch war laut und aufdringlich, wurde aber vom Schrillen der alten Hausklingel übertönt.

Pietro stand auf und schlurfte müde zur Tür.

Es war Simone Ferrari. Er wischte sich das Gesicht mit einem Taschentuch ab, das mit Wasser und Blut getränkt war. Die Lippe und die linke Augenbraue waren aufgerissen. Das muss bestimmt genäht werden, dachte der Ex-Kommissar, als er die Wunde sah, doch dann schoss ihm ein anderer Gedanke durch den Kopf: Der Frau, die Ferrari beschützen sollte, musste etwas zugestoßen sein.

„Wo ist Tiziana?"

„Sie haben sie mitgenommen", antwortete der Agent. „Fünf Männer. Drei hatten sich im Aufenthaltsbereich im Heck versteckt und zwei sind von hinten aufgetaucht. Als wir an Bord gingen, haben sie uns außer Gefecht gesetzt und dann sind sie mit dem Motorboot davongefahren."

„Und du, warum bist du noch am Leben?"

Ferrari stöhnte auf. „Weil ich eine Nachricht von Macheda überbringen soll."

„Wie lautet sie?"

„Sie wird leiden. Sie wird reden. Sie wird sterben."

Die Worte durchzuckten Pietro wie ein Blitz und ihn fröstelte.

„Du hast dich in der Adresse geirrt", sagte er. „Du musst dich an deine Kollegen in Sacca Fisola wenden. Ich kann nichts tun."

„Du Arschloch", ging der Agent auf ihn los, „das ist alles deine Schuld. Wenn du sie nicht dazu gebracht hättest, zu gehen, wäre sie jetzt hier in Sicherheit."

„Es war deine Aufgabe, sie zu beschützen", gab Sambo zurück, „aber offenbar warst du damit überfordert. Du hast dich wie ein

Anfänger austricksen lassen und jetzt schiebst du mir die Schuld in die Schuhe. Verschwinde."

„Das wird dich teuer zu stehen kommen."

„Scheint mein Schicksal zu sein", murmelte Sambo, während er ihn aus der Wohnung schob und die Tür schloss.

Erneut suchte er Zuflucht im Bett und im Dunkel des Zimmers. Der Wind hatte gedreht und trieb den Regen nicht mehr gegen die Fassade des Hauses.

Sie wird leiden. Sie wird reden. Sie wird sterben. Die Botschaft hämmerte gegen seine Schläfen. Tizianas Rettung lag in den Händen einer Gruppe von Personen, deren Prioritäten und Befehle er nicht kannte, deren Missachtung menschlichen Lebens jedoch kein Geheimnis war.

Basile war keine besonders wichtige Agentin und zudem war sie in Ungnade gefallen. Die einzige Frage, die man sich in den oberen Rängen jener megageheimen Struktur stellen würde, war, welchen Schaden die Polizeirätin wohl mit den Informationen anrichten konnte, die sie unter der Folter preisgab.

Niemand hatte in diesem Moment eine Ahnung, wo sie gefangen gehalten wurde. Die einzige schwache Spur war Ferraris Motorboot, aber um es zu finden, waren Leute und Mittel vonnöten.

Bestimmt würden die Agenten der Einsatztruppe versuchen, Abel und Zoé zu schnappen, und dann würden sie sie zwingen, die Verstecke von Machedas Bande zu verraten.

Sambo vermutete jedoch, dass die Freiberufler genau das erreichen wollten, denn sonst wären die beiden schon längst über alle Berge gewesen. Dass sie sich noch immer in der Wohnung auf dem Campo de la Lana aufhielten, konnte nur eins bedeuten: Sie sollten die Ressourcen binden und die Aufmerksamkeit auf eine Spur lenken, die nirgendwo hinführte.

Einen Moment lang war er versucht, Oberst Morando von der GICO einzuweihen und ihn über die Entführung zu unterrichten, aber der würde den üblichen Dienstweg beschreiten, und das würde bedeuten, Wahrheiten ans Licht zu bringen, die im Dunkel der Staatsgeheimnisse bleiben mussten.

Es gab noch einen anderen Weg – einen, der direkt in die Hölle führte. Noch vor ein paar Stunden hatte diese Option sein Gewissen gemartert und ihn dazu gebracht, endgültig mit Tiziana zu brechen, weil er nicht so werden wollte wie sie und ihre Partner.

Aber direkt mit dem Touristen zu verhandeln, war die einzige Möglichkeit. Nur so konnte er verhindern, dass die perverse Logik der Geheimdienste die Oberhand gewann.

Es kostete ihn gewaltige Mühe, den Gedanken an die gefangene Tiziana wegzuschieben und sich auf den nächsten Schritt zu konzentrieren. *Sie wird leiden. Sie wird reden. Sie wird sterben.*

Die Menschen reden immer unter der Folter. Das Einzige, was man nicht aus ihnen herausbekommt, ist das, was sie nicht wissen. Er hoffte nur, sie würde nicht gleich zu Beginn seinen Namen nennen, denn er brauchte Zeit.

Er schaltete Kikis Mobiltelefon ein. Die Anzahl der Nachrichten und unbeantworteten Anrufe, die in der Zwischenzeit eingegangen waren, ließ darauf schließen, dass eine ganze Reihe von Personen sich fragte, wo sie abgeblieben war. Abel Cartagena war nicht darunter.

Er schickte ihm eine SMS: „Ich muss mit dir reden."

Nach ein paar Minuten kam die Antwort: „Mitten in der Nacht? Muss ja sehr dringend sein!"

Sambo rief ihn an. „Ciao Abel."

„Ciao Pietro."

„Seid ihr immer noch in der Wohnung?"

„Ja."

„Und wieso?"

„Mir ist der Sinn dieser Frage nicht klar."

„Wir haben euch schon vor Tagen ausfindig gemacht, und trotzdem habt ihr nie daran gedacht, euch in Sicherheit zu bringen."

„Machst du dir Sorgen um uns? Das ist lieb von dir."

„Ich glaube, eure Vorgesetzten haben euch absichtlich auf den Präsentierteller gesetzt. Du weißt, was das bedeutet?"

„Natürlich. Aber bietest du mir nun etwas an oder hast du mich nur geweckt, um mir offensichtliche Dinge mitzuteilen?"

„Ich möchte dir einen Tausch vorschlagen, und die Gegenleistung ist Straffreiheit. Für dich und Zoé Thibault."

„Was du nicht sagst. Und was willst du dafür haben?"

Pietro spürte, wie ihm das Blut in den Adern gefror. Der Tourist wusste nichts von der Entführung. Sie hatten ihn nicht darüber informiert, weil sie ihn opfern wollten, und je weniger er wusste, desto weniger würde er ausplaudern können, wenn man ihn schnappte.

„Wenn du das nicht weißt, kann das nur eins bedeuten", meinte der Ex-Kommissar enttäuscht. „Du bist zu nichts und für niemanden mehr zu gebrauchen, aber diejenigen, die dich in die Finger kriegen, werden dich leiden lassen, bevor sie dich den Fischen zum Fraß vorwerfen. Das müsste mir eigentlich ein Trost sein, aber das, was ich will, ist wichtiger."

„Wir können an jedwede Information gelangen und wieder wettbewerbsfähig werden."

„Ihr seid bloß zwei Serienkiller am Ende der Karriere."

„Du solltest dir diesen Kanal offen halten", riet ihm der Tourist. „Gib uns eine Chance, und wir werden dich nicht enttäuschen."

„Denk daran, ihr seid geliefert. Es bleiben euch nur noch wenige Stunden, vorausgesetzt, sie haben das Haus nicht bereits umstellt."

Mit einer fahrigen, fast schon hysterischen Handbewegung drückte Pietro die rote Taste. Er hatte den Touristen gewarnt in der kläglichen Hoffnung, herauszufinden, wo sie Tiziana versteckt hielten, wenn er dem Killer die Haut rettete. Damit hatte er seine Seele verkauft.

Mit Grauen wurde ihm bewusst, dass Abel Cartagena ihn nun in der Hand hatte und ihn jederzeit zum Tode verurteilen konnte. Die Geheimdienstleute hätten seine Initiative, einen Serienmörder zu kontaktieren, ihn über die unmittelbare Gefahr, in der er schwebte, zu unterrichten und ihm eine sorgenfreie Zukunft in Aussicht zu stellen, keinesfalls begrüßt. Solche Alleingänge konnten ihn den Kopf kosten.

Er nahm das andere Mobiltelefon, um Nello zu wecken.

„Ich habe nur schlechte Nachrichten, und wahrscheinlich habe ich Scheiße gebaut", flüsterte Sambo ins Telefon.

„Bin schon unterwegs", sagte Nello.

„Das ist für dich die allerletzte Gelegenheit, um aus dieser Geschichte auszusteigen."

„Aber es ist nicht das, was du willst, andernfalls hättest du mich schlafen lassen."

Sambo vergrub das Gesicht in den Händen.

Sechzehn

Laurie hatte das leise Vibrieren des Mobiltelefons gehört, als die SMS eintraf. Kurz darauf hatte Abel einen Anruf erhalten und sich in die Küche verzogen. Sie hatte an der Tür gelauscht und einen Großteil des Telefonats mitbekommen.

Jetzt saß sie ihm gegenüber. „Mit wem hast du gesprochen?"

Er antwortete mit einer Gegenfrage. „Hast du dir den Namen Laurie selbst ausgesucht?"

„Nein, der stand in dem gefälschten Pass."

„Du hättest den Nachnamen ändern, dich aber weiterhin Zoé nennen sollen, was im Griechischen ‚Leben' bedeutet. Der perfekte Name für eine Serienkillerin."

„Wie hast du es herausgefunden?"

„Pietro hat es mir gesagt, der Typ, mit dem ich gerade so nett geplaudert habe. Er gehört zur gegnerischen Mannschaft", antwortete er. „Abernathy hat dir erzählt, dass sie mich identifiziert haben, aber er vergaß zu erwähnen, dass sie dich ebenfalls enttarnt haben."

„Du ‚plauderst nett' mit dem Feind?"

„Ja, aber das erzähle ich dir später. Jetzt habe ich eine wichtigere Frage: Könntest du allein zurechtkommen, ohne die Hilfe von Abernathy?"

„Ja", antwortete sie entschieden. „Das einzige wirkliche Problem ist das Geld. Man braucht eine ganze Menge, und genau aus diesem Grund teilen die Freiberufler einem nur das Nötigste zu. Auf diese Weise hängt man immer an der Titte der Organisation. Wenn man nicht über die nötigen Mittel verfügt, kann man nirgendwo hin, und man kommt gar nicht erst auf die Idee zu desertieren."

Cartagenas Miene hellte sich auf. „Ich bin auch eine Titte. Schön rund und prall", sagte er strahlend. „Meine Mutter hat mir ein hübsches Sümmchen hinterlassen. Sie meinte, ich würde es für die vielen Gerichtsverfahren brauchen, die sie auf mich zukommen sah."

„War sie reich?"

„Sehr reich, aber vor allem vorausschauend", erwiderte er und tat so, als würde ihn Wehmut überkommen. „Sie hat mir immer geholfen zu überleben und die Welt meinem übermütigen Wesen anzupassen. Diesen Begriff hat sie gegenüber den Anwälten und Seelenklempnern verwendet: ‚übermütig'."

„Du warst also schon immer ein böser Junge."

Abel verlor das Interesse an dem Gesprächsthema. „Ist in den letzten Stunden etwas Wichtiges geschehen?"

„Nicht dass ich wüsste."

„Als du das letzte Mal aus dem Haus gegangen bist, warst du bewaffnet und meintest, du hättest einen Einsatz."

„Ich habe Abernathy und Norman geholfen, den Typen zu identifizieren, der uns beobachtet hat, und ihn zu beschatten. Offenbar ist er Taxifahrer. Er hat uns zu seinem Motorboot geführt."

„Das ist alles?"

„Ja."

„Pietro hat mir anvertraut, dass sie im Begriff sind uns zu schnappen", sagte er. „Er meint, die Freiberufler hätten uns geopfert und den Gegnern zum Fraß vorgeworfen, und ich bin durchaus geneigt, ihm zu glauben, denn, wie ich dir bereits sagte: Wir sind entbehrlich."

Laurie schüttelte den Kopf. „Es gehört nicht zur Politik der Freiberufler, die eigenen Agenten ans Messer zu liefern. Bist du dir darüber im Klaren, wie viele Informationen du liefern könntest, wenn sie dich schnappen würden?"

„Und wie sieht die übliche Praxis aus?"

„Sie schneiden die trockenen Äste ab."

„Und wenn wir die trockenen Äste wären, wie würden sie deiner Meinung nach vorgehen?"

Laurie sah auf die Uhr. „In etwa einer Stunde, nachdem sie mithilfe des Senders unseren Standort ermittelt haben, würden drei Männer geräuschlos die Tür öffnen, auf Zehenspitzen ins Schlafzimmer schleichen, uns mit dem Taser außer Gefecht setzen und uns dann mit Plastiktüten ersticken. Anschließend würden zwei weitere Männer mit Karren und Truhen anrücken."

„Falls du mit deiner Theorie über die Politik der Freiberufler recht hast, irrt sich der gute Pietro", überlegte Cartagena laut. „Er ist davon überzeugt, dass sie uns hier in Schach halten, um woanders ungestört etwas anzustellen. Aber warum sollten sie uns dann umbringen?"

„Um unnütze und schädliche Mitarbeiter loszuwerden und um die Gegenseite mit der Suche nach zwei Kriminellen abzulenken, die gar nicht mehr existieren – eine sinnlose und kontraproduktive Zeitverschwendung. Sie würden also zwei Fliegen mit einer Klappe schlagen."

„Dann werden sie es tun", sagte Abel entschieden. „Willst du hier in der Küche auf sie warten oder im Bett? Ich mache mich jetzt nämlich aus dem Staub."

Die Kanadierin biss sich auf die Lippe. „Du meinst also, die verarschen uns?"

Der Tourist breitete theatralisch die Arme aus. „Wenn sogar der Feind die Freundlichkeit besitzt, uns telefonisch zu warnen, was gibt es da noch zu zweifeln?"

„Du versuchst doch hoffentlich nicht, mich zu manipulieren? Es wäre nicht gut, wenn ausgerechnet jetzt irgendwelche Spannungen zwischen uns entstehen würden."

Mörderische Spannungen, dachte Cartagena. Er brauchte Laurie, weil sie die perfekte Gefährtin für ein Leben auf der Flucht war.

„Du weißt doch, ich möchte dich immer davon überzeugen, dass aus meinem Mund nur Perlen der Weisheit kommen. Du weißt auch, dass ich Wert darauf lege, das Kommando zu übernehmen. Aber hier geht es um unsere Haut. Mir ist klar, dass du in diesem Moment durcheinander bist – zu viele Teilchen eines verdammten Puzzles, die zusammengesetzt werden müssen, aber ich schlage vor, dass wir uns draußen auf die Lauer legen und einfach abwarten, was geschieht."

Sie nickte und ging sich anziehen. Er trank ein Glas Wasser. Das viele Gequatsche hatte ihm die Kehle ausgetrocknet. Er hatte inzwischen begriffen, dass die Kanadierin von Natur aus misstrauisch war. Und das zu Recht: Der Umgang mit Indianern und Strafgefangenen, in ihren Augen zwei der heimtückischsten Spezies auf Erden, hatte sie gelehrt, dass sie in ihrer Wachsamkeit niemals nachlassen durfte.

Um sie nach seinem Belieben zu steuern, musste er zugeben, dass er sie hereinlegen wollte, und ihr ermöglichen, das Spiel zu durchschauen. Man merkte gleich, dass Laurie nie gut im Pokern gewesen war.

Als sie sich aus dem Palazzo schlichen, hatte der Regen wieder eingesetzt. Kurz vor sechs würde es hell werden. Laurie zufolge würden die Killer gegen fünf zuschlagen, denn das war der ideale Zeitpunkt, um jemanden im Schlaf zu ermorden: Tiefschlafphase, Dunkelheit, leere Straßen, müde Polizisten. Sie versteckten sich im trockenen Eingangsbereich eines nahe gelegenen Wohnhauses, nachdem die Kanadierin das Tor mühelos mit einem kleinen Dietrich geöffnet hatte, den sie im Rucksack aufbewahrte.

Um vier Uhr achtundvierzig erschienen drei schwarz gekleidete Männer auf dem Campo de la Lana. Die Kapuzen ihrer Anoraks tief in die Stirn gezogen liefen sie dicht an die Hauswände gedrängt die Straße entlang.

„Norman, Dylan und Caleb", flüsterte Laurie. „Du hattest recht. Jetzt sollten wir mit dem ersten Nahverkehrszug in die nächstbeste Stadt fahren und unser Leben neu erfinden."

„Vielleicht wäre es für uns von Vorteil, in Venedig zu bleiben."

„Das bezweifle ich."

„Hängt davon ab, wie viele Informationen wir Pietro liefern können. Er hat uns Straffreiheit in Aussicht gestellt. Uns beiden, wohlgemerkt."

„Und du glaubst ihm?"

„Nein. Aber bei solchen Verhandlungen springt immer etwas für einen heraus. Auf jeden Fall vermitteln wir ihm so den Eindruck, dass wir nicht entkommen können, sprich: Er wird unsere Möglichkeiten unterschätzen."

„Aber hier geht es noch um etwas anderes, stimmt's?"

„Ich will mich an Macheda rächen, und an diesen Typen, die gerade mit wenig freundschaftlichen Absichten in unser Nest eindringen. Und ich will die Signatur des Touristen hinterlassen. Ein letztes Mal, denn mit der nächsten Identität werde ich auch meinen Stil ändern müssen."

„Und wo sollen wir uns verstecken? Wir können ja nicht einfach ein Zimmer in einem Hotel oder einem Bed and Breakfast nehmen."

„Ich bin sicher, dass die Signora Carol Cowley Biondani gern bereit sein wird, uns für ein paar Tage in ihrer schönen Wohnung auf dem Campo de la Lana zu beherbergen."

„Die Furie!", grinste Laurie. „Eine ausgezeichnete Idee."

„Du hast meine Frage noch nicht beantwortet: Haben wir Tauschware anzubieten?"

„Kommt darauf an, was sie suchen."

In dem Moment verließen die drei Auftragskiller das Haus. Norman baute sich mitten auf der Straße auf und spähte nach allen Seiten in die Dunkelheit. Die Kapuze hatte er abgenommen, der Regen, der unablässig niederfiel, schien ihn nicht zu stören.

Abel musste sich eingestehen, dass der Mann ihm richtiggehend Angst machte, und er hoffte, diese unangenehme Empfindung durch Normans Tod zu exorzieren. Er selbst hätte zwar nie den Mut, ihn anzugreifen, aber wozu gab es Pietro und seine Leute?

Der Tourist machte Anstalten den Hauseingang zu verlassen, doch die Kanadierin hielt ihn zurück. „Warte, da ist noch jemand."

Ein paar Sekunden später sahen sie eine dunkel gekleidete Frau vorbeigehen. Sie hatte keinen Regenschirm, trug aber einen Regenmantel und einen Regenhut. Cartagena fiel auf, dass sie keine Handtasche bei sich hatte. Zweifellos gehörte sie zu Pietros Truppe, und um ein Haar wäre sie Norman in die Arme gelaufen, aber wie es der Zufall wollte, war der Killer wenige Minuten zuvor von der Bildfläche verschwunden.

Die Unbekannte blieb einen Moment vor dem Palazzo stehen und bewegte die rechte Hand hin und her.

„Sie filmt den Einsatzort", erklärte die Kanadierin. „Das hätten sie schon vor Stunden tun sollen. Offenbar sind sie mit den Vorbereitungen der Blitzaktion im Verzug. Oder sie sind völlig unfähig oder haben nicht genügend Leute in diesem Teil der Stadt."

Die Agentin entfernte sich in die entgegengesetzte Richtung. Abel schickte eine SMS: „Ich danke dir für die Warnung. Wir sind umgezogen, stehen dir aber jederzeit zur Verfügung. Lass mich wissen, was du brauchst, Zoé kann dir helfen."

Die Kanadierin berührte ihn am Arm. „Wir müssen los", sagte sie, während sie das Mobiltelefon, über das sie bislang mit Abernathy Kontakt gehalten hatte, in einem der Briefschlitze im Eingangsbereich verschwinden ließ. Binnen weniger Stunden würden die Freiberufler es aufspüren und dann würden sie endgültig begreifen, dass sich die beiden Psychopathen nicht wie die letzten Idioten beseitigen ließen. Lauries Zorn schwelte unter der Asche der Selbstkontrolle. Das Feuer war im Begriff zu entbrennen.

Siebzehn

Pietro las die Nachricht auf dem Display des Mobiltelefons und zeigte sie Caprioglio.

„Ruf ihn an", empfahl der Detektiv.

„Es ist ein Sprung ins Ungewisse."

„Du bist doch bereits gesprungen, als du ihn zum ersten Mal angerufen hast. Wir müssen herausfinden, ob er uns tatsächlich helfen kann, die Polizeirätin aufzuspüren."

Sambo zündete sich noch eine Zigarette an, um Zeit zu gewinnen. Nello war in weniger als zwanzig Minuten bei ihm gewesen. Er hatte zugehört, ohne eine Miene zu verziehen, und war bereit, alles zu unternehmen, um Tiziana zu befreien.

„Sie ist eine von uns, und wir regeln das auf unsere Weise", hatte er gesagt.

Er hatte einen klaren Kopf. Zum Glück. Sie hatten alles ausführlich besprochen. Beide spürten die Last der enormen Verantwortung, die sie übernahmen. Der Moment zum Handeln war gekommen.

Der Ex-Kommissar rief den Touristen an.

„Ciao Abel."

„Ciao Pietro. Gut, dass du anrufst."

„Bist du noch in Venedig?"

Cartagena schnaubte verächtlich. Die Naivität der Frage ärgerte ihn. „Wie können wir uns gegenseitig helfen?"

„Vielleicht ist es besser, wenn ich direkt mit der Frau spreche."

Ein paar Sekunden später sagte eine weibliche Stimme mit französischem Akzent: „Ich weiß, dass du meine wahre Identität kennst, aber mir wäre es lieber, wenn du mich Laurie nennen würdest."

Sambo fand, dass sie eine angenehme Stimme hatte. Sie wollte so gar nicht zu der Grausamkeit ihrer Taten passen. „In Ordnung, kein Problem."

„Straffreiheit für beide, richtig?"

„Ja."

„Was willst du wissen?"

„Ich suche eine Frau, die Macheda hier in Venedig hat entführen lassen."

„Macheda? Wer soll das sein?"

„Ein vornehmer bärtiger Herr mit weißen Haaren."

„Alles klar. Ich kenne ihn unter diversen anderen Namen. Zurzeit nennt er sich Abernathy. Alle haben Namen aus der Fernsehserie *Bates Motel*. Das ist auch der Codename für die Operation."

Wie krank, dachte Pietro. „Ich will wissen, wo sie sie hingebracht haben."

„Wollt ihr sie befreien?"

„Das ist unsere Absicht."

„Und wenn ich herausfinde, dass sie eliminiert wurde, gilt die Abmachung nicht mehr?"

Der Kommissar a. D. hatte mit dieser Frage nicht gerechnet und beschloss, ehrlich zu sein. „Ich bin nur unter der Voraussetzung zum Verhandeln befugt, dass die Frau am Leben ist."

„Das verstehe ich nicht, wollt ihr denn nicht diesen Typen kriegen, den du Macheda nennst, und seine Leute?"

„Nein. Ich will nur die Frau", erwiderte Pietro. „Ich kann dich an andere Agenten verweisen, die bestimmt interessiert wären, aber ich bezweifle, dass sie Wort halten würden."

„Ich rufe dich an, sobald ich was weiß."

Ein paar Augenblicke lauschte Sambo der Stille am anderen Ende der Leitung. Dann sah er Caprioglio an.

„Man könnte meinen, dass du der Einzige bist, der diese beiden Typen retten kann, aber du hast weder die Macht noch die Absicht, es zu tun."

„Nein."

„Und du meinst, sie ahnen nicht, dass es eine Lüge ist?"

„Sie werden sich natürlich nicht so leicht über den Tisch ziehen lassen, und es ist nicht gesagt, dass wir schlauer sind als sie."

„Egal, wie es ausgeht, am Ende werden wir versuchen, sie auszuschalten."

„Das war von Anfang an klar."

„Allerdings hatten wir nicht bedacht, dass wir womöglich rumballern müssen, um die Basile zurück nach Hause zu bringen."

„Ich denke nicht, dass wir die Höhle des Löwen im Alleingang erobern können."

„In was für eine scheiß Geschichte hast du mich da hineingezogen? Wir reden wie zwei Irre."

Nello fasste sich an die Hüfte, wo er die Pistole trug. Er wollte noch etwas hinzufügen, überlegte es sich aber anders. Er ging in die Küche und setzte Kaffee auf.

„Sie sind noch hier in Venedig", sagte Pietro, während er den Zucker suchte. „Aber wo haben sie sich wohl verkrochen? Schließlich können sie nicht mehr auf das Netzwerk der Freiberufler und deren Verstecke zurückgreifen."

„Das eigentliche Problem wird sein, eins für uns zu finden", gab der Detektiv zu bedenken. „In Kürze werden die Supermänner und -frauen aus Sacca Fisola auf der Matte stehen und Erklärungen wollen. Und wenn Tiziana geredet hat, kennen die Freiberufler nicht nur unsere Namen, sondern auch unsere Adressen."

„Ich wüsste wirklich nicht, an wen ich mich wenden sollte."

„Ich schon. Die Frage ist, ob meine Kontakte deinen moralischen Ansprüchen genügen."

„Du meinst den Kreis der Nutten in den Hotels?"

Nello nickte und lachte vielsagend. „Aber die mit vier und fünf Sternen."

„Und deine Arbeit? Diese Sache könnte zur Folge haben, dass du längere Zeit nicht zum Dienst erscheinen kannst."

„Das lässt sich regeln. Ich habe Mitarbeiter, die mich würdig vertreten können. Sobald dieser Alptraum hier vorbei ist, habe ich den Job hoffentlich noch."

Pietro packte ein paar Sachen in eine Tasche. Bevor sie die Wohnung verließen, steckte er noch die Geldreserve ein, die er beim letzten Mal vom Stützpunkt in Sacca Fisola mitgenommen hatte.

„Wie viel ist das?", fragte Caprioglio.

„Dreißigtausend."

„Denk dran, dass zehntausend davon mir gehören, wie die Polizeirätin versprochen hat, als sie mich als Handlanger engagierte." Er versuchte zu lächeln, aber es wurde nur eine schmerzverzerrte Grimasse daraus. „Ich muss immerzu daran denken, was sie ihr wohl Furchtbares antun", stieß er hervor, als wollte er sich von einer unerträglichen Last befreien.

Pietro verlor die Beherrschung und packte ihn am Kragen. „Willst du mich fertigmachen?"

Nello verstand und entschuldigte sich. Sie atmeten tief durch und verließen das Haus, wie zwei Seeleute auf Kurs ins Ungewisse.

Venedig war in warmem Sonnenschein erwacht, der im Nu die Dachziegel getrocknet hatte und sich nun über die Wasserpfützen am Boden hermachte. Das strahlende Wetter hatte auch die Mienen der Menschen wieder aufgehellt. Regen löste bei Händlern, Gastwirten und Touristen gleichermaßen Verdruss aus. Nass und nebelverhangen gefiel die Stadt nur einem bestimmten Menschenschlag – Leuten wie Pietro und Nello, die sie so nahmen wie sie war, ohne besondere Ansprüche an sie zu stellen oder gar eine Gegenleistung für ihre Zuneigung zu erwarten.

Sie waren quer durch Cannaregio bis zu einem Palazzo aus dem frühen achtzehnten Jahrhundert in der Calle Lunga Santa Caterina nahe der Fondamente Nuove gelaufen. Im zweiten Stock wohnte Gudrun, genannt *La Valchiria*. Die Walküre hieß eigentlich Marike und stammte aus einem idyllischen kleinen Dorf in Niedersachsen. Sie war Mitte dreißig, groß, blond, mit breiten Schultern und einem üppigen Busen. Nellos fachmännischem Urteil zufolge verkörperte sie „die klassische Dirne, die den levantinischen Mann um den Verstand bringt". In der Lagunenstadt hatte der Begriff *Levantino* noch die geografische Bedeutung vergangener Jahrhunderte inne.

Gudrun empfing sie mit großer Herzlichkeit, obwohl sie sie aus dem Bett geschmissen hatten, und Sambo genügte ein zerstreuter Blick auf die Bilder an den Wänden und die Bücher in den Regalen, um zu erkennen, dass sie eine gebildete Frau war. Aus den Lautsprechern der Stereoanlage drangen jetzt die gepflegten Klänge der Pariser Musikgruppe Beltuner. Sambo hatte sie zum ersten Mal gehört, als er noch bei der Mordkommission war und im Auto eines Ermordeten den CD-Player anstellte. Er hatte der Musik gelauscht in der Hoffnung, sie würde ihn auf irgendeine Spur führen, doch die Tat war nie aufgeklärt worden. Den Fall hatte er ad acta gelegt und irgendwann vergessen, aber die Band war ihm im Gedächtnis geblieben.

Der Skandal um seine Person hatte in ihm jedes Verlangen abgetötet, die Seele mit Schönheit zu nähren, und jetzt machte sich diese Erstarrung mit aller Macht bemerkbar. Er fühlte sich kaum noch imstande zu reagieren.

Der Beruf, den die Gastgeberin ausübte, brachte ihn in Verlegenheit, und es wäre ihm lieber gewesen, man hätte ihn diesbezüglich angeflunkert. Mit Prostituierten hatte er im Dienst häufig zu tun gehabt, aber er hatte nie Wert darauf gelegt, eine von ihnen näher kennenzulernen, was vermutlich damit zusammenhing, dass er aus einer ziemlich scheinheiligen Familie stammte, in deren Welt es nur zwei Sorten von Männern gab: solche, die zu Nutten gingen, und solche, die es gern getan hätten.

In der Wohnung gab es drei Schlafzimmer. „Ich arbeite aber nicht zu Hause, sondern draußen, in den Hotels", stellte die Deutsche postwendend klar, als sie den fragenden Gesichtsausdruck des Ex-Kommissars bemerkte. Doch die Sache machte ihr sichtlich Spaß, und sie erläuterte ihm die praktischen Vorteile, die das Anschaffen in den Hotels mit sich brachte.

„Du musst nicht jedes Mal die Bettwäsche und die Handtücher wechseln oder das Bad und die Fußböden putzen", erklärte sie und ermunterte ihre Gäste durch Blicke, sich in die Unterhaltung einzubringen. „Aber abgesehen davon, dass es weniger Mühe bereitet, spart man auch eine Menge Zeit und Geld."

Nello kam Pietro mit seiner temperamentvollen und ironischen *Venezianità* zu Hilfe, und kurz darauf wurde das heikle Thema durch das Klingeln des Mobiltelefons, das ihm Tiziana Basile gegeben hatte, endgültig beendet, obschon er über den Anruf alles andere als erfreut war.

„Wir müssen uns treffen", sagte der Italiener, der die Einsatztruppe leitete.

„Ich sehe dazu keine Veranlassung", erwiderte Sambo, während er sich außer Hörweite begab.

Der andere wurde laut. „Du hast Befehlen zu gehorchen, und das hier ist ein Befehl. Also, wo auch immer du gerade bist, setz gefälligst deinen Arsch in Bewegung und komm sofort hierher."

„Ich möchte nicht unhöflich sein, aber ich habe keinerlei Absicht, mich an euren Aktivitäten zu beteiligen."

„Was soll der Scheiß? Ich bin es gewesen, der zugestimmt hat, dir eine zweite Chance zu geben, indem du mit uns zusammenarbeitest, und jetzt ziehst du den Schwanz ein. So läuft das nicht."

„Ich lege jetzt auf", warnte Sambo.

„Wag das ja nicht, du Scheißkerl, du …"

Mit einem Tastendruck entzog er sich kurzerhand den Beschimpfungen.

Dieser Typ verstand nicht, dass er außerstande war, sich zwischen mehreren Täuschungsmanövern zu zerreißen. Er war gerade mal in der Lage, einen einzigen Schachzug zu planen, und selbst den würde er sich nie verzeihen, auch wenn er die Partie gewinnen sollte.

Einmal hatte er zusammen mit Isabella zu Hause auf dem Sofa gesessen und einen Spionage-Thriller im Fernsehen angeschaut: *Dame, König, As, Spion*. Darin ging es um einen Doppelagenten an der

Spitze des britischen Geheimdienstes in den Siebzigerjahren. Irgendwann hatte er aufgehört, der Handlung zu folgen, weil er die Anspannung dieses Mannes nicht mehr ertrug, der gezwungen war, auf zig verschiedenen Ebenen zu spielen, mit nichts als Lügen bewaffnet. Jede Äußerung der anderen Akteure musste genau geprüft werden, denn jede Silbe, jede Nuance der Stimme konnte zur tödlichen Falle werden.

Er überließ Nello und die Deutsche ihren Plaudereien und zog sich in das Zimmer zurück, das ihm zugewiesen worden war. Das Fenster ging auf den Kanal hinaus, nur wenige Passanten und Wasserfahrzeuge waren unterwegs.

Er setzte sich auf einen Stuhl, den Blick starr auf das Mobiltelefon gerichtet, und wartete darauf, dass zwei Serienmörder ihm dabei halfen, die letzte Frau zu retten, mit der er sich geliebt hatte.

Achtzehn

„Ich muss zum Friseur", sagte Laurie und durchwühlte den Schrank der Signora Carol Cowley Biondani nach geeigneten Kleidungsstücken.

„Ausgerechnet jetzt willst du dich hübsch machen?", fragte der Tourist.

„Sie suchen uns und wollen uns umbringen, und meine roten Haare fallen dermaßen auf, dass ich ebenso gut mit einer Signalfahne herumlaufen könnte."

„Du könntest dir eine Perücke aufsetzen."

„Das funktioniert nur im Film. Im wirklichen Leben erregen Perücken bloß Verdacht. Die Leute fragen sich, warum man wohl eine trägt, und die Bullen legen sofort die Hand an die Pistole."

Die Kanadierin war nervös. Sie wandte sich an die Hausherrin, die mit Kabelbindern an einen Stuhl gefesselt und mit Klebeband geknebelt war.

„Man sieht, dass du alt bist", fauchte sie. „Schau nur, wie du dich kleidest."

Trotz der Angst, die sie ausstand, war die Signora von ihren Worten zutiefst gekränkt. Sie hätte gern etwas erwidert, musste sich jedoch damit begnügen, dem ungebetenen Gast bitterböse Blicke zuzuwerfen.

Bei ihr und Laurie war die gegenseitige Abneigung von Anfang an greifbar gewesen, und Abel hatte seine Komplizin nur mit Mühe davon abhalten können, sie umzubringen. Das hatte noch Zeit.

Sie waren um sieben Uhr morgens bei ihr erschienen, und die Signora hatte zunächst keine Anstalten gemacht, die Tür zu öffnen:

Sie dachte, diese fürchterlichen Polizisten wären zurückgekehrt, um ihr eine abnorm hohe Geldstrafe aufzubrummen.

Cartagena hatte sich ihr zu erkennen gegeben und sie mit einem schlauen Vorwand überlistet: In der Wohnung auf dem Campo de la Lana sei es nach dem Unwetter der vergangenen Nacht zu einer katastrophalen Überschwemmung gekommen.

Sobald sie in der Wohnung waren, hatte Laurie sie mit der Pistole bedroht. Die Signora glaubte, sie wollten sie ausrauben, und wäre eher gestorben, als ihre Besitztümer herauszurücken, doch als ihr klar wurde, dass die beiden nur einen Unterschlupf suchten, beruhigte sie sich wieder. Wahrscheinlich war die Polizei hinter ihnen her, sagte sie sich. Bestimmt wegen irgendeines schmutzigen Geschäfts, das mit käuflichem Sex zu tun hatte.

Die Kanadierin hatte sie nach den Personen gefragt, die für gewöhnlich ins Haus kamen. Es waren nicht viele, abgesehen von der Putzfrau. Carol musste sie anrufen und ihr erklären, sie habe eine ansteckende Krankheit und würde ihre Dienste daher frühestens in zwei Wochen wieder in Anspruch nehmen.

„Wie steht mir das?", fragte Laurie, nachdem sie in ein frühlingshaft anmutendes, lilafarbenes Kostüm geschlüpft war.

„Nicht übel", meinte Abel. „Du wirkst darin anders. Irgendwie reifer."

Sie zog ein Paar Sandalen an, nahm den Schlüsselbund von der Kommode und klimperte damit. „Am besten, du gehst nicht nach draußen, aber wenn du unbedingt musst, vergiss die hier nicht."

„Du gehst also wirklich zum Friseur? Wäre es denn nicht dringender, diese Frau zu suchen, die die Freiberufler gefangen halten?"

„Dazu muss ich mich gut bewachten Stützpunkten nähern, und die Typen werden nicht damit rechnen, dass ich so rasch mein Aussehen verändere", schnaubte sie genervt. „Kümmere du dich lieber um diese alte Vogelscheuche. Sie am Leben zu lassen, ist nur eine gefährliche Zeitverschwendung."

„Warum tust du es nicht? Schließlich hast du sie nie leiden können."

Die Kanadierin rollte mit den Augen. „Und warum hast du mich vorhin daran gehindert? Manchmal bist du wirklich merkwürdig", sagte sie und zog die Tür hinter sich zu.

Abel schob das Sitzmöbel mitsamt der Signora kurzerhand in eine winzige, fensterlose Gästetoilette. Er stellte sicher, dass sie sich nicht befreien konnte und klemmte noch einen Stuhl unter die äußere Türklinke.

Er schaltete das Mobiltelefon ein und sah, dass Hilse ihn mehrmals angerufen hatte. Er wählte ihre Nummer.

„Hoffentlich ist es auch für dich ein schöner Tag, meine Liebe."

„Wo hast du bloß gesteckt? Du gehst nie ans Telefon."

„Ich bin dabei, meine Recherchen über Galuppi abzuschließen, und wollte mich nicht ablenken lassen."

„Aber ich bin deine Frau! Du kannst doch nicht einfach den Kontakt zu mir abbrechen."

„Du klingst beleidigt, soll ich dich später noch mal anrufen?"

„Ich bin nur traurig, weil ich mich nicht mit dir unterhalten kann. Es ist deprimierend, abends von der Arbeit nach Hause zu kommen, und niemand ist da."

„Du musst noch ein paar Tage Geduld haben, dann werden wir wieder zusammen sein und viel Zeit miteinander verbringen. Du, ich und unser Kind. Ich wünsche es mir so sehr."

Seine Mutter hatte darauf bestanden, dass er Stunden bei einem deutschen Theaterschauspieler nahm, der ihm beigebracht hatte, einzelne Satzteile durch effektvolle Pausen hervorzuheben. Solche rhetorischen Finessen trugen dazu bei, die Äußerungen glaubwürdig erscheinen zu lassen. Anfangs war ihm das nicht leicht gefallen, aber inzwischen wandte er die Technik automatisch an, und es kostete ihn keine Mühe, vorzutäuschen, dass er nach Kopenhagen zurückkehren, mit dieser Frau ein Kind in die Welt setzen und sein Leben als Musikwissenschaftler fortführen würde.

In aller Ruhe und mit großer Sorgfalt legte er die Kleidung des Touristen an. Als er Carols Tasche nach den Schlüsseln durchwühlte, stieß er auf ein Pfefferspray. Er steckte es in den Rucksack. Womöglich würde es sich als nützlich erweisen.

Er lief bis zur Anlegestelle an der Riva de Biasio, wo er auf das Vaporetto wartete, das ihn bis San Zaccaria brachte. Wie schon die Male zuvor fühlte sich der Tourist unsichtbar, sobald er in die Urlaubermassen eintauchte. Auf der Fondamenta Sant'Anna lichtete sich die Menge allmählich, und als er auf dem offenen Platz vor der Basilica San Pietro di Castello ankam, begegneten ihm nur noch vereinzelte Grüppchen von Kirchenbesuchern.

Gierig sah er sich nach der Auserwählten um, die Abernathy ihm vorenthalten hatte. Ohne ihre Gucci aus rotem Leder würde er Venedig nicht verlassen.

Er tat so, als machte er Aufnahmen von Baudenkmälern und architektonischen Details, während er sich unauffällig dem Backsteingebäude näherte, in das er die Frau hatte hineingehen sehen. Dann fotografierte er die glänzenden Messingschilder am Hauseingang.

Er suchte sich eine Bar in der Nähe, bestellte ein Bier und ließ sich das Telefonbuch bringen. Es wirkte fast unbenutzt, denn inzwischen griffen die meisten auf das Internet zurück, wenn sie eine Telefonnummer suchten. Er begann die Nachnamen auf den Klingelschildern mit weiblichen Vornamen im Telefonbuch abzugleichen. Dann stellte er mit dem Mobiltelefon eine Verbindung zu der Personensuchmaschine Pipl her und suchte dort nach Informationen über die einzelnen Frauen. In weniger als einer Viertelstunde hatte er die Auserwählte identifiziert. Sie hieß Lavinia Campana, geboren in Mantua, fünfunddreißig Jahre alt, von Beruf Biologin. Ihre Facebook-Seite gab wenig Aufschluss über sie und war seit mindestens zwei Jahren nicht mehr aktualisiert worden. Alles, was sie betraf, war veraltet. Als hätte sie jede Verbindung zur Welt gekappt.

Er hoffte nur, dass sie kein Problemfall war und nicht zu diesen depressiven einsamen Herzen gehörte. Die letzte Tat, die die Handschrift des Touristen trug, durfte nicht durch eine Persönlichkeit getrübt werden, die Mitleid erwecken konnte.

Als er zum Haus der Auserwählten zurückging, sorgte der Schatten des schiefen Glockenturms von San Pietro dafür, dass er ein paar Sekunden lang nicht von der gleißenden Mittagssonne geblendet wurde. Nur deswegen sah er den Typen. Wieder einmal war ihm der Zufall zu Hilfe gekommen. Einer von Abernathys Männern lief umher und nahm die Passanten unter die Lupe. Abel hatte den Geschniegelten unterschätzt, denn der hatte Weitsicht bewiesen, indem er ausgerechnet dort einen Aufpasser platzierte.

Im Grunde hatte er sich selbst ein Bein gestellt, als er Abernathy das Versprechen abnahm, die Blonde mit dem Segen und der Hilfe der Freiberufler erwürgen zu dürfen. Sie wussten, dass er früher oder später dort auftauchen würde.

Der Tourist vergewisserte sich, dass der Mann allein war, und rief Pietro an.

„Liegen die Dokumente für die Straffreiheit schon bereit?"

„Hast du meine Freundin gefunden?"

„Noch nicht, aber ich kann dir helfen, einen der Männer zu fangen, die für Abernathy alias Macheda arbeiten. Bist du interessiert? Ich denke, er kann euch nützliche Hinweise liefern."

„Wo finden wir ihn? Wie erkennen wir ihn?"

„Ich kann ein hübsches Porträtfoto von ihm schießen und es dir großzügigerweise zukommen lassen. In fünfundvierzig Minuten wird der Typ den Campo do Pozzi passieren."

„In Ordnung, ich warte auf das Foto."

„Pietro?"

„Ja."

„Wie du siehst, helfe ich dir, aber bemühst du dich auch, deinen Teil der Abmachung zu erfüllen?"

„Liefere uns diesen Typen und hilf mir, die Frau zu befreien, dann bekommst du alles, was du willst."

Der Tourist legte auf. „Worauf du Gift nehmen kannst. Ich werde sogar mehr bekommen, als du denkst, du scheiß Dilettant", flüsterte er, hocherfreut darüber, wie die Dinge sich entwickelten.

Er setzte das Teleobjektiv auf die Kamera und nahm das Gesicht des Agenten in den Fokus. Dann übertrug er das Bild vom Fotoapparat auf das Mobiltelefon und schickte es Pietro.

Er versuchte sich die Hektik auszumalen, mit der die anderen nun innerhalb kürzester Zeit eine Falle vorbereiten mussten, und stellte sich vor, wie Pietro in einer Schaltzentrale voll hochtechnologischer Ausrüstung nach allen Seiten Befehle erteilte.

Er wäre enttäuscht gewesen, hätte er den Ex-Kommissar in diesem Moment sehen können: Im Haus einer Prostituierten versteckt und technisch vollkommen unbedarft, musste er sich von Nello helfen lassen, das Foto von Kikis Mobiltelefon auf das eigene zu übertragen, um es an einen Typ zu schicken, den er nicht ausstehen konnte, zusammen mit einer SMS, in der er ihm den Ort und die Uhrzeit mitteilte.

Cartagena versteckte sich und wartete etwa zwanzig Minuten lang, dann zeigte er sich dem Mann und ließ sich von ihm verfolgen. Er war erregt. Die Sache machte ihm Spaß. Seine rechte Hand in der Hosentasche hielt das Spraydöschen mit dem Reizgas fest umschlossen.

Mit ein paar Minuten Verspätung erschien er auf dem Campo do Pozzi. Er überquerte ihn mit gesenktem Kopf und genoss es, die Blicke der Häscher auf sich zu ziehen, die ihn ins Visier nahmen und innerhalb von Sekundenbruchteilen als uninteressant einstuften. Sie wussten nicht, wer er war, aber in diesem Moment war er ohnehin nicht die Zielperson.

Hinter sich vernahm er rasche Schritte und einen kurzen Aufschrei, drehte sich aber nicht um. Er lief geradeaus weiter und beschleunigte lediglich ein klein wenig den Schritt. Als er beim Rio dei Scudi e de Santa Ternita abbog, liefen ihm zwei Männer über den Weg, die es offenkundig sehr eilig hatten. Der eine war untersetzt und glatzköpfig. Der andere war Pietro, da war er sich sicher. Die beiden erkannten ihn ebenfalls, und ihre Hände wanderten sofort in Richtung ihrer Pistolen.

Abel demonstrierte die ungeheure Macht, die er in diesem Moment über das Leben und die Handlungen der Personen hatte.

Mit einer gebieterischen Geste wies er sie an, ihn passieren zu lassen. „Untersteht euch. Nur ich kann sie retten."

Der kleine Kerl schien entschlossen, nicht auf ihn zu hören, doch der andere hielt ihn zurück, indem er ihn am Arm packte. „Lass ihn laufen."

Eine Stunde später kehrte er in die Wohnung der Signora Cowley zurück. Niemand war ihm gefolgt. Er war müde, und nachdem er sich vergewissert hatte, dass die Tür zum Klo, wo er die Frau eingesperrt hatte, noch immer gut verschlossen war, legte er sich aufs Sofa.

Welch unvergessliche Emotionen. Der Tourist verließ die Bühne mit dem Ruhm, der ihm gebührte.

Er fragte sich, wie seine Zukunft als Serienmörder wohl aussehen würde. Auf jeden Fall musste er sich einen neuen Modus Operandi zulegen, einen, der so anders war, dass niemand je den guten alten Abel Cartagena dahinter vermuten würde.

Einerseits schmerzte ihn die Vorstellung, den Touristen aufgeben zu müssen, andererseits war er sicher, dass er mit einer neuen Figur noch berühmter werden konnte. Er hatte jetzt Erfahrung und würde bestimmte Fehler nicht noch einmal machen. Vor allem durfte er die Wahl seiner Opfer nicht mehr dem Zufall überlassen. Der große Herrscher des Universums war launenhaft und konnte ihm gefährliche Frauen und Unheilträgerinnen über den Weg schicken, so wie Damienne, deren Tod diese absurde und vertrackte Geschichte mit den Spionen erst ins Rollen gebracht hatte.

Irgendwann langweilten ihn diese Gedanken, und er fiel in einen wohlverdienten und erholsamen Schlummer.

Etwa drei Stunden später wurde er von Geräuschen aus der Küche geweckt. Laurie war zurückgekehrt und machte sich ein paar Spiegeleier.

„Du siehst umwerfend aus!", rief Abel.

Sie lächelte und drehte den Kopf zur Seite, um die neue Frisur zur Geltung zu bringen. Die Haare waren jetzt kurz und von einer schmeichelnden, fast rabenschwarzen Farbe mit Nuancen, die ins Violette gingen.

„Wirklich sehr schön."

„Das war ich vorher auch."

„Natürlich. Aber dieser Haarschnitt steht dir gut."

„Stimmt, aber er macht mich alt. Dieser italienische scheiß Friseur wollte unbedingt seinen Kopf durchsetzen."

Abel merkte, dass es besser war, das Thema zu wechseln. „Hast du herausgefunden, wo sie die Frau festhalten?"

„Das war kein Hexenwerk", antwortete sie, immer noch erstaunt darüber, wie leicht es ihr die Freiberufler gemacht hatten. „Ich war davon ausgegangen, dass Abernathy mehr unternimmt, um die Verstecke in Venedig geheim zu halten. Meines Wissens sollte hier nämlich ein wichtiger Stützpunkt für die Organisation entstehen."

„Also?", drängte Cartagena, den die Strategie dieser Typen nicht im Geringsten interessierte.

„Man hat sie in einen verlassenen Palazzo an der Fondamenta Lizza Fusina gebracht, in der Nähe der Kirche San Nicolò dei Mendicoli. Er gehört den Freiberuflern und ist für so etwas ideal, weil er direkt vom Kanal aus zugänglich ist. Um den Kauf hat sich übrigens Ghita Mrani gekümmert, die Agentin, die du verbrannt hast, als du ihr gefolgt bist, weil du sie unbedingt erwürgen wolltest."

Noch so ein Fehler, dachte Cartagena. „Das hast du sehr gut gemacht", lobte er sie. „Ich brauche dich wohl nicht zu fragen, ob es auch wirklich der richtige Ort ist."

„Du schmeichelst mir, vertraust mir aber nicht", gab Laurie mit vollem Mund zurück.

„Das stimmt nicht. Es ist nur so, dass wir die Verhandlungen mit unserem Freund Pietro jetzt beschleunigen müssen, und wir können uns keine Fehlinformationen leisten."

Die Kanadierin stand vom Tisch auf und holte sich ein Bier aus dem Kühlschrank. „Keine Sorge, ich bin hundertprozentig sicher. Ich habe gesehen, wie Norman dort mit dem Motorboot anlegte, und er hatte einen Agenten dabei, den ich unter dem Namen Sandor kenne. Wir waren mal zusammen in Marrakesch, und damals hatten wir alle Namen aus der Fernsehserie *Game of Thrones*. Hast du die gesehen? Mit dem Fantasy-Zeugs fange ich nichts an, aber die Sexszenen waren sehr lehrreich: Auf manche Dinge wäre ich von selbst nie gekommen."

„Was zum Teufel ist das für ein Typ?", unterbrach Abel sie entnervt.

„Der Inquisitor. Er kümmert sich um die Verhöre. Die wichtigen."

„Wann hast du ihn gesehen?"

„Um siebzehn Uhr zweiundzwanzig."

Er sah auf die Uhr. Es war kurz nach neunzehn Uhr. „Dann lebt sie also noch."

„Ja. Dass sie diesen Typen hinzugezogen haben, bedeutet, dass sie ihr jede einzelne Erinnerung entlocken wollen, sogar an die Zeit, als sie noch ein Säugling war."

Abel zeigte ihr das Foto des Agenten, den er hatte hochgehen lassen.

„Das ist Dylan", sagte sie voller Verachtung. „Einer von den dreien, die uns im Schlaf überraschen wollten."

„Er war hinter mir her, also habe ich mir einen Spaß mit ihm erlaubt und ihn an Pietros Leute ausgeliefert."

„Ein genialer Schachzug."

Abel zuckte die Achseln. Laurie war nicht clever genug, um alle denkbaren Folgen dieser List zu überblicken. „Meinst du, er weiß über das Versteck Bescheid?"

„Keine Ahnung. Aber die Einsätze sind ziemlich streng geregelt, jeder weiß nur, was er unbedingt wissen muss. Und wenn er den Auftrag hatte, dich aufzuspüren und zu eliminieren, müsste da noch ein anderer gewesen sein, denn sie agieren immer zu zweit. Mehr als zwei Agenten werden für solche Operationen allerdings nicht abgestellt."

„Ich habe sonst niemanden gesehen, und ich habe ganz genau hingeschaut."

„Dann hat er dich wahrscheinlich gerade woanders gesucht."

„Es ist an der Zeit, die Rechnung zu begleichen und die Stadt zu verlassen."

„Was willst du tun?"

„Allen diesen Scheißkerlen eine Lektion erteilen und ein Andenken an meine Besuche in Venedig hinterlassen."

„Wir sollten auch die Flucht planen."

„Das ist deine Aufgabe. Ich muss ein ernstes Gespräch mit Pietro führen."

Neunzehn

Pietro und Nello waren hin- und hergerissen zwischen widersprüchlichen Gefühlen. Sie hatten schweigend geraucht und sich dann in eine Bar verzogen, um einen *Cordiale* zu trinken. Caprioglio hatte diesen altmodischen Ausdruck verwendet, doch der Barmann hatte gleich verstanden, was die beiden brauchten.

„Ich kann es immer noch nicht fassen: Wir hätten nur die Hand ausstrecken müssen, um den Touristen zu schnappen, und was tun wir? Wir lassen ihn laufen", meinte der Detektiv.

„Wir hatten keine andere Wahl", erwiderte Sambo.

„Da bin ich mir nicht so sicher. Und wenn er uns verarscht?"

Der Ex-Kommissar stellte das Glas geräuschvoll auf dem alten Zinktresen ab. „Hör auf, Nello. Es bringt nichts, dauernd dieselben Fragen zu stellen. Wir müssen sein Spiel mitspielen."

Caprioglio beruhigte sich wieder, und Pietro ging nach draußen. Er zündete sich eine Zigarette an und telefonierte mit Tizianas Chef, dem Leiter der Einsatztruppe.

„Habt ihr ihn geschnappt?"

„Ja. Wir bringen ihn gerade zum Verhör. Woher wusstest du, dass er genau zu diesem Zeitpunkt dort vorbeikommen würde?"

„Diese Frage kann ich nicht beantworten."

„Du machst mich verdammt wütend."

„Ach ja? Immerhin habe ich euch einen Freiberufler geliefert, während ihr bislang nichts zustande gebracht habt, außer Cesar, Mathis und Tiziana ans Messer zu liefern."

„Ich lass dich wissen, wenn es etwas Neues gibt", sagte der andere und legte auf.

Sambo brachte Nello auf den neuesten Stand. Der Detektiv fasste sich an die Stirn. „Wenn ich daran denke, wie empört ich damals über die Folterungen in Abu Ghraib war", sagte er in bitterem Tonfall. „Während ich in den Lokalen Prosecco schlürfte und *Cicchetti* mampfte, habe ich darüber palavert, was die Folter doch für ein Schwachsinn sei und dass sie nur dazu diene, die eigene Frustration an den Gefangenen auszulassen. Und jetzt kann ich es kaum abwarten, dass sie einen Mann massakrieren, um eine Frau zu retten, die ich zufällig kenne."

Pietro breitete niedergeschlagen die Arme aus. „Wir sind in ein schwarzes Loch geraten, in dem ein heimlicher Krieg geführt wird. *Wir* haben die Regeln nicht gemacht."

„Das habe ich schon mal irgendwo gehört." Caprioglio setzte sich in Bewegung. Nach ein paar Schritten fragte Pietro, wo er hinwolle.

„Einen Blick in das Versteck auf dem Campo de la Lana werfen", antwortete Nello. „Vielleicht finden wir etwas, was uns weiterbringt. Im Augenblick haben wir ja nichts zu tun, außer darauf zu warten, dass seine Majestät der Tourist sich herablässt, uns anzurufen."

In einer Eisenwarenhandlung erstand Nello ein kleines Brecheisen, mit dem er das billige Türschloss aufbrach. Pietro trat als Erster ein, mit der Pistole im Anschlag, aber das war nicht notwendig. Die Wohnung war verlassen. Jemand hatte sie bereits durchsucht und war dabei nicht zimperlich gewesen: Auf dem Boden lagen überall kaputte Gegenstände, zerrissene Kleidung und Essensreste herum.

„Hier werden wir nichts finden", meinte Pietro. „Vielleicht sollten wir der Eigentümerin Bescheid geben. Die muss jemanden schicken, der hier aufräumt."

„Das ist nicht unser Bier. Hast du vergessen, wie sie uns behandelt hat?"

Just in diesem Moment rief der Tourist an. Ausgerechnet aus der Wohnung der Signora, von der die beiden gerade gesprochen hatten. Wieder einmal hatte sich der Zufall einen Spaß daraus gemacht,

Geschicke und Orte zu kreuzen. Der Ex-Kommissar drückte die Freisprechtaste.

„Hast du sie gefunden?", fragte er, bemüht, seine Anspannung nicht durchklingen zu lassen.

„Selbstverständlich. Wie ich es dir versprochen hatte. Und ich kann dir garantieren, dass sie noch lebt. Fragt sich nur, wie lange noch, denn die Freiberufler haben einen Experten hinzugezogen. Du weißt, was das bedeutet?"

„Wo ist sie?"

„Wo ist unsere Immunität?"

„Es ist alles bereit. Fehlt nur noch die Unterschrift."

„Wessen Unterschrift?"

„Die des Ministers."

Cartagena lachte amüsiert. „Wie hattest du dir das vorgestellt? Dass ich dir jetzt die Information gebe, und dann erscheinen Laurie und ich am vereinbarten Treffpunkt, wo anstelle eines Schreibens, das nie existiert hat, du und dieser lächerliche Typ mit den kurzen Beinchen auf uns warten und uns mit Kugeln durchlöchern?"

„Hör zu, du irrst dich …"

„Sei still!", herrschte Abel ihn an. „Schluss mit dieser albernen und billigen Täuschung. Andernfalls breche ich jeden Kontakt ab, und deine Freundin ist tot."

„Verstanden."

„Apropos: Wer ist sie? Deine Frau? Deine Verlobte?"

„Das ist eine lange Geschichte", antwortete Sambo. „Ich denke, sie würde dich langweilen."

„Ich vertraue auf dein Urteilsvermögen, Pietro. Aber gib wenigstens zu, dass du uns verscheißern wolltest."

„Ja."

„Weißt du, das war mir von Anfang an klar."

„Wozu dann noch diese Unterhaltung?"

„Weil man, wie ich Laurie unlängst erklärt habe, niemals aufhören sollte zu verhandeln. Es findet sich immer etwas zum Tauschen."

„Was willst du, Abel?"

„Ich habe in dieser Stadt bereits zwei Morde begangen, die mir nicht zuerkannt wurden", antwortete er, jedes Wort sorgfältig betonend. „Jetzt werde ich hier zum dritten Mal jemanden töten, und ihr garantiert uns Straffreiheit, und dass ich von den Medien die Anerkennung bekomme, die mir gebührt."

Sambo drehte sich zu Nello um. Sein Gesicht war verzerrt vor Entsetzen und Fassungslosigkeit.

„Du bist wahnsinnig!", brüllte Pietro. „Wie kannst du nur glauben, dass ein solcher Vorschlag je ernsthaft in Betracht gezogen werden könnte?"

Der Tourist ließ sich nicht aus der Fassung bringen. „‚Wahnsinn' ist ein Oberbegriff, der mir so, wie er gemeinhin gebraucht wird, nicht gerecht wird und mich beleidigt", erklärte er. „Ich erwarte von dir, dass du dich mir gegenüber korrekt verhältst."

„Entschuldige", beeilte sich der Ex-Kommissar zu sagen, um ja den Kontakt nicht zu verlieren.

„Entschuldigung angenommen, Pietro. Wenn du mein Angebot nicht in Betracht ziehen möchtest, verstehe ich das. Ich glaube jedoch, dass du gar nicht befugt bist abzulehnen. Du bist ein Niemand. In den letzten Tagen habe ich immer vermutet, dass du ein verdammter Dilettant bist, und jetzt hast du es mir bestätigt. Was muss ich tun, um mit jemandem zu sprechen, der mehr zählt als du?"

„Ich lass es dich wissen." Sambo brach das Gespräch ab. Er hatte nicht mehr die Geistesgegenwart, die er in einer solchen Situation brauchte. Der Tourist hatte ihn in die Enge getrieben. Er stand mit dem Rücken zur Wand.

„Er hat recht", knurrte er. „Ich bin ein verdammter Dilettant."

„Bring ihn bloß nicht mit der Einsatztruppe in Kontakt", mahnte Nello eindringlich. „Wirf dieses scheiß Mobiltelefon in den nächsten Kanal."

„Das würde Tizianas Ende bedeuten."

„Vielleicht ist es ohnehin schon zu spät", gab der Detektiv zurück. „Auf jeden Fall kannst du nicht zulassen, dass dieser Verbrecher Bedingungen stellt, die ihn dazu berechtigen, eine weitere Frau umzubringen."

„Ich kann aber auch nicht so tun, als ginge mich das alles nichts an."

Caprioglio packte ihn an den Schultern „Doch! Es gibt Grenzen, die man nicht überschreiten darf. Unter gar keinen Umständen."

„Ich schätze, die wissen, was zu tun ist. Vielleicht gelingt es ihnen, Tiziana zu retten und die beiden Serienkiller auszuschalten."

„Der ist zu schlau. Du weißt genau, dass es so nicht laufen wird."

„Ich spiele ihnen den Ball zu."

„Weißt du denn nicht, wie das endet? Dir wird nichts bleiben, der Tourist benutzt dich und nimmt dir alles, was du im Kopf und im Herzen hast. Aber ich werde mich nicht zum Komplizen dieses kriminellen Tauschhandels machen."

„Als nächstes wirst du mir sagen, dass du weiterhin in den Spiegel schauen willst, ohne dich zu schämen."

„Ja, ich will mich nicht mit diesem Dreck besudeln."

„Dann müssen sich unsere Wege jetzt trennen."

Nello Caprioglio hatte Tränen in den Augen. Er weinte um ihn. Um seine Seele. Ohne sich noch einmal umzudrehen, verließ er die Wohnung.

Sambo rief den Mann vom Geheimdienst an. „Hat er geredet?"

„Ja, aber er kennt den Ort nicht, wo sie Basile verhören. Er hat eine seltsame Geschichte erzählt von einem Serienmörder, hinter dem er her war."

„Der Tourist."

„Genau."

„Er schlägt einen Deal vor: den Ort, wo sie Tiziana festhalten gegen Straffreiheit für einen weiteren Mord."

„Wo bist du?"

„In seinem Unterschlupf auf dem Campo de la Lana."

„Rühr dich nicht von der Stelle. Wir kommen."

Zwanzig

Abel und Laurie hatten die letzten Vorbereitungen getroffen. Sie waren bereit. Zum Töten und dazu, Venedig den Rücken zu kehren.

Die Kanadierin ging in die Küche und nahm einen schweren Fleischklopfer, der über dem Spülbecken hing. „Ich erledige jetzt das Weibsstück."

„Ich glaube nicht, dass ich dir das gestatten werde", erwiderte Cartagena.

„Ich dachte, wir wären uns einig."

„Ich habe es mir anders überlegt. Ich möchte nicht, dass ein solch profanes Verbrechen mein Werk überschattet. Du weißt, wie viel es mir bedeutet."

Sie musterte ihn, während sie das Werkzeug von der einen Hand in die andere wandern ließ. „Ich will nicht unter deiner Fuchtel leben."

„Der nächste gehört dir, und ich werde dein getreuer Komplize sein."

„Ich habe auch Lust", betonte Laurie. „Und du weißt genau, dass man das nicht allzu lange hinauszögern kann."

„Ich werde dich bestimmt nicht enttäuschen. Das Einzige, worum ich dich bitte, ist, dich noch ein wenig zu gedulden. Außerdem, entschuldige, aber die Signora ist doch kein Opfer, mit dem man sich vergnügen kann. Wir können jederzeit etwas Besseres finden."

„Potenzielle Opfer nenne ich Würmchen", vertraute sie ihm an und wartete gespannt auf seine Reaktion.

„Ein reizender Ausdruck."

„Beim nächsten Mal bin ich an der Reihe. Du wirst mit mir zusammen Spaß haben, und ich werde dir sagen, was du zu tun hast."

„Ich kann es kaum erwarten."

Cartagena nahm der Signora Carol Cowley Biondani den Knebel ab und durchtrennte die Kabelbinder, mit denen sie an den Stuhl gefesselt war. „Ich werde jetzt einfach nur die Tür hinter mir schließen", sagte der Tourist. „In ein paar Stunden kannst du herauskommen, und dann bist du frei. Ich rate dir dringend davon ab, um Hilfe zu rufen oder die Ordnungskräfte zu verständigen. Wir werden deine erlesene Gastfreundschaft noch ein wenig in Anspruch nehmen, und wenn du meine Anordnungen nicht befolgst, wirst du sterben. Hast du das verstanden?"

„Habt ihr etwas gestohlen?", fragte die Frau. Alles andere schien sie nicht zu kümmern.

„Wir gehören nicht zu dieser Sorte Mensch."

„Dann werde ich so tun, als wäre nichts geschehen. Ich will nicht noch einmal Polizisten im Haus haben. Die sind in der Lage, mir noch mehr Geld abzuknöpfen. Wie dem auch sei, ich hätte die Toilette jetzt gern für mich, wenn Sie verstehen, was ich meine."

Venedig war zu dieser Nachtstunde menschenleer. Das Paar begegnete so gut wie niemandem, während es raschen Schrittes in Richtung Castello lief. Laurie war geübt darin, Türschlösser zu knacken, und die Freiberufler hatten sie mit den besten Werkzeugen ausgestattet.

Lautlos wie Schlangen drangen sie in die Wohnung ein. Lavinia Campana schlief. Aber sie war nicht allein, wie Abel angenommen hatte. An ihrer Seite schnarchte leise ein Mann.

Die Kanadierin betäubte beide mit dem Taser. Dann fesselte sie den Unbekannten an Händen und Füßen.

„Ich will, dass er zusieht, während ich sie erwürge", flüsterte der Tourist. „Knebel ihn, aber lass ihn, wo er ist."

Laurie fand die Idee gut und drehte ihn so hin, dass er gezwungen war zuzuschauen.

„Versteck dich", fügte Cartagena hinzu. „Er darf dich nicht sehen, sonst erzählt er später den Bullen von dir."

Während er darauf wartete, dass die beiden wieder zu sich kamen, suchte der Tourist die rote Gucci-Handtasche und steckte sie in den Rucksack.

Bestimmt ein Geschenk des Geliebten, dachte er. In dem gedämpften Licht der Nachttischlampe wirkte er mindestens zwanzig Jahre älter als die Frau. Vielleicht war er ja der Grund, weshalb sie sich zurückgezogen hatte und nicht mehr in den sozialen Medien aktiv war. Eine komplizierte Liebe, nicht öffentlichkeitstauglich.

Der Mann kam als Erster wieder zu Bewusstsein. Er winselte vor Angst, als er die Lage erkannte.

„Sei unbesorgt", flüsterte Abel erregt. „Ich werde nur sie umbringen. Ich bin der Tourist."

Wenig später erreichte das Paar die Anlegestelle Arsenale, wo ein Motorboot auf sie wartete. Wie vereinbart war nur Pietro an Bord. Laurie stieg mit gezogener Pistole ein, legte ihm Handschellen an, kettete ihn ans Steuer und durchsuchte ihn. Dann kontrollierte sie das Boot auf Sprengstoff und GPS-Peilsender. Sie ging wie ein ausgebildeter Soldat vor, rasch, systematisch und gründlich. Erst als sie zufrieden war, gab sie ein Zeichen mit der Hand, und aus dem Dunkel tauchte Abel Cartagena auf.

„Ciao Pietro."

Der Ex-Kommissar deutete mit einer Kopfbewegung auf den Rucksack. „Da ist wohl die Handtasche der Frau drin, die du gerade getötet hast?"

„Ja. Ich würde sie dir ja zeigen, aber meine Trophäen teile ich mit niemandem."

„Sie gehört nicht nur dir, sondern auch deiner Freundin. Inzwischen musst du zu zweit töten, weil du allein nicht klarkommst."

„Willst du mich provozieren?", lachte der Tourist. „Selbst darin bist du ein Dilettant."

Laurie hielt ihm die Pistolenmündung unters Kinn. „Halt dein verdammtes Maul und sieh zu, dass wir hier wegkommen."

Abel verschwand unter Deck. Pietro betete, dass er sich an die Abmachung halten und den Mann vom italienischen Geheimdienst anrufen würde. Die Kanadierin gab ihm Anweisungen, welche Route er einschlagen sollte. Dabei hielt sie nach verdächtigen Booten auf dem dunklen Wasser Ausschau.

Am Strand von Cavallino in Richtung Jesolo gingen sie von Bord. Der Tourist würdigte Sambo keines Blickes, während er der Frau an den Augen ablesen konnte, dass sie am liebsten den Abzug ihrer Pistole gedrückt hätte. Sie ließen ihn am Ufer treibend zurück. Ohne Zündschlüssel würde er nicht weit kommen, erst bei Sonnenaufgang würden ihn Fischer oder Segler finden.

Pietro hätte sich fast die Hand ausgerenkt, um an die Zigaretten zu kommen. Er nahm ein paar Züge, aber es schmeckte grauenvoll, und er warf die Kippe über Bord. Erst dann drang der Schrei aus seiner Brust.

Ein Unteroffizier der Guardia Costiera machte die Handschellen los. Ein österreichischer Segelsportler hatte den Ex-Kommissar entdeckt und ihn für einen geflohenen Häftling gehalten. Daraufhin hatte er die Küstenwache verständigt.

Man brachte ihn zum Hafenamt im Stadtteil Dorsoduro, um seine Personalien aufzunehmen, doch schon nach kurzer Zeit ließ man ihn mit ein paar hastigen Entschuldigungen gehen.

Als er aus dem Gebäude trat, sah er Tizianas Chef, der eine Zigarette rauchte und aufs Meer hinausschaute.

„Habt ihr sie befreit?"

„Ja, sie ist in Sicherheit. Wir haben alle geschnappt. Macheda hat bereits durchblicken lassen, dass er zu einem Deal bereit ist."

„Auf den ihr euch einlassen werdet, nehme ich an."

„Ich kenne ihn seit einer Ewigkeit. Einige Jahre war er mein direkter Vorgesetzter. Ein äußerst erfahrener Mann. Er weiß genau, dass er sich eine Menge Ärger erspart, wenn er uns die Freiberufler ausliefert. Und ich bin sicher, dass er uns helfen wird, diese Bande von Verrückten zu zerschlagen."

„Noch ein Verbrecher, der glücklich und zufrieden weiterleben kann. So wie der Tourist."

„Wir konnten nicht anders handeln. Offen gestanden tut es mir leid um diese Frau, aber das, was wir im Gegenzug bekommen haben, ist von unschätzbarem Wert. Wir haben ein Leben geopfert und viele andere dafür gerettet."

„Wer war sie?"

„Sie hieß Lavinia Campana. Ihr Liebhaber war Zeuge der Tat. Jetzt treffen Journalisten aus aller Welt in Venedig ein. Es gärt in der Stadt. Die Schlaumeier sind schon eifrig am Rechnen, wie viel der Tourismus des Grauens einbringen wird."

„Und die arme Albanerin, die man im Gefängnis vergessen hat? Und Kiki Bakker?"

„Und Pietro Sambo?"

„Was soll das heißen?"

„Dass wir jetzt zum Mittagessen gehen und ein Problem nach dem anderen in Angriff nehmen."

Epilog

Ballerup, Dänemark. Einige Monate später.

Pietro stieg aus dem Mietwagen und vergewisserte sich, dass die Hausnummer stimmte. Er klingelte an dem schmiedeeisernen Tor und wartete, während sein Blick gleichgültig über die anonymen Reihenhäuser schweifte, die alle gleich aussahen und säuberlich entlang der Straße angeordnet waren.

Die Haustür ging auf, und eine Frau erschien im Eingang. Er hatte Hilse Absalonsen, die rechtmäßige Gattin von Abel Cartagena, nie getroffen, und er hoffte, sie würde anders sein als die Frau, die ihn ein paar Meter weiter erwartete. Ihre Wangen waren eingefallen, die Augen leblos und leer. Sie trug ein haselnussbraunes Kleid aus leichtem Wollstoff, das ihr bis zu den Knöcheln reichte. Es war mindestens zwei Nummern zu groß und stand ihr schlecht.

Sambo öffnete das Tor zum Vorgarten und ging auf sie zu. Nur das Geräusch seiner Schritte auf dem Kiesweg war zu hören.

Sie rang sich ein müdes Anstandslächeln ab und machte einen Schritt zur Seite, um ihn eintreten zu lassen. Dann führte sie ihn ins Wohnzimmer, wo Kiki Bakker auf einem Sofa saß und wartete. Sie war noch dicker geworden. Ihre Beine waren geschwollen und das Gesicht war gerötet.

Die Journalistin erkannte ihn sofort wieder. Er war einer der Männer gewesen, die sie entführt, verhört und schließlich in eine Klinik hatten sperren lassen, wo sie volle drei Wochen lang mit Medikamenten ruhiggestellt und entgegen allen gesetzlichen Bestimmungen festgehalten worden war.

Der Ex-Kommissar reichte ihr die Hand, und sie nahm diese versöhnliche Geste an. Die Erkenntnis, die Geliebte und unfreiwillige Komplizin eines der meistgesuchten Serienkiller Europas gewesen zu sein, hatte die ungerechte Behandlung, der sie unterzogen worden war, in den Hintergrund gerückt.

Hilse war es ähnlich ergangen. Daher hatte man beschlossen, dass die beiden Frauen sich kennenlernen und einander besuchen sollten. Beide wurden von einem Expertenteam betreut, das ihnen dabei half, ihr Leben so gut es ging wieder ins Lot zu bringen. Die Psychologen wurden von einer Stiftung mit Sitz in Brüssel bezahlt, die nicht näher bestimmten humanitären Aktivitäten nachging und auch die Miete für die neuen Domizile der Frauen und ihren Unterhalt übernahm.

Abel Cartagena galt offiziell als verschollen. Die Ehefrau hatte der Form halber bei der zuständigen Polizeidienststelle eine Vermisstenanzeige aufgegeben. Sein Verlag hatte die Gelegenheit genutzt und den neuen Band über Baldassare Galuppi veröffentlicht.

Die Wahrheit war geheim gehalten worden, aus dem einfachen Grund, dass sie nicht erzählt werden durfte. Allerdings gab es nichts, worüber man sich hätte wundern müssen: Jeden Tag spielten sich auf der Welt Dinge ab, die von den Geheimdiensten und ihren Agenten gesteuert wurden und für immer im Grab der Staatsraison verschwanden.

Der Tourist hatte ihnen von seinem neuen Versteck aus mehrfach damit gedroht, die Ereignisse in Venedig öffentlich zu machen. Dabei ging es ihm nicht darum, seinen Ruhm zu vergrößern – es war vielmehr eine Warnung. Abel Cartagena glaubte, ein wirksames Mittel gefunden zu haben, um deutlich zu machen, dass niemandem damit gedient war, weiter nach ihm zu fahnden und ihn festzunehmen. Und das galt auch für Zoé Thibault, seine neue Gefährtin.

Doch er irrte sich. Pietro Sambo hatte die Mittel und vor allem die Befugnis gefordert und bekommen, Jagd auf ihn zu machen und ihn zur Rechenschaft zu ziehen. Aus diesem Grund war er nach Dänemark gereist und saß nun in Hilses Wohnzimmer. Am Tag zuvor hatte er den Verleger befragt. Er hatte so getan, als würde er im Auftrag einer italienischen Privatdetektei das Verschwinden des Mannes untersuchen.

Der Ex-Kommissar hatte Venedig den Rücken gekehrt und sich in Lyon niedergelassen, wo man ihm ein Büro, eine Sekretärin, einen Hacker, der vom französischen Geheimdienst erpresst wurde, sowie ein beachtliches Spesenkonto zur Verfügung gestellt hatte.

Das Versprechen ihn zu rehabilitieren, war nicht eingelöst worden, aber seiner geliebten Stadt Adieu zu sagen, war noch schwerer zu verkraften gewesen, obschon ihm dort niemand geblieben war.

Nello Caprioglio hatte sich geweigert, ihn zu treffen, um sich mit ihm auszusprechen. Tiziana hatte den Polizeidienst quittiert und war nach Bari zurückgekehrt, wo sie in der Kanzlei ihres Vaters als Anwältin arbeitete.

Als man sie befreite, war sie noch nicht verhört worden, aber ihre Entführer hatten sie der Reihe nach vergewaltigt. Alle außer Macheda, der die Rolle des guten Kidnappers spielte. Und sie war daran zerbrochen. Die Polizeirätin Tiziana Basile war in jenem verlassenen Palazzo an der Fondamenta Lizza Fusina gestorben.

„Das ist gängige Praxis", hatte ihm der Typ vom italienischen Geheimdienst erklärt, der die Befreiungsaktion geleitet hatte. „Die sexuelle Gewalt dient dazu, das Subjekt, das verhört werden soll, weichzuklopfen. Dabei spielt es keine Rolle, ob es sich um einen Mann oder eine Frau handelt."

Pietro hatte ihn argwöhnisch gemustert. „Wenn das allgemein üblich ist, bedeutet das ja, dass ihr es ebenfalls tut – dass der italienische Staat seinen Angestellten gestattet, Personen zu vergewaltigen."

Der andere hatte irritiert den Kopf geschüttelt. „Ich weiß wirklich nicht, was ich von dir halten soll, Sambo. Du bist ein guter Mann, aber manchmal scheinst du echt schwer von Begriff zu sein. Der Staat? Wovon zum Teufel redest du da überhaupt?"

Die Einzige, von der er sich verabschiedet hatte, bevor er Venedig verließ, war die Witwe Gianesin gewesen. „Ich habe Arbeit auf der

Terraferma gefunden", hatte er ihr erzählt. Gerührt hatte sie ihn auf beide Wangen geküsst und ihm eine lange Reihe liebevoller Ermahnungen mit auf den Weg gegeben.

Eine Woche vor dem Gespräch mit Hilse und Kiki war Pietro in Kopenhagen eingetroffen. Er hatte sich in einem bescheidenen Hotel in der Nähe des Flughafens einquartiert und einen Geheimdienstfunktionär der mittleren Führungsebene aufgesucht, der ihn dazu autorisierte, auf dänischem Boden zu ermitteln.

In Kanada hingegen waren die Behörden nicht kooperationsbereit gewesen. Sie hatten sich geweigert, ihm Auskünfte zu erteilen, und ihm nahegelegt, schleunigst dorthin zurückzukehren, woher er gekommen war. Ermittlungen über Zoé waren nicht erwünscht, denn sie hätten bedeutet, die illegalen Aktivitäten der Polizei wieder aus der Versenkung zu holen, und keiner ihrer ehemaligen Vorgesetzten hatte Lust, die eigene Karriere zu riskieren.

Pietro beobachtete die beiden Frauen, während er eine Tasse Kaffee trank. Sie hielten den Blick gesenkt, die Hände ineinander verschränkt.

„Auch ich bin eines von Abels Opfern", sagte er zum Auftakt. „Solange er lebt, werden wir uns nicht von ihm befreien. Ihr wisst inzwischen, wozu er fähig ist. Er könnte eines Morgens aufwachen und beschließen, zu uns zurückzukehren – einfach nur, weil es ihm Vergnügen bereitet, mit unserem Körper und unserer Seele zu spielen. Ich brauche so viele Details, so viele Informationen wie möglich, um ihn aufzuspüren. Ich muss wissen, welche Zahnpasta er am liebsten verwendet, was er gern zum Frühstück isst, wie er sich privat verhält. Ihr müsst mir helfen zu verstehen, auf welche Weise er euch manipuliert hat. Mir ist klar, wie schmerzvoll das für euch und für mich wird. Aber wir müssen diese Mühe auf uns nehmen. Für die Frauen, die er getötet hat. Für die, die er noch töten wird. Für uns selbst."

Glossar

Arma („die Truppe"), umgangssprachlicher Begriff für Carabinieri.

Barene Die Salzmarschen in der Lagune von Venedig.

Befana (von „Epiphanias", dem Erscheinungsfest). Hexenartige Figur des italienischen Volksglaubens, die in der Nacht zum Dreikönigstag auf einem Besen von Haus zu Haus fliegt und den braven Kindern „süße Kohle", den unartigen dagegen echte Kohle in die Strümpfe oder Schuhe steckt. Der Brauch erinnert an den Nikolaus und ist fester Bestandteil der Feierlichkeiten in der Weihnachtszeit.

Bigoli Dicke Spaghetti aus Weichweizen, die in Oberitalien, insbesondere in der Region Venetien, gern gegessen werden. *Bigoli allo scoglio* werden mit Meeresfrüchten zubereitet, deren Habitat die Felsen („scogli") im Meer sind, *Bigoli in salsa* mit einem Sud aus Olivenöl, Sardellen und Zwiebeln.

Bussolà chioggiotto (von *imbossolare*, drehen, einrollen). Traditionelles, kringelförmiges Gebäck aus Chioggia, einem Städtchen am südlichen Ende der Lagune von Venedig. Die Konsistenz erinnert an die von Grissini. Aufgrund seiner langen Haltbarkeit einst ein beliebtes Nahrungsmittel unter Fischern und Seeleuten.

Caìa Geizhals, Knauserer im Dialekt des Veneto.

Calle (von lateinisch *callis*, Pfad, Gasse). Bezeichnung für die schmalen gepflasterten Nebenstraßen und Gassen im alten Stadtzentrum von Venedig. Die *Calli* bilden ein verzweigtes Labyrinth aus Durchgängen und Verbindungswegen zwischen den Kanälen.

Carbonara di pesce wird genau wie die *Spaghetti alla carbonara* mit einer Ei-Käse-Mischung zubereitet. Anstelle von *pancetta* (Speckwürfelchen) wird jedoch Fisch hinzugegeben.

Cicchetti („kleine Stärkung") bezeichnen in Venedig diverse Häppchen – vor allem kleine geröstete Brotscheiben, unterschiedlich belegt –, die in den *Bàcari*, den typischen Weinlokalen, zum Aperitif serviert werden und so üppig ausfallen können, dass sie das Abendessen ersetzen.

Cordiale Ein „Stärkungsmittel", also ein hochprozentiges Getränk.

Fiamme Gialle Wegen des Flammenemblems auf ihren Uniformen werden die Mitglieder der Guardia di Finanza, der Finanzpolizei, im Volksmund auch *Fiamme Gialle* („gelbe Flammen") genannt.

Fondamenta Bezeichnung für die Uferwege entlang der Kanäle in Venedig, deren helle Schlusssteine traditionell aus *Pietra d'Istria* gefertigt werden.

Frittura di pesce („Fischfrittüre"). Stockfisch, Garnelen, kleine Tintenfische und Sardellen, die in Mehl gewendet und in Öl frittiert werden. Siehe auch *Fritto misto*.

Fritto misto („gemischtes Frittiertes"). In Küstenregionen versteht man darunter meist einen Mix aus Tintenfischen, Rotbarben, Sardinen und Garnelen, die in Öl ausgebacken werden (siehe auch *Frittura di pesce*). Das Gericht lässt sich aber ebenso mit Gemüse zubereiten, das vor dem Frittieren in einen Backteig getaucht wird.

Latteria Ursprünglich die Sammelstelle für frischgemolkene Milch der in Kooperativen organisierten Bauern. Heute in Nord- und Mittelitalien ein Ladengeschäft, das frische Milch, Sahne, Butter, manchmal auch Speiseeis verkauft; zugleich aber eine klassische italienische Bar mit Kaffee, Imbiss, Süßem, Aperitif, jedoch mit wenigen Sitzplätzen, also kein Restaurationsbetrieb.

Levantino Als „Levantiner" wurden gemeinhin die Bewohner der sogenannten Levante bezeichnet, also des Mittelmeerraums östlich von Italien (Griechenland und, im engeren Sinn, der heutige Nahe Osten). Die intensiven Handelsbeziehungen mit der Levante trugen erheblich zum Reichtum italienischer Stadtstaaten wie Venedig bei. In Europa wurde die ethnisch gemischte Bevölkerungsgruppe der Levantiner mit dem Stereotyp des unzuverlässigen orientalischen Händlers belegt. Pikanterweise konnotiert der italienische Begriff *levantino* bis heute eine gerissene Person und einen windigen Geschäftemacher.

Movida (von spanisch „lebhaftes Treiben"). Das Nachtleben auf den Plätzen und in den Kneipen, die Szene.

Pentiti (Plural von *pentito*, wörtl. „der Reuige"). Aussagewillige Terroristen oder Mafiosi, die das Schweigegebot der *omertà* brechen und bereit sind, mit der Justiz zusammenzuarbeiten. Im Gegenzug werden sie unter staatlichen Schutz gestellt und erhalten Strafmilderung. Die Kronzeugenregelung wurde 1982 im Zuge der Terrorismusbekämpfung ins italienische Strafrecht eingeführt. Seit den 1990er-Jahren können auch Mafia-Aussteiger der Cosa Nostra, der Camorra und der 'Ndrangheta von der Norm Gebrauch machen.

Pietra d'Istria Der istrische Stein oder Istriastein ist ein heller Kalkstein, der in Kunst und Architektur häufig den kostspieligeren Marmor ersetzte und in Venedig gern zum Bau von Kirchen und Palästen verwendet wurde. Die Stufen der Bootsanlegestellen und die charakteristischen hellen Umrandungen der *Fondamente* sind ebenfalls aus istrischem Stein gefertigt.

Polenta Biancoperla Die „weiße Polenta" wird mit Biancoperla-Mais zubereitet, einer autochthonen, seltenen Maissorte, die in Venetien und dem Friaul angebaut wird. Sie bedarf fruchtbarer Böden, sehr viel Wassers und wird nicht maschinell geerntet. Große perlmuttfarbene Körner, der Grieß ist von herausragender Qualität.

Risotto alla pescatora Risotto „nach Art der Fischerin", mit Fisch oder Meeresfrüchten.

Risotto con gli asparagi Risotto mit grünem Spargel.

Sotoportego In Venedig die Bezeichnung für einen Durchgang unter einem Bogen oder Gebäude.

Spaghetti alle vongole Spaghetti mit einem Sud aus Venusmuscheln und Weißwein.

Spritz (von österreichisch „G'spritzter"). Alkoholisches Getränk aus Sodawasser, Weißwein und Aperol, das von Venedig aus seinen Siegeszug durch ganz Italien bis nach Nordeuropa angetreten hat und zum Klassiker unter den Aperitifs geworden ist.

Tagliolini alle capesante Schmale Bandnudeln mit Jakobsmuscheln.

Terraferma bezeichnet das ehemalige Herrschaftsgebiet der Seerepublik Venedig auf dem Festland, das sich auf das heutige Venetien, das Friaul sowie Teile der Lombardei erstreckte. Im zeitgenössischen Sprachgebrauch ist vor allem das venezianische Hinterland jenseits der Lagune und – im weiteren Sinn – die Region Veneto gemeint.

Torta dea Marantega (auch „Torta della Befana" genannt). Der Kuchen wird aus Maismehl, Butter, kandierten Früchten, Rosinen und Pinienkernen zubereitet und im Veneto traditionell am 6. Januar, dem Erscheinungsfest, zu Likörwein gereicht. Siehe auch *Befana*.

Tramezzini (von „tramezzo", Trennwand). Sandwich-Variante aus entrindeten, ungerösteten Toastbrotscheiben, die in Dreiecke geschnitten und mit Remouladen und den unterschiedlichsten Zutaten – von Salaten über Schinken und Käse bis hin zu Pilzen, Thunfisch und Gemüse – belegt werden.

T.S.O. (*Trattamento sanitario obbligatorio*). Die amtlich verfügte Zwangsbehandlung beziehungsweise die Zwangseinweisung in die Psychiatrie geht auf ein Gesetz aus dem Jahr 1978 zurück. Für eine Zwangseinweisung sind zwei ärztliche Gutachten erforderlich, wobei eines von einem Arzt des öffentlichen Gesundheitsdienstes ausgestellt sein muss. Angeordnet wird die Zwangsbehandlung von einem Bürgermeister (in Italien die höchste Instanz in gesundheitspolitischen Belangen einer Gemeinde), der wiederum den Vormundschaftsrichter informiert.

Tubettini con le cozze Sehr kurze, rohrförmige Pasta mit Miesmuscheln.

Venezianità Das venezianische Wesen, Gemüt, Lebensgefühl.

Die Originalausgabe ist 2016 im Verlag Rizzoli, Mailand, unter dem Titel *Il Turista* erschienen.
© 2016 Rizzoli Libri S.p.A./Rizzoli, Milano

Die Drucklegung erfolgte mit freundlicher Unterstützung durch die Abteilung für deutsche Kultur in der Südtiroler Landesregierung.

Übersetzung: Monika Lustig (Prolog bis Kap. 7) und Cathrine Hornung (Kap. 8 bis Epilog)

Lektorat: Senta Wagner

© der deutschsprachigen Ausgabe
FOLIO Verlag Wien • Bozen 2017
Alle Rechte vorbehalten

Umschlagfoto: © Oliver Jockers, Hamburg

Grafische Gestaltung: Dall'O & Freunde
Druckvorbereitung: Typoplus, Frangart
Printed in Europe

ISBN 978-3-85256-728-0

www.folioverlag.com

E-Book ISBN 978-3-99037-073-5

Nationalismus, Terror, Hass.
Die Angst geht um in Europa.

Der Vorsitzende der Patriotisch Sozialen wird ans Kreuz genagelt. Den Nationalisten gibt das noch mehr Aufwind. Christliches Abendland gegen Islam. Was sind schon Fakten?
Hautnah erleben sie es mit: Frau Klein, die im Zweiten Weltkrieg ein Kind war. Herr Pribil, immer im Widerstand und plötzlich verliebt. Die Syrerin Sina, deren Mann verschwunden ist. Wech, David, Jennifer ... ES hetzt in den sozialen Medien. Kann uns nur mehr ein neuer Führer retten? – Oder ist nicht gerade das unser Untergang?
Freude, schöner Götterfunken ...

Der Spannungsroman über Europa am Scheideweg.

Gebunden ISBN 978-3-85256-725-9
E-Book ISBN 978-3-99037-070-4

WWW.FOLIOVERLAG.COM

Ein überwältigender Roman über Verlust und Menschlichkeit, berührend und fesselnd.

„Eine Autorin mit großem Feingefühl." SWR

„Die bedeutendste Schriftstellerin Italiens." Die Welt

„Die große Dame der italienischen Literatur." Freundin

WIEN · BOZEN

Gebunden ISBN 978-3-85256-715-0
E-Book 978-3-99037-065-0

WWW.FOLIOVERLAG.COM

Von einer Freundschaft inmitten krimineller Clans – eine atemberaubende Spystory im Zwielicht Roms.

„De Cataldo ist vor allem ein Beobachter seiner Zeit – kritisch, unbestechlich, präzise."
SWR

„Welch großer Erzähler De Cataldo ist!"
Andrea Camilleri

Giancarlo De Cataldo
Der Vater und der Fremde
Roman
FolioVerlag

WIEN · BOZEN

Gebunden ISBN 978-3-85256-718-1
E-Book 978-3-99037-068-1

WWW.FOLIOVERLAG.COM